I learned there are troubles
Of more than one kind.
Some come from ahead
And some come from behind.

But I've bought a big bat
I'm ready, you see
Now my troubles are going
To have trouble with *me*!

Aus: **I Had Trouble in Getting to Solla Sellew**
DR SEUSS

BRUNO GMÜNDER

Deutsch von Marc Staudacher

Leuschnerdamm 31, 10999 Berlin
info@brunogmuender.de

Originaltitel: Glove Puppet

Covergestaltung: Stefan Adler unter Verwendung eines
Fotos von Marc Frederics/LPI
Druck: Nørhaven, Viborg, Dänemark
ISBN 3-86187-167-X

Neal Drinnan

VERBOTENE JUGEND

ROMAN

BRUNO GMÜNDER

FÜR TIM

Danksagung

Ich möchte Bryony Cosgrove, Helen Pace, James Bradley, Lyn Amy, David Nair, Michael West, Kirk Drinnan und David Wills für ihre Unterstützung und ihren Zuspruch danken.

PROLOG

Victoria Station war ein gähnender Rachen, der das Ende unserer Reise markierte – meiner ersten Reise und der letzten meiner Mutter.

Mum zitterte und war nervös; sie hatte Angst vor dem Aussteigen. Ich sprang zwischen Trittbrett und Bahnsteig hin und her, so als wollte ich ihr beweisen, dass es keine große Sache war – Zug, Bahnsteig, Zug, Bahnsteig. Biegsam und geschmeidig machte ich mich über ihre Unentschlossenheit lustig.

»Hör verdammt nochmal mit dem Scheiß auf, Johnny, oder du kriegst dermaßen Dresche...«

Die Stimme blieb ihr im Halse stecken, so als müsste sie sich gleich übergeben.

Der Mann, der gesagt hatte, dass er Arzt sei, sah uns, als er aus einem anderen Wagen ausstieg. Wir beobachteten ihn beide, wie er sich durch einen der Ausgänge schlich – ich erleichtert, Mum mit bitterer Verzweiflung. Seine dreckige Plastiktasche voller fieser Gerätschaften hing ihm umständlich über der Schulter und machte aus ihm einen grotesken, degenerierten Schuljungen. Seine kleinen Stecknadelkopf-Augen spähten über das gesamte Gelände, doch uns sah er nicht noch einmal an. Er hatte etwas von einem geduckten, schuldbewussten Hund, der soeben einer bettelarmen Familie das Abendessen weggefressen hat. Wenn ich größer gewesen wäre, hätte ich ihn mit einem Stock verdroschen, einem hübschen, dicken Knüppel-aus-dem-Sack wie aus dem Märchen, vorne allerdings mit einem rostigen Nagel gespickt.

Die Zugtüren hörten jetzt mit ihrem zischenden Auf- und

Zugeklappe auf. Ich war ungeduldig: »Los, Ma, komm schon.«

Jetzt waren bloß noch wir da, zerbrechlich und ganz verloren auf diesem trüben Bahnsteig inmitten von endlosem Grau. Eine piekfeine Stimme vom Band erteilte monotone Informationen über Züge – Züge, die an Orte fuhren, die für uns nicht von Bedeutung waren. Ein stämmiger Aufseher, der darauf brannte, Feierabend zu machen, ging an uns vorbei und verfluchte das matschige Innenleben einer Pastete, das er sich gerade über die Brust gekleckert hatte. »Nichts als Soße hier drin, nicht ein Gramm Fleisch«, brummte er.

Ich wollte was von dieser Pastete haben, egal ob Fleisch oder Soße, aber Mum konnte da gar nicht hinsehen. Ihr war übel. So war es manchmal, wenn sie sich die Nadel gesetzt hatte. Wir trotteten über den menschenleeren Bahnsteig zu einem schmuddeligen Wartehäuschen, wo sie sich auf die versiffte Holzbank niederließ und erleichtert stöhnte, als ihr Gewicht von der kalten, tröstlichen Unterlage aufgefangen wurde. »Mum braucht 'ne kleine Pause, Schatz – hier hast du'n Pfund, geh dir 'ne Pastete holen.«

Abgesehen von einem Mann in einem anderen Wartehaus unweit von uns, war niemand in der Nähe. Er hatte sich in seinen Mantel geschlungen und las Zeitung; zwischen seinen Beinen stand ein einzelner Koffer. Als er bemerkte, wie ich ihn im Vorübergehen anstarrte, sagte er »Hallo«.

Ich sah ihn an, weil er wie der Moderator einer Gameshow im Abendprogramm aussah, die Mum immer schaute. Ich glaube, sie war scharf auf diesen Typen im Fernsehen. Sie lachte immer und sagte: »Hier, Johnny, du willst doch immer wissen, wer dein Vater ist, hier, der da im Fernsehen, das ist er.« Ich fragte mich jetzt, ober das wirklich der Mann war, der hier saß. Ich hatte noch nie jemanden vom Fernsehen live gesehen.

»Sind Sie im Fernsehen?«, fragte ich.

Er legte den Kopf schief und lächelte eigenartig. »Ich war schon im Fernsehen, wenn du das meinst.«

»Achso, weil, meine Mutter mag Sie nämlich.« Er sah zu Mum rüber, die zur Seite gesackt und eingeschlafen war.

»Ist deine Mum in Ordnung?«

»Ihr ist bloß 'n bisschen schlecht, sonst nichts.«

»Vielleicht sollten wir lieber Hilfe holen. Ist ihr denn sehr schlecht?«

»Schon in Ordnung, ihr is' nur schlecht, weil sie irgendwas Komisches gegessen hat, mehr nicht.«

Er schien nicht überzeugt. Ich machte mich weiter auf die Suche nach meiner Pastete.

Ich verließ den Bahnsteig und betrat die riesige Eingangshalle, deren Größe mir den Atem verschlug. So irgendwie musste die Königin wohnen, dachte ich. Die meisten Läden waren geschlossen. Ich kam an einer alten Pennerin vorbei, die Selbstgespräche führte, passierte einen in sich zusammengesackten, schlafenden Mann, der sich nass gemacht hatte, sowie einen weiteren Mann, der einen uralten, nahezu haarlosen Hund knuddelte. Ich bat die Frau am Kiosk um eine Pastete. Sie reichte sie mir, während sie die Halle nach einer erwachsenen Begleitperson absuchte, zu der ich gehören mochte.

»Wo ist denn deine Mum oder dein Dad, Kleiner?«

»Mein, Dad, äh, der ist da draußen.« Ich zeigte auf den Bahnsteig. »Der ist nämlich im Fernsehen zu sehn, mein Dad.«

»Na, das ist ja 'n Ding«, sagte sie und war beruhigt, mich in Begleitung einer Aufsichtsperson zu wissen, wenngleich sie sie auch nicht sehen konnte.

Ich stand da, sah mich um, mampfte meine lauwarme Pastete und kehrte, nachdem ich die kalte Füllung mit den Fingern herausgepult und auf den gefliesten Fußboden hatte klatschen lassen, mit Teigmantel und Wechselgeld in der Hand zu Mum zurück.

Langsam schlenderte ich wieder an dem gut aussehenden Mann vorbei und trug mein Stück Pastete zur Schau, so als könnte ich damit seinen Neid erregen, als sei sie ein unbezahlbares Diadem, das ich unserem Familienschatz entnommen hatte, um nun damit anzugeben. In der anderen Hand hielt ich die Münzen fest umklammert in der Hoffnung, Mum würde das Wechselgeld einfach vergessen. Ich hoffte, dass sich der

Mann vielleicht noch ein wenig weiter mit mir unterhalten würde.

»War die Pastete gut?«

»Nee, die war verdammt kalt.«

»Und du bist sicher, deine Mum ist in Ordnung?«

»Hab ich doch gesagt, ihr is' bloß 'n bisschen schlecht.«

Von all diesen Fragen verärgert, lief ich zu Mum zurück. Mir fiel wieder ein, was sie noch zu Hause über die Polizei, Sozialarbeiter und ähnliche Leute gesagt hatte: »Die Welt is' voll von miesen Schnüfflern.« Ich sah den Mann noch einmal an. Niemand kapierte ihre Übelkeitsanfälle; schon bald würde sie wieder auf den Beinen sein und nach einer Tasse Tee fragen. Ich spähte kurz in meine Handfläche und schloss sie wieder. Ich wusste nicht, wieviel ein Tee kosten würde, aber es sah nicht so aus, als würde das bisschen reichen, um ihr einen zu kaufen – oder eine Portion Pommes oder sowas.

Ich aß die Pastete auf, setzte mich hin und sah Mum eine Weile an. Sie sah aus wie eine Puppe, keine Farbe im Gesicht außer dem Make-Up, das sie draufhatte. Sie schwitzte und war unterkühlt. Während ich weggewesen war, hatte sie auf den Boden gekotzt. Mittlerweile war ich sehr müde geworden; deshalb kauerte ich mich neben ihr zusammen, den Rücken der kalten Zugluft zugekehrt, meinen Kopf nahe der unbestimmten Wärme, die von ihrem Schoß ausging. Bis jetzt sah es nicht gerade gut aus für uns in London.

»Was hast du'n da, Johnny?« Es war ein heißer Tag, wärmer als der wärmste Tag am Strand von Brighton und Mum ging es viel besser. Sie trug ihren Hausmantel, den seidenen für die Sommertage mit den großen Blumen drauf. Sie lächelte und blinzelte in die grelle Sonne. »'Ne Blume, Mum, ,'ne große weiß-gelbe Blume, die richtig gut riecht und so.« Ich lief auf sie zu, um sie ihr zu geben, doch sie schüttelte den Kopf. »Behalt die mal ruhig, Schatz, die gibt's ja hier massenhaft.« Ich sah mich um und sie hatte Recht: überall waren diese Blumen. »Benimm dich, hörst du?« Sie ging irgendwohin, wohin ich nicht mitkonnte. Ich sah tief in die Blume hinein und atmete ihren Duft ein. Es war ein warmer Duft, ein sauberer Duft.

Ich schreckte aus dem Schlaf hoch. Der Mann vom Fernsehen hob mich auf seine Arme. »Wir müssen deine Mum ins Krankenhaus bringen. Ich hab schon den Krankenwagen gerufen«, sagte er.

Mum fühlte sich kalt an. Ich versuchte, ihr Bein zu fassen zu kriegen, als er mich hochhob, doch es war schlaff. Als er mich an sich zog, konnte ich wieder den warmen, sauberen Duft riechen.

Inzwischen hatte die Realtität Traumcharakter angenommen. Die Männer von der Ambulanz kamen und eine Bahre wurde herangerollt, während zwei triefäugige Penner und die verwahrloste Frau, die ich in der Bahnhofshalle gesehen hatte, sich versammelten, um der Show beizuwohnen, die sich nun abzuspielen versprach. Die Pennerin fing an zu blöken. »Das kommt von den Drogen, ich hab schon mehr als eine gesehen, die wegen Drogen so weit gekommen is'.«

Sie schlängelte sich an uns heran wie eine Pantomimin, während die Sherryflasche jeden Moment aus ihrer offenen Tüte zu fallen drohte; ihr widerlicher Atem verschlug mir in den Armen des Mannes die Sprache.

»Nun lass doch den Steppke das nich' alles mitansehen, in seinem Alter is' das doch nichts, heutzutage enden solche Schlampen doch alle auf die gleiche Art und Weise mit den ganzen Drogen, nich' so wie früher im Krieg.«

Er runzelte die Stirn und flüsterte mir etwas zu, etwas, das mich ruhig stellte, dass wir da heil rauskommen würden, dass ich gerettet würde und irgendetwas von einem Spiel.

»Stell dir einfach vor, wir wären auf einer Brücke kilometerhoch über einem kalten, tobenden Meer.«

Ich dachte an den Strand von Brighton im tiefsten Winter und erschauderte.

»Die Brücke bin ich und meine Arme sind ihre Träger und wenn ich dich wieder absetze, dann weißt du, dass wir in Sicherheit sind; also halt einfach still und ich bringe dich rüber.«

Ich hatte keine Angst. Irgendwie ergab das mit der Brücke Sinn. Ich wusste, dass etwas sehr Schlimmes passiert war, doch ich bewegte mich nicht. In diesen Armen lag eine magische Kraft, in seinen Augen eine Gütigkeit, die mich hypnotisierte und irgendwie mit Hoffnung erfüllte. Vielleicht war er ja wirklich mein Vater; er hatte mir bereits mehr Aufmerksamkeit geschenkt, als die tausend anderen Männer, die alle mein Vater hätten sein können. Ich wollte noch halb nach Mum rufen, doch wusste ich, glaube ich, längst, dass sie tot war. Die muskulösen Arme bildeten einen Schirm, einen wirklichen Schutz vor all der Feindseligkeit, vor den lauernden Alptraumgestalten um uns, denen ich mich hätte anschließen müssen, wenn er mich nicht aufgehoben hätte.

Ein Mann von der Ambulanz kam auf uns zu und fragte den Mann, ob er Mum kenne.

Die Pennerin fiel ihm ins Wort: »Ich hab' dem netten Herrn gerade schon gesagt, dass er den Kleinen das alles nich' mitansehen lassen soll, wie sich Schlampen wie die mit Drogen vollpumpen, ich nehme mal an, Sie werden sowas schon öfter geseh'n haben, aber für Kinder is' das nichts.« Sie kam auf mich zu und versuchte, mein Gesicht zu berühren. Der Mann drehte mich wiederholt zur Seite, damit ich ihr neugieriges Getatsche nicht über mich ergehen lassen musste.

»Nein«, antwortete er ruhig auf die Frage des Sanitäters. In diesem Moment fiel der Pennerin ihre Sherryflasche mit einem krachenden Splittern zu Boden. »Wir waren gerade auf dem Weg zur U-Bahn, als ich merkte, in was für einem Zustand sie war.« Der Mann deutete auf Mum, nicht auf die Pennerin, die inzwischen auf dem Boden kniete und die zerschmetterte Flasche in Augenschein nahm.

Ich war abgelenkt durch die Alte, die es geschafft hatte, einen kleinen Rest von dem Sherry in den scharfkantigen Scherben der Flasche zu retten und die nun versuchte herauszufinden, in welchem Winkel sie am besten zum Schlürfen ansetzen sollte, damit sie sich die Lippen nicht aufschnitt.

Der Mann hielt meine Tüte – eine Plastiktüte von Sainsburys mit sauberer Wäsche und einem Spielzeuglaster. Plötzlich dämmerte mir, dass er mit »wir« uns beide gemeint hatte, sich selbst und mich. Ich fragte ihn, ob ich auf der Brücke auch vor Hexen sicher sei. Er sagte ja. Dann fragte ich, ob die Frau eine Hexe war. »Ich füchte schon, ich fürchte sogar sehr.« Die Pennerin beäugte mich argwöhnisch und ich beschloss, noch eine Weile auf meiner Brücke zu bleiben. Ich hatte das Gefühl, dass ich, wenn er mich fallen ließ, in eine Kälte und Dunkelheit fallen müsste, aus der ich nie wieder zurückkehren konnte.

Der Sanitäter schien erleichtert zu sein, dass dies ein unkomplizierter Einsatz war. Kein Leben musste gerettet werden; lediglich ein Mitternachtseinsatz mit dem Fleischtransporter, eine weitere Drogentote. »Alle Mann an Bord – schaffen wir sie weg.« Sie hievten Mum auf die Bahre. Ich sah schweigend zu und fragte mich, wer dieser Mann war und was er mit mir vorhatte. War er wie der Mann im schwarzen Anorak, der den anderen Jungen im Wohnblock einmal ein ganzes Pfund gegeben hatte? Er war böse geworden, als sie herumzappelten. Warum nur hatten sie gezappelt, fragte ich mich und war es ein Pfund wert gewesen? Dieser Mann hier schien anders zu sein. Vielleicht würde ich ihn mögen und als der Moment verstrich, in dem ich hätte losschreien können, begann ich, mich mir ohne Mutter vorzustellen. Es gab keinen Grund anzunehmen, dass ich bei den Sanitätern besser aufgehoben wäre als bei diesem gut duftenden Mann. Außerdem wusste ich, dass jeder, der überleben wollte, irgendwann einmal zappeln musste. Soviel hatte ich von Mum gelernt.

Erst nachdem sie sie auf die Bahre geladen und festgeschnallt, ein Tuch über sie gezogen und sie in die Nacht davongekarrt hatten, begann mein Schluchzen. Der Mann trug sein weinendes Kind und seinen Koffer in die unheimliche, gekachelte Stille der Londoner U-Bahn hinab. Ich war so müde und schwach, dass mich ein Windhauch hätte davontragen können. Weinen hatte bei Mum nie viel gebracht – warum also sollte er sich davon mehr beeindrucken lassen als sie?

EINS

FINDELKIND

Ich versuche nicht einmal mehr, mir zu wünschen, dass die Dinge wieder so wären wie früher. Das ist die erste Regel fürs Erwachsenwerden. Den ganzen Scheiß mit dem Wünschen habe ich hinter mir gelassen. Aber einige Rückstände wollen eben einfach nicht verschwinden. Ich wache noch immer schweißgebadet auf; ich werde mit der Wucht ineinanderfahrender Autos aus meinem Unterbewusstsein gerissen. Ich bin in einem der Wagen, doch sitze ich am Steuer? Das weiß ich nie.

Brigitte hilft mir mit den Träumen. Sie sagt mir, eines Tages wird es sich herausstellen und wenn es soweit ist, dann wird es ein Durchbruch sein. »Bin ich gefahren? Bin ich gefahren?«, singe ich vor mich hin, wenn ich so daliege und mich in das feuchte, zerknotete Laken verkralle, das sich unter mir aufgeworfen hat. Autos fahren an meinem Fenster vorbei und die Strahlen ihrer Scheinwerfer produzieren seltsame Schatten und vereinzelte Lichteffekte auf meinen abblätternden Wänden. Ich bebe und weine wie ein Kind, das vor der Dunkelheit Angst hat, ein Junge, der vielleicht immer noch seine Mum oder seinen Dad nötig hat, um vor dem Schwarzen Mann beschützt zu werden. Doch der Schwarze Mann hat sie längst geholt und ihrer eigenen Dunkelheit übergeben und so liege ich schweigend und zitternd da und warte, bis ich an die Reihe komme.

In meinem Inneren donnert mein Herz wie ein galoppierendes Pferd, das über harten, staubigen Untergrund hinwegprescht. Ich habe das Gefühl, jeden Moment einen Herzinfarkt zu bekommen. Ein anderes Mal wiederum erlebe ich eine Art Ohnmacht; dann erwache ich aus etwas Himmlischem, etwas berauschend Wohligem und unbändig Erotischem. Es ist etwas Perfektes und dennoch beeinträchtigt durch eine zu Grunde liegende, allgegenwärtige Bedrohung. Dann spüre ich, dass etwas sehr Schlimmes aus meinem Traum geworden wäre, wenn ich nicht aufgewacht wäre.

»Mit zwanzig kannst du gar keinen Herzinfarkt kriegen«, rede ich mir ein. Ich bin jung, kräftig und mein Leben ist noch nicht annähernd vorbei. Ich erinnere mich an Brigittes Worte: »Geh in deine Träume zurück, stell dich ihnen, kämpfe gegen sie an, mach sie fertig, tue, was immer sie verlangen, solange es das ist, was auch du willst, aber lerne, dass du selbst in deinen Träumen Regie führst. Deine Träume sind deine Freiheit und du hast jedes Recht, auf deiner Freiheit zu bestehen.«

Die Drogen sind da keine Hilfe, insbesondere Acid, Kokain, MDA und Ecstasy nicht. Selbst die abstumpfenden Beruhigungsmittel, die ich nehme, um ihnen entgegenzuwirken, haben ihre Schattenseite. Es ist auch nicht dasselbe Schlafzimmer, es ist nicht so groß wie das in Paddington mit seinen gebauschten weißen Vorhängen, den polierten Dielen und dem riesigen Bett in der Mitte des Raumes. Als was für eine sichere Burg sich dieses Bett in lauen Sommernächten erwiesen hat; es seufzte und ächzte, während wir auf ihm stöhnten oder weinten. Es schien wie ein Luftschiff durch den nächtlichen Äther zu treiben. Es war unser fliegender Teppich über Sydney.

Die Stadt pulsierte mit all ihrer glitzernden Pracht vor den Schiebefenstern, die bis zum Boden reichten; sie atmete und keuchte im Takt mit ihren Kindern. Puppen aus Fleisch tanzten nur wenige Minuten entfernt auf Balkonen wie dem unseren, schwangen die Hüften wie billige Neonreklamen für warme, feuchte Fleischspalten. Wer will, wer will, wer hat noch nicht? Wie glatt, wie verführerisch Sex ohne Liebe doch ist. Und alle um uns herum, Stecher, Drogenschnorrer und Partygänger waren auf der Suche nach kalten Getränken und heißen Ficks.

Aber ich sehnte mich nicht nach der Sünde in den dunklen Straßen der Stadt oder den schmierigen Clubs mit den

Löchern in den Wänden. Von Sünde hatte ich beileibe nicht die blasseste Ahnung.

Ich war das erhörte Gebet, das Waisenkind, das Opfer. Ich war die abgefüllte Wut der bieder gekleideten Frau, die auch mal bei Oprah zu Wort kommen will. Ich war der, den wir alle lieben und in unser Herz und unsere vier Wände schließen wollten, wenn wir ihn doch nur aus dem Fernseher, aus der Anstalt, aus dem familiären Missbrauch herausholen könnten.

Komisch, was Drogen bewirken – ich habe das Gefühl, als könnte ich ihn wieder heraufbeschwören, als könnte meine Vorstellungskraft Luft in Materie verwandeln, Leere in Verzücken, Nervosität in Geborgenheit. Dann wieder bewirken sie das Gegenteil und lassen die Vergangenheit zurückkehren.

Ihr wollt wahrscheinlich wissen, was Handpuppe bedeutet und wer zum Teufel ich eigentlich bin. Tja, heute nennt mich keiner mehr so, jedenfalls nicht von Angesicht zu Angesicht. Ihr fragt Euch wahrscheinlich, warum ich im Alter von zwanzig Jahren eine Biografie schreibe. Ich bin nicht berühmt, ich bin kein Supermodel und auch kein ehemaliger Kinderstar einer beliebten Fernsehserie. Aber vor drei Jahren war ich berühmt. Deswegen muss ich niederschreiben, was damals passiert ist. Jeder hat damals die Zeitungen gelesen, eine Meinung dazu gehabt, aber es gibt viele Dinge, die keiner weiß.

Brigitte meint, ich solle alles aufschreiben, meine Träume eingeschlossen. Vielleicht hat sie Recht und vielleicht kann ich, wenn ich mich zusammenreiße, für irgendein Magazin die wahre Geschichte über das schreiben, was wirklich passiert ist. Vielleicht sogar für genau dieselben, die uns das Leben zur Hölle gemacht haben. »Stell dir das Aufschreiben wie eine Art Exorzismus vor«, sagt Brigitte. Ich habe nicht sonderlich viel zu verlieren und ich würde die Schatzkammern einiger dieser Magazine liebend gern um fünfundzwanzigtausend Dollar erleichtern. Ich habe gehört, dass sie für eine Geschichte wie meine so viel hinlegen würden. Vielleicht sogar mehr.

Ich bleibe nicht die ganze Zeit zu Hause hocken. Am liebsten gehe ich abends raus. Manchmal mit meinen Leuten, die sich ohnehin monatlich neu zu rekrutieren scheinen, manchmal aber auch alleine. Zur Oxford Street brauche ich bloß fünf Minuten und mittlerweile genieße ich sogar etwas Respekt, wenngleich immer noch über mich getuschelt wird. Logischerweise sind die Leute superfreundlich, wenn sie was von dir wollen – eine E, ein bisschen Speed oder einen Trip. Welche mit Heroin verticke ich aber nicht – nicht nach dem, was mit Mum passiert ist –, und selbst in die anderen pansche ich nur ein bisschen rein, klar, für Freunde oder Bekannte halt. Das Problem ist nur, dass die Leute dich nicht mehr in Ruhe lassen, sobald sie mal was von dir gekriegt haben. Außerdem muss man vorsichtig sein; in dieser Stadt gibt es ziemlich viele Idioten und keiner ist hier sonderlich diskret. Die meisten dieser verdammten Achtzehnjährigen versuchen sowieso nur, den Sprung in die Szene zu schaffen. Die plaudern aus, dass du ihr Dealer bist, so schnell kannst du gar nicht gucken.

In letzter Zeit ist es hier ziemlich gefährlich geworden. Ein Typ – und ich nenne jetzt keine Namen – war auf einer der großen Partys in der RENTBaa und verkaufte einer Menge von Leuten, die ohnehin schon zugedröhnt waren, seine Trips. Tja, und er dachte, dass es doch mal eine nette Abwechslung wäre, diesen Schabenvertilger aus Pappe zurechtzuschneiden, der ja hochgiftig ist, um das Zeug dann als Trips zu verscherbeln, als billige Trips, nämlich für zehn Dollar das Stück. Schon alleine der Preis hätte bei mir alle Alarmglocken klingeln lassen, aber einige dieser Leichtsinnigen in solchen Clubs sind eben totale Schwachköpfe; die würden alles kaufen, bloß um cool zu sein und sich zuzudröhnen. Das Ende dieser Nacht mit ihren Geschäften war nun jedenfalls, dass der einzige Trip, auf den die Typen gekommen sind, der ins St. Vincent's Krankenhaus war. Es gab acht Einlieferungen. Die Dinger schmeckten dermaßen widerlich, dass kein normaler Mensch auch nur eine Sekunde daran gelutscht hätte, egal wie breit er auch gewesen sein mochte.

Am nächsten Tag kam Estelle (das Mädchen vom Mond) mit ihrer durchgeknallten Freundin hier vorbei – sie nannte sich *Marie Claire* (nach der Zeitschrift) und sie meinten, dass ein Mädel abgekratzt sei. Man hatte sie in der kleinen Straße hinter dem Laden gefunden, doch es kursierten auch andere Gerüchte, denen zufolge sie ermordet wurde. Estelle sagt, sie sei nur deshalb draufgegangen, weil sie sich das Schabengift wie ein Zäpfchen in den Arsch geschoben hat. Laut *Marie Claire* legt es jeder, der geschmacklos genug ist, mit einer Chanel-Handtasche die Oxford Street entlangzulaufen, auf groben Ärger an.

Ich schaue mir ihre zahlreichen Piercings, ihre rosa Hotpants aus Lederimitat und ihre zerfetzte, limettengrüne 70er Jahre-Trägerbluse an und frage mich, wo wohl die wahre Definition von Stil beheimatet ist. »Diese Vorstadt-Tussis kommen samstagabends in die Stadt rein und bilden sich ein, sie könnten die ganzen Schwulen hier mit ihren süßen Muschis umkrempeln. Zum nächsten Mardi Gras sollten sie einfach eine ganze Batterie von Müllcontainern mit toten Tussis auffahren, damit die Heteros sie im Vorbeifahren noch schnell bespringen können.«

Im *Telegraph* war ein Bild von dem Müllcontainer erschienen, in dem das Mädchen gefunden wurde, aber alles, was man auf dem grobkörnigen Foto erkennen konnte, war ein erbärmlicher Lackschuh mit Plateausohle und die Chanel-Handtasche. Ich bin zwar kein Detektiv, aber eine von der Chanel-Handtaschen-Front steckt sich nun mal normalerweise keine Drogen in den Arsch. Ihre Mutter veröffentlicht nächste Woche einen Artikel in *Who*. Es wird das Übliche werden, nach dem Motto: *»Sie wollte sich doch bloß mit ihren Freundinnen einen schönen Abend machen, normalerweise trinken sie auch gar nicht so viel und Drogen nehmen sie mit Sicherheit nicht.«* Vermutlich stellt sich heraus, dass sie Krankenschwester war oder irgendeine andere Ikone der Hoffnung und Nächstenliebe.

Ich sehe das so: Wenn du an einer Vergiftung krepierst, wieso legst du dich dann in einem Müllcontainer in irgendeiner Seitenstraße ab? Ich schätze, jemand hat sie abgemurkst.

Ich habe dann auch die Polizei angerufen – anonym – und denen gesagt, wer meiner Meinung nach diese Trips vertickt hat. Der Typ läuft da draußen frei rum; wenn er wüsste, dass ich gesungen habe, dann würde er mich garantiert kalt machen.

Das Problem mit diesen ganzen Morden ist, dass nie jemand die Wahrheit rauskriegt. Die Zeitungen bringen dann diese Geschichten von Leichen, die auf der Cahill-Schnellstraße aufgefunden werden oder von vielversprechenden Models, die an Tankstellen verschwinden. Die Medien lieben eben frisch geschändetes oder totes Fleisch. Sie lieben es, posthum zu beschließen, dass irgendein billiges, verwahrlostes Model die nächste Elle Macpherson oder Linda Evangelista geworden wäre, doch es ist sinnlos, diese Geschichten zu verfolgen, weil sie nämlich nie fortgesetzt werden. Drogen- oder prostitutionsbedingte Morde, Morde aus Spaß oder einfach nur das gute alte Küssen und hinterher Totmachen – man findet es niemals heraus.

Aber ich sollte mich auf die wirkliche Ursache meiner Probleme konzentrieren. Wie sich für mich alles zum Schlimmsten gewendet hat und für meinen Dad zum Alptraum. Wenn das alles rauskommen soll, dann muss ich bis dahin zurückgehen, wo alles angefangen hat – wo ich angefangen habe.

Mum und ich, wir wohnten in der Nähe von Brighton – Brighton in England. Sie war eine hart arbeitende Hure mit fünf oder sechs Tattoos und blonden Haaren, wobei ich mir sicher bin, dass ihr Blond nicht Natur war. Wir bewohnten eine Dreizimmerwohnung in einem Sozialbau und irgendwie umging Mum die Sozialarbeiter, die mich ihr weggenommen hätten, wenn sie gewusst hätten, was sich bei uns zu Hause abspielte. Mum war sechzehn als sie mich bekam. Ich hatte keinen Vater oder aber ich hatte tausende – kommt ganz darauf an, wie man es nimmt. Wie auch immer, ich bezweifle, dass sie hätte sagen können, wer es nun war – ebensowenig wie ich heute. Sie bekam Geld vom Sozialamt, aber das reichte nicht – jedenfalls nicht auch noch für das Heroin.

Mum war nicht gerade eine Bilderbuchmutter; in meinen frühesten Erinnerungen liegt sie auf dem Bett und versucht, den Reißverschluss ihrer Jeans mit einem Kleiderbügel hochzuziehen, um anschließend auf hohen Plateausohlen wild in der Gegend herumzutrampeln. Ihre Titten schienen immer kurz davor, ihr aus dem Ausschnitt zu fallen und auf ihrer linken Brust trug sie ein tätowiertes Herz, das von einem davonfliegenden Vogel fortgetragen wurde. Ich liebte dieses Tattoo; vielleicht verknüpfte ich es im Unterbewusstsein mit dem Gestilltwerden. Während ich saugte, wippte die Brust und der Vogel schien zu fliegen. Nahrung und Bewegung. Es schien komisch, dass sie sich solche Umstände machte, ihre Jeans anzubekommen, wenn sie doch sowieso ständig ausgezogen wurden, aber ich vermute, das machten Schlampen eben damals so und Mum konnte beileibe nicht anders bezeichnet werden.

Wir hatten immer denselben, groben Tagesablauf; ich erinnere mich an das hohle Klonk-klonk ihrer Plastikabsätze auf der Außentreppe unseres Wohnblocks und unten auf der Straße. Mum selber aß nicht viel, ich schätze wegen des Heroins; also war alles, was sie im Laden kaufte, für mich: Käsestangen, Chips, kleine Plastikbecher mit Pudding oder Mousse, Babynahrung (obwohl ich viel zu alt dafür war), Schokolade, Knack-und-Back-Hörnchen, irgendwelche Süßigkeiten mit kleinem Plastikspielzeug dran. Eben alles Schrille und Bunte, was ihr in die Augen sprang. Wenn wir vom Einkaufen nach Hause kamen, spielte ich mit dem ganzen Essen und dem Spielzeug auf dem Küchenfußboden. Wenn Mum nicht irgendjemandem auf der Straße begegnet war, der mitkommen und sie bumsen wollte, dann klingelte meistens gleich jemand an der Tür. Im Winter war immer mehr Betrieb als im Sommer. Komisch, man sollte meinen, es wäre umgekehrt. Ich kann mich an warme Tage unten am Pier erinnern, wie ich auf der großen, bonbonfarbenen Rutsche war.

Ich spielte auf dem schmutzigen Linoleum bei der Heizung, brach oder biss die Räder von der Plastikeisenbahn ab, in der das Brausepulver war, oder versuchte, das letzte Bisschen Käse aus der Verpackung der Käsestangen herauszulutschen. Jeden Tag häufte sich mehr Zeug an. Ich hasste alles, was von gestern war und das von vorgestern verabscheute ich umso mehr. Ich starrte in den Fernseher, der auf dem Küchentisch stand, während Mum nebenan besinnungslos gefickt wurde oder sich mit Heroin vollpumpte. Manchmal wurde sie auch ein bisschen durch die Gegend geschleudert, aber auf Heroin merkt man das nicht so – habe ich mir jedenfalls sagen lassen. An manchen Tagen kamen vier oder fünf Typen nacheinander, da konnte ich gar nicht mehr sagen, vom welchem sie nun ihre blauen Flecken hatte. Außerdem trug sie dermaßen viel Mascara und Eyeliner, dass sie zu guter Letzt ohnehin aussah, als ob sie ein blaues Auge hatte.

Aber um nicht ungerecht zu sein, muss ich sagen, dass sie mich auf ihre Art auch geliebt haben muss. Zwischen ihren »Klienten« küsste sie mich oder spielte mit mir, aber sie behandelte mich eigentlich mehr wie einen Traum, den sie hatte, denn als ihr wirkliches Kind. Sie liebte Stevie Nicks; manchmal, wenn sie völlig neben sich war, spielte sie »Rhiannon« auf unserem uralten Kassettenrekorder. Dann tanzte sie in ihrem Hausmantel durch die Wohnung wie Kate Bush, mit einem Tuch, in das sie sich wie in eine Stola gewickelt hatte und in ihren Plastikstiefeln – die, die auch Stevie damals trug. Dann meinte sie, selber so eine Zigeuner-Hexe zu sein. Wahrscheinlich träumte Mum davon, die Zauberkräfte einer Hexe zu besitzen, überhaupt Macht zu haben. Wenn sie sich am Ende schließlich wie ein Embryo auf dem Fußboden zusammenrollte, applaudierte ich, während das Tape zu Ende dudelte.

Die Fickgeräusche waren die Musik meiner Kindheit. Ich fertigte eine sorgfältige Studie dieser Geräusche an, Tempo und Fluss, gut und schlecht. Schlecht war es, wenn sie Sachen von Mum verlangten, die sie nicht machte, wenn Mum sie anschrie, sie sollten sich »verpissen«. Gut war es, wenn sie während der gesamten Vorstellung nicht aus der Rolle fiel, wenn die Wünsche der Typen simpel waren, wenn sie einverstanden war. Ich dachte darüber nach, wie lange es bei den verschiedenen Typen jeweils dauerte, bis sie in Mum »reinmachten«. Häufig aß ich einen Chips für jedes Stöhnen des Kerls. Einmal tat ich eben das, als der Mann beim Stöhnen auch noch furzte. Ob ich dafür wohl einen Extra-Chips gegessen habe? Und wenn ja, habe ich dann den Anschluss an das Stöhnen verpasst, das natürlich – ungeachtet des Furzes – weiterging?

Manchmal ließ Mum die Tür einen Spalt offen. Ich konnte reingucken, wenn ich wollte, aber der Anblick gefiel mir nicht immer – häufig ragte mir der haarige Arsch irgendeines Kerls entgegen, während der Typ wie irre in sie hineinstieß. Die haarigen mochte ich nicht und die fetten auch nicht, aber manche waren schmal und glatt. Und bei denen sehnte ich mich nach irgendetwas; vielleicht war es Neid, der wie die Zunge einer Schlange mein Herz kitzelte, während Mum zu einem wilden Rhythmus tanzte, den ich mir allerhöchstens vorstellen konnte, ein Rhythmus, der zugleich erregend und abstoßend war.

Gelegentlich änderte sich der Rhythmus auch. Manche bevorzugten es, in einem etwas anderen Winkel zuzustoßen, vielleicht, um einen ganz bestimmten Teil ihres Schwanzes zu stimulieren; vielleicht aber wollten sie auch nur Stellungen mit Mum ausprobieren, die ihnen ihre Freundin oder ihre Ehefrau nicht gestattete – oder die zurückgebliebene Lady eine Straße weiter, die es umsonst machte, während ihre Mutter beim Bingo war. An ihren guten Tagen stöhnte Mum ein bisschen, so als machte es ihr Spaß. Vielleicht tat es das sogar. An anderen Tagen war sie einfach still und überließ es den Typen, Geräusche zu machen. Ich spähte hinein, Chips oder Käsestange in der Hand und nahm alles in mich auf, die endlose Parade von Ärschen, den Geruch von Sperma und diversen Körperregionen – eigentlich sollte man meinen, dass einem das den Sex vermiest, oder?

Schließlich kam ich in die Schule. Ich war sechs, als es losging. Ich hätte eigentlich schon ein Jahr früher gehen sollen, doch Mum muss es irgendwie verschlampt haben, bis schließlich eine Sozialarbeiterin kam und mit ihr schimpfte, weil sie mich nicht hingeschickt hatte. Als ich dann endlich in der Schule war, versuchte Mum, den größten Teil ihrer Arbeit tagsüber zu erledigen, doch es gab immer welche, die es lieber abends machten.

Meistens bekam ich Fish and Chips zum Abendbrot, manchmal machte mir Mum aber auch Toast mit Eiern und Speck. Ich glaube, sie wusste überhaupt nicht, was Gemüse war. An den Tagen, an denen sie vergleichsweise klar im Kopf war, gab es Orangen und Äpfel vom Obstladen, aber sonst wollte Mum nie irgendwo anders als in den Laden an der Ecke gehen. Ich ging jeden Tag zu Fuß zur Schule und bekam die besten Mahlzeiten meines Lebens in Form von Schulessen.

Nach Schulschluss drückte ich mich mit anderen Rotzgören zwischen den Wohnblocks herum: teiggesichtige Schmuddelkinder, die nie etwas anderes als Kartoffeln und Schmalz zu essen bekamen, oder gerissene Straßenkids mit kantigen Gesichtern, die es gewohnt waren, sich vor den Schlägen ihrer besoffenen Väter zu ducken. Wenigstens war das Meer nicht weit. Unten war auch ein Spielplatz, wo ab und zu ein Mann in einem schwarzen Anorak auftauchte. Er gab uns zwanzig Pence oder mehr, wenn wir ihm unsere Schniedel zeigten. Wir gingen da immer hin in der Hoffnung, ihn anzutreffen, damit wir uns hinterher von dem Schniedelgeld ein paar Süßigkeiten oder eine Portion fettiger Pommes kaufen konnten. Wir lungerten dann immer an der kaputten Schaukel herum und machten uns wie hungrige Möwen über unsere heiße Prämie her. Pommes zu riechen und zu essen, war noch immer eine Belohnung – auf der Erde zu hocken und den Hintern zusammenzukneifen, der oft ein bisschen brannte und wehtat von der neugierigen Fummelei des Anorakmannes. Und jeder einzelne von uns Jungs wärmte sich seine Finger hungrig und schweigend an dem fettigen Zeitungspapier, während unser heißer Atem lautlose SOS-Schwaden in den eiskalten, farblosen Himmel entsandte.

Wenn die Pommes alle waren, streunten wir in der Gegend herum und machten kaputt, was wir kaputt kriegten. Und was wir nicht kaputt kriegten, versuchten wir, kaputt zu kriegen. Wir schikanierten alte Damen an der Bushaltestelle, die zunächst noch versuchten, nett zu uns zu sein, die dann aber schnell merkten, dass wir nicht die Sorte von Kindern waren, bei denen es sich lohnte, nett zu sein. Die anderen Kinder wurden gewöhnlich zum Abendessen reingerufen, aber Mum war keine von jenen Müttern, die rief, »Komm rauf, Essen ist fertig«; auch war sie keine der Mütter, die, »Sag mal, weißt du eigentlich, wie spät es ist?« keifte, wenn ich erst abends um acht oder neun nach Hause kam.

Im Winter schien es überhaupt nicht hell zu werden. Die Kinder blieben häufiger zu Hause und ich wurde nicht zu ihnen in die Wohnung eingeladen. »Unsere Ma sagt, dass du nicht zu uns rüberkommen darfst, weil du kein Umgang für uns bist und nich' mal 'nen Daddy hast und dass deine Mum schlecht is' und so.« Nun konnte man die anderen Familien auch nicht gerade als blaublütig bezeichnen, ja die meisten von ihnen konnte man noch nicht einmal der Arbeiterklasse zurechnen, weil Stütze nun mal nicht Arbeit ist. Als die Mädchen in der Schule erst einmal die Schmähungen gegen Mum und mich aufgeschnappt hatten, entstand aus den Gerüchten schnell ein Lied, das sie beim Seilspringen skandierten. Es war ein Lied, das Mum nie hören wollte – ein Lied, an das ich mich allerdings erinnere.

Eene, meene Eierpampe,
Johnnys Mutter ist 'ne Schlampe.
Für fünf Pfund ist sie bereit
und macht ihre Beine breit.
Legst du noch 'nen Fünfer drauf,
kann sogleich der Nächste rauf.

Ich wusste, dass das Gestöhne aus dem Nebenzimmer die Ursache allen Übels war. Auch habe ich nie jemanden mit zu uns nach Hause gebracht. Schon damals habe ich mich für das Durcheinander bei uns geschämt – und für den Geruch:

Heroin hinterlässt auf der Haut des Konsumenten einen süßlichen Geruch.

Ein paar Mal sind irgendwelche Typen für eine Weile bei uns eingezogen, aber genauso schnell waren sie auch wieder draußen. Sie waren allesamt Junkies und merkten ziemlich bald, dass Mums »relative Wohlhabenheit« ihren Ursprung zwischen ihren Schenkeln hatte; dass wenn sie nicht arbeiten gingen, Mum weitermachen musste wie gehabt, damit das Heroin reinkam – und die Fish and Chips für mich.

Es gab Streit wegen des Heroins; Streit, wer dran war mit dem Einkaufen und Anschreibenlassen, Streit, wer das Zeug heiß machen sollte. Sie ernährten sich von Cola und etlichen Tassen Tee und nahmen hin und wieder ein bisschen Schokolade oder ein paar Pommes zu sich, während ich Babynahrung mit einem der zahlreichen, verrußten Löffel aus verkrusteten Plastikbechern kratzte.

Als neben uns neue Leute einzogen – Mum nannte die Frau eine neugierige Scheißziege –, muss das das Ende vom Anfang gewesen sein. Eines Abends war der Typ, der gerade bei uns vorbeikam, ziemlich besoffen. Die Tür war angelehnt und ich guckte rein, wegen des Lärms. Der Typ nahm Mum ordentlich durch. Sie hatte es ihm mit dem Mund gemacht, was zehn Pfund extra kostete (ich hatte bei den Verhandlungen zugehört). Sein Schwanz war schlaff. Ich schätze, er war wohl zu besoffen, um ihn noch hochzukriegen; entweder das oder er war eben einfach impotent. Er schrie sie an, »Du bist doch echt 'ne dreckige alte Schlampe, 'ne dreckige Hure bist du! Du hast doch mehr Drogen intus als Schwänze!« Er schlug ihr ein paar Mal ins Gesicht und ich rannte schreiend ins Zimmer. Sie ging auf ihn los und kreischte wie eine Furie: »Du kriegst doch noch nich' mal deinen verdammten Schwanz hoch, du Versager, los, verpiss dich hier, aber schnell!« Und unter meinem und ihrem Geschrei zog er schließlich ab.

Dann kam die neugierige Scheißziege von nebenan dazu und mischte sich ein: »Denken Sie bloß nich' ich wüsste nich', was für widerliches Zeug sich hier drinnen abspielt, Sie dreckige Schlampe, Sie! Das is' doch hier nichts weiter als 'n Bumsschuppen. Ich zeig sie bei der Fürsorge an! Sie sind doch nich' mal in der Lage, ihren Kleinen in diesem Saustall hier großzuziehen; und außerdem lass ich mir diesen Lärm nicht länger gefallen, vor allem nich', wenn mein Baby schläft —«

Mum ist dann mit einem Besen auf sie losgegangen (das erste und einzige Mal, dass ich gesehen habe, wie sie ihn anfasste). Es war eine schreckliche Szene und irgendjemand muss die Polizei gerufen haben. Ich denke mir, Mum hat versucht, geistesgegenwärtig zu sein. Sie schmiss ein paar Klamotten in eine Tasche, sagte, ich solle mir Sachen über meinen Schlafanzug ziehen und meinte dann, wir müssten sofort los. Wir sind zum Bahnhof und haben einen Spätzug nach London genommen. Vielleicht würde da ja alles anders werden. Vielleicht waren dort ja die Straßen mit Gold gepflastert, oder zumindest mit Heroin.

Im Zug fing Mum an zu schwitzen und zu zittern. Sie brauchte ihre Medikamente. In unserer Nähe saß ein widerlich aussehender Kerl, der sie eine Weile beobachtete; schließlich kam er zu uns rüber.

»Alles in Ordnung, Mädchen?« Er schaute auf den Bluterguss, der sich unter ihrem linken Auge zu bilden begann.

»Ja ja, hatte bloß 'n bisschen Zoff mit meinem Alten, sonst nichts.«

»Kann man wohl sagen, Mädchen. Was muss das für'n Kerl sein, der so'n leckeres Ding wie dich vermöbelt!« Mum brachte eine Art Lächeln zustande, doch selbst ich konnte sehen, dass »leckeres Ding« nicht gerade eine angemessene Bezeichnung war. Und ich wusste auch, dass ihr Lächeln nicht eben das bescheidene Lächeln einer dankbaren Lady war. Mum war hilflos und verzweifelt und alles Mögliche konnte auf dieser Fahrt nach London passieren. Der kleine Johnny sollte keinen Buckingham Palace und keinen Wachwechsel zu sehen bekommen.

»Hier Mädchen, ich denk' ich hab da 'n bisschen was für dich, das kannst du bestimmt gebrauchen.« Er kramte in seiner schmutzigen alten Airline-Tasche herum und holte ein weißes Plastiktütchen heraus.

Ihre Augen hellten sich ein wenig auf. »Und was wollen Sie dafür haben?«

»Gar nicht mal so viel. Nur 'n bisschen von der Zuwendung, die deinem Kerl heute Abend vorenthalten bleibt.«

Er sah zu mir und lächelte. »Keine Sorge, junger Freund, ich bin Arzt und will deine Mum bloß wieder auf den Damm bringen.«

Ich hatte einige unangenehme Ärzte in der Klinik gesehen, in die Mum immer mal wieder ging, aber keiner von denen hatte so fies ausgesehen wie dieser hier. Fettige Haare, gelbe Zähne. Ein Freier, der mit Drogen bezahlte.

Mum brauchte nun mal ihre Medizin und egal, ob es nun Heroin, Gelierzucker, Rattengift oder Geschirrspülmittel sein mochte, sie würde mit ihm in der Zugtoilette verschwinden und es sich verdienen. Es waren nur noch fünfzehn Minuten bis London, aber ich hatte schon erlebt, wie sie sich in weitaus weniger als fünfzehn Minuten ihr Geld verdient hatte.

Er kam als erster wieder raus und war noch dabei, sich sein Hemd wieder reinzustopfen. Er sah mich blöde an und schlurfte den Gang entlang zum anderen Ende des Zuges. Dann kam Mum hinterher und hielt sich den Arm. Sie hatte Schmerzen und Blut war auf ihrem Pulli. Sie zitterte noch immer leicht und irgendetwas schien nicht in Ordnung zu sein. Und wenn ich sage »nicht in Ordnung«, dann meine ich mehr damit, als das übliche »nicht in Ordnung« – denn das war ja der Normalzustand für mich

HEILUNG

Ich wurde entführt. Adoptiert. Der Mann am Bahnhof war der bestaussehende Mann, den ich je gesehen hatte. Wenn er sich als Arzt ausgegeben hätte, ihm hätte ich vielleicht geglaubt. Er trug einen langen dunklen Mantel. Ich vermutete, dass er in irgendeiner Weise Zauberkräfte besaß. Er trug mich in die Victoria-U-Bahnstation hinab und setzte sich dort mit mir hin. Ruhig sprach er davon, wie wir nun vor der Hexe in Sicherheit waren, wie nichts Mum jetzt mehr etwas anhaben konnte und dass wir noch einen ganz schönen Weg vor uns hatten, bevor wir endgültig in Sicherheit waren. Geduldig wartete er, bis mein Schluchzen verebbt war. Und dann sprach er mit derselben Stimme, die mich schon zuvor derart gebannt hatte.

»Hast du irgendwo einen Dad?«

Ich schüttelte den Kopf. Er klang wie die feinen Leute im Fernsehen.

»Weißt du denn, wie dein Dad heißt?«

»Hab ich doch eben gesagt, ich hab keinen Dad.«

»Dann hättest du ja vielleicht gerne einen«, sagte er.

Wieder fing ich an zu weinen. Schließlich war Mum ja nun einmal der einzige Mensch auf der Welt, der meine Familie ausmachte. Die einzige Fürsorge, die ich erfahren hatte, war von ihr gekommen und wie zweifelhaft diese Fürsorge auch immer gewesen sein mochte, so war sie doch das Einzige auf der Welt, was ich jemals für selbstverständlich erachtet hatte.

»Besser, es kümmert sich jemand um mich, sonst geh ich noch verloren. Wenn Sie mich irgendwo mit hinnehmen, dann dürfen Sie mir aber nichts Böses tun«, sagte ich und brachte die ganze Sozialbau-Courage auf, über die ich verfügte. Er biss sich auf die Unterlippe und seine Augen fingen zu glänzen an. Dann legte er mir seine Hand auf den Kopf und zog mich an sich. Ich schlang meine Arme um ihn und hielt mich an ihm fest. Ich mimte das perfekte notleidende Kind. Das Ergreifende der Szene entging auch meinem Wohltäter nicht. Und ich glaube, in diesem Moment wurde mir klar, dass ich mit ihm gehen würde. Was hätte ich denn sonst schon tun sollen? Ich hatte die Chance verpasst, mich den Launen der staatlichen Fürsorge auszusetzen. Wenn ich nicht mit ihm ging, was blieb mir dann? Wer oder was würde mir stattdessen blühen?

»Ich weiß, wie ich dich in Sicherheit bringen kann. Ich hab da einen kleinen Plan.« Er zog zwei Büchlein aus seiner Manteltasche. »Pässe«, erklärte er und besah sich das Bild in dem einen. Dann sah er mich an, dann wieder das Bild. Eine Sekunde lang schien er zu lächeln; dann machte er kurz einen panischen Eindruck und fuhr sich mit der Hand durch seinen dichten, dunklen Pony. Nervös sah er sich um; niemand war in der Nähe. Ein kalter Windstoß kam aus dem Tunnel geweht und ließ mich an den bevorstehenden Winter denken. Ein verbraucht aussehender Punk redete irgendwo auf seine grell geschminkte Freundin ein. Sie hatten einen Kassettenrekorder bei sich und hörten The Cure; die Musik hallte öde durch den Bahnsteig, getragen von dem kalten Novemberwind. Sobald der Mann sich versichert hatte, dass die beiden kein Interesse an uns zeigten, redete er mit einem verhaltenen und ernsten Tonfall geradeheraus auf mich ein:

»Wenn du einen Dad haben willst, jemanden, der dich von hier in Sicherheit bringt, dann könnte ich so tun, als ob ich das bin, aber dann müsstest du tun, was ich sage. Wenn ich dich der Polizei übergebe, bringen die dich in irgendein Heim voller anderer Kinder. Willst du da etwa hin?«

Ich stellte mir ein Heim voller anderer Kinder vor, Kinder, die noch ärmer waren als ich und das Mädchen aus der Schule – die wohnte bei einer fremden Familie und musste so tun, als wäre es ihre eigene, weil ihre Eltern nämlich tot waren, sie nicht haben wollten oder sonstwas. Meine Mum hatte wenigstens Ärger gemacht, wenn die Frau von der Wohlfahrt alle paar Monate zu uns kam. »Blöde fette Kuh«, hatte Mum jedesmal gesagt, wenn sie dagewesen war. »Immer hackt sie auf uns rum, bloß weil wir keinen Typen haben. ›*Was machen Sie ihm denn zum Abendbrot? Sind Sie zur Zeit mit einem Mann zusammen?*‹ Überkandidelte Wohlfahrts-Tussis! Johnny, die würden dich ins Heim sperren, wenn es nach ihnen ginge! Bloß, weil ich nicht in so 'nem Imbiss arbeite, wie die Tussi von unten. Nein, mir geht's besser als der. Mein Junge kriegt zu essen, da kannst du Gift drauf nehmen. Der kriegt mehr zu essen als andere Kinder, deren Väter jeden Penny, den sie verdienen, in der Kneipe versaufen.« Sie richtete diese Schlussworte an niemand Bestimmtes und sprach sie immer erst dann aus, wenn die Frau bereits gegangen war. Während die Frau da war, wurde sie nie wütend. Ich fragte mich, was der Mann wohl zu bieten hatte; zumindest lohnte es sich, das herauszufinden.

»Wenn du mitkommst, könnte ich dir helfen, ein neues, glücklicheres Leben anzufangen und ich werde sehr gut für dich sorgen. Wenn du jetzt mit mir kommst, dann werden wir in ein Flugzeug steigen und in Australien leben. Das ist eine lange Reise und wir müssten noch ein Spiel spielen, um so weit zu kommen, aber so kommen wir weg von dieser Kälte hier. Ich könnte dich auch zur Fürsorge bringen, aber wenn du mit mir kommen willst, dann hab ich hier ein Flugticket für dich, ein besonderes Ticket für einen Jungen in deinem Alter. Wir können deiner Mummy nicht mehr helfen. Ich weiß, das ist sehr traurig, aber du musst sie zurücklassen. Egal wohin du auch gehen magst, Gott passt jetzt auf sie auf.«

Von Gott hatte ich keine Ahnung; ich hatte keine Vorstellung, was für ein Ding er/sie/es war. Aber das mit dem Flugzeug hatte den Ausschlag gegeben; um in ein Flugzeug zu steigen, hätte ich alles gemacht.

»Na gut, aber vergessen Sie bloß nich', was ich vorhin gesagt habe. Sie müssen versprechen, mir nichts Böses zu tun.«

Er nahm meine Hand. »Ich würde dir niemals wehtun. Ich

hatte selber einen kleinen Jungen in deinem Alter und der ist erst vor ein paar Wochen gestorben. Du siehst ihm ziemlich ähnlich und wenn du wirklich meinst, dass es niemanden gibt, der sich um dich kümmern kann oder dich vermissen würde, dann können wir doch so tun, als ob du er bist; nur musst du tun, was ich sage, sonst kommen wir nie bei der Polizei damit durch.«

Ich hatte das Misstrauen meiner Mutter gegenüber den ›Bullen‹ geerbt. Ich hatte bereits verinnerlicht, dass die Obrigkeit unterwegs war, um Mum und mich auf die eine oder andere Weise zu kriegen. Plötzlich erschien mir die Vorstellung einer derartigen Täuschung eine überaus aufregende Idee zu sein, ähnlich wie in diesen Fernseh-Shows, in denen die Kids immer mit allen möglichen Streichen ungestraft davonkommen. Und ich hatte mich ja nun mal auf meinen Flug kapriziert. Ich wusste, dass ich verdammt wenig Auswahl hatte. Irgendwo unter meiner ganzen Angst, Erschöpfung und Trauer regte sich so etwas wie ein Kribbeln. Ich stellte mir vor, wie ich den ganzen Jungs aus unserem Wohnblock erzählte, dass ich in ein Flugzeug steigen würde. Von denen war nicht einer je in einem Flieger gewesen. Für mich war das ein Abenteuer im großen Stil. Arme Mum: Das Andenken an sie wurde ebenso schnell gegen ein Flugticket eingetauscht, wie sie mich gegen einen dringend nötigen Schuss eingetauscht hätte.

Er sagte, dass ich ihn Dad nennen solle, während er mich von jetzt ab Vas nennen würde.

»Vas?«, fragte ich. »Was'n das für'n Name?«

Dann zeigte er mir ›meinen‹ britischen Pass. »Das ist die Kurzform von Vaslav.« In dem Pass war ein Foto von einer Frau und einem Kind – ein Mutter-Sohn-Pass. »Feiner Pinkel«, sagte ich. Ich konnte mich nicht erinnern, je so eine Fliege besessen zu haben wie der Junge auf dem Bild, aber ich sah tatsächlich ein bisschen aus wie er. Wir beide hatten längere Haare. Der Pass war zwei Jahre alt und Kinder wachsen und verändern sich schnell. Ich sah ›Dad‹ an und fragte: »Is' der tot?« Der Mann nickte traurig. Ich wollte wissen, wie er gestorben war. Ich kannte bislang nur ein Kind, das gestorben war: ein dünner, blasser Junge, der krank aus der Schule nach Hause geschickt worden war und nie mehr zurückkam. Eines Tages ist dann die Lehrerin reingekommen und hat gesagt, dass Mickey Macmasters an Leukämie gestorben sei. Ich wusste nicht einmal, was das Wort bedeutete. Ich fragte, ob dieser ›Vas‹ an Leukämie gestorben sei, aber der Mann verneinte.

Weitere Fragen stellte ich dann nicht mehr, ich wollte schließlich meinen Flug nicht aufs Spiel setzen. Aber selbst wenn ich vor diesem Mann abhauen musste, wenn wir in Australien angekommen waren, schien mir doch, dass es nicht schlimmer kommen konnte, als es hier ohnehin schon war. Wenn der Junge, der ich war, nichts mehr besaß, warum sollte ich dann nicht ein anderer Junge werden, selbst wenn das mit sich brachte, dass ich einen blöden Vornamen annehmen musste?

Irgendwo im Warmen, in einem Flugzeug. Australien. So lautete das Versprechen. Wir nahmen den Zug nach Heathrow. Alles ging so verdammt schnell; wie ›Dad‹ an einem Schalter sagte, er habe leider keine Möglichkeit gehabt, das ganze noch einmal zu bestätigen, aber ja, sein Sohn reiste jetzt mit ihm. Ich hatte meine Kleidertasche und meinen Spielzeuglaster. Ich schätze, es sah besser aus, wenn ich selber etwas bei mir hatte. Ich muss schon ein bisschen ausgesehen haben, wie eine Straßengöre. Er regelte alles. Er redete mit den Leuten, sprach davon, wie traurig es war, dass meine Mutter von uns gegangen war. Ich begriff zuerst nicht, dass sie von jemand anderem sprachen, nicht von meiner echten Mutter – um die hätte schließlich niemand getrauert. Ich dachte, ich würde irgendeine Prozedur durchlaufen, die man nun einmal durchlaufen musste, wenn die eigene Mutter gestorben war; jemand anderes konnte einen einfach adoptieren. Doch dann fiel mir wieder ein, dass wir diese Leute ja austricksten, dass sie, wenngleich sie auch nicht wie Polizisten aussahen, doch letztendlich nichts anderes waren. Leute, die man hinterging.

›Dad‹ sah kaum alt genug aus, um einen siebenjährigen Sohn

haben zu können, aber er war zuversichtlich: Er hatte die Pässe, die Tickets und niemand betrachtete mich eingehender, wie ich so in meinem Trainingsanzug dastand, aus dem unten die Schlafanzughosen herausschauten. Ich denke mal, in solchen Klamotten reisen Kinder auch meistens, nicht mit Krawatten wie auf ›meinem‹ neuen Foto. Mein Akzent war nicht wie seiner, aber ich redete ja mit keinem. Vielleicht flößte seine gemessene und kultivierte Stimme den Beamten Respekt ein oder aber die Papiere sahen einfach so überzeugend aus, dass es keine Schwierigkeiten gab. Das letzte, worauf Beamte spät abends noch Lust haben, ist ein verzwicktes Problem wie etwa ein entführtes Kind, das sowieso niemand haben will. Sie plustern sich lieber bei kleinen Dingen auf: Daten, falsch ausgefüllte Formulare, dubiose Ausländer, die kein Englisch sprechen und die man leicht irritieren und verunsichern kann, in Saris gehüllte, verschüchterte indische Frauen, deren Gepäck unter Umständen verdächtig aussieht. Für die Kontrolleure gab es an diesem Abend leichtere Opfer; an einem Jungen und seinem Vater hatten sie kein Interesse.

»Du musst müde sein, Vas«, sagte er mit einem Lächeln. »Warum schläfst du nicht ein bisschen, solange wir hier noch bis zum Abflug warten müssen?«

Ich kam seinem Vorschlag ohne Zögern nach und als ich wieder aufwachte, trug er mich durch den Lauftunnel zur Maschine. Seine Arme waren unglaublich stark und ich hatte den Wunsch, nie wieder etwas alleine tun zu müssen. An Bord bettete er mich auf ein paar Kissen und stich mir über die Stirn. »Wir heben jetzt ab«, flüsterte er. Ich versuchte wach zu bleiben, doch sobald wir in der Luft waren, dämmerte ich wieder in den Schlaf. Das Summen der Maschine, das gleichförmige ›Schschsch‹, der Essensduft und mein schläfriger Kopf in seinem Schoß – das alles verbündete sich und verlieh mir das Gefühl, ein neuzeitlicher Oliver Twist zu sein, ein Ausreißer, der der Kinderarbeit entflohen war und durch Liebe gerettet werden konnte. Er konnte mein Dad sein, er konnte eigentlich alles für mich sein.

Auf dem langen Flug redete er viel mit mir, erzählte mir einige der ›Geheimnisse‹, die ich schon bald auswendig können sollte. Er rief mir in Erinnerung, dass er mein Dad war und dass ich Vas hieß. Wir kamen problemlos an all den ›Polizisten‹ am australischen Ende vorbei. Ich sah von der Reise so verknittert und müde aus und meine langen Haare verdeckten mein Gesicht fast ganz, so dass mich sowieso niemand eingehender unter die Lupe nahm. Und so erreichte ich Sydney durch ein Wunder oder die Vorsehung. Dann kam ich in ›Dads‹ Haus in Paddington an und die eigentliche Geschichte begann.

Vaslav Usher. Nicht schlecht für einen weißen Sozialbau-Proleten. Der Nachname des armen Johnny war Smith gewesen – John Smith, ob Ihr's glaubt oder nicht. Entweder hatte Mum keine Fantasie gehabt oder aber einen ausgeprägten Sinn für schwarzen Humor. Ich nehme an, ich wurde schließlich doch nach all meinen wirklichen Vätern benannt. Aber jetzt war ich Vaslav geworden, nach Nijinskij. Leider habe ich im Balettfach versagt. Nicht dass ich es nicht versucht hätte, aber es lag mir nun mal wirklich nicht im Blut. Auf dem Podium eines Nachtclubs bin ich gar nicht übel, aber für mehr reicht's dann doch nicht.

Und mein neuer Vater? ›Dad‹ war nie wirklich eine passende Bezeichnung. Ich zog Shamash vor. Shamash ist ein altbabylonischer Gott: Sohn der Sünde, Sonnengott, Beschützer der Armen, der Übervorteilten und der Reisenden. Der Titel wurde ihm nach seiner Darstellung eben dieses Gottes auf einem Wagen beim Mardi Gras verliehen, dem ersten Umzugswagen, auf dem ich mitgeholfen habe. Er war ein richtiger Mardi Gras-Veteran. Und diesen Gott bete ich an, nichts anderes war er für mich.

WECHSELBALG

Sydney im Spätfrühling kam mir vor, wie Disneyland einem jeden Kind vorkommen musste, das bislang nichts als Armut gekannt hatte – ein unvorstellbares Märchenreich. Einerseits hatte ich mich auf ein gefährliches Abenteuer eingelassen, bei dem ich alles verlor, was ich jemals besessen hatte. Andererseits verwandelte sich mein Leben nun in sein wundersames, märchenhaftes Gegenteil. Das Problem mit jedem Happy-end im wirklich Leben ist, dass man das Buch nicht an der schönsten Stelle zuschlagen kann, dass man es nicht sicher verwahren kann, wenn die Ereignisse eine schlimme Wendung nehmen.

Was mein Schicksal wirklich besiegelte, waren die Blüten des Frangipani-Baumes. Es waren dieselben gelben und weißen Blüten, die ich in meinem Traum gesehen hatte, dem Traum, in dem ich mich von Mum verabschiedete.

Sonne auf Vaslavs Nase, frisches Essen und ein eigens für mich eingerichtetes Zimmer mit einer Bettdecke, auf der stand: *Das Imperium schlägt zurück.* »Wie kam das alles nur? Wie nur?«, flüsterte ich in meinem neuen Zimmer vor mich hin. Einmal musste ich kichern, so verrückt war das alles, dann wieder war ich traurig, dass ich damit vor niemandem angeben konnte. Ich konnte nicht vor meinen schmuddeligen Kumpels in England angeben und die Kinder in Paddington stiegen alle Nase lang in ein Flugzeug. Ich kannte niemanden und so beschloss ich, so lange es nötig sein würde, eben nur zu beobachten und zuzuhören. Ich versteckte Essen und kleine Geldbeträge für den Fall, dass sich mein Glück in einen Alptraum verwandeln sollte, dass mein schöner Prinz sich als böser Zauberer entpuppte und die süß duftenden Blüten bitter wurden.

Zuerst war die Einsamkeit schrecklich; ich war ja gefangen zwischen dem Wissen um das, was hinter mir lag und den neuen Geheimnissen, für deren Last ich noch zu klein war. Fantasiegeschichten waren für mich realer als für die meisten anderen Kinder, die ihre Märchenstunde in der warmen, liebevollen Obhut ihrer vor Geld stinkenden Paläste in Paddington genossen.

Paddington war wie ein Königreich aus einem Bilderbuch: Hügel und Täler, ein buntes Drunter und Drüber hübscher Terrassen, einige davon riesengroß, andere wieder ganz winzig. Häuser jeglichen Stils, die an kleinen gewundenen Einbahnstraßen lagen; geheime Gassen, die ein unerwartetes, blendendes Panorama auf den sonnendurchfluteten Hafen und die in allen Farben leuchtenden Boote gewährten, die er beherbergte. Blüten und Bäume, die sich verschwenderisch ergossen und in jeden freien Winkel drängten – ein tropischer Überfluss, dem nichts gleichkam, was ich je gesehen hatte. Nachbarn schienen nett zueinander zu sein und jeder hatte ein Auto. Die Leute klopften sanft an die Tür und fragten, ob man das Auto wegfahren oder die Musik leiser drehen konnte. Nichts von: »Jetzt hab ich aber genug von dem Krach, du verdammte blöde Krawallkuh!«

Heute sehe ich das anders, Paddingtons Reichtum und seine Schönheit. Die Häuser sind mittlerweile Festungen; bourgeoise Bunker, die Fassaden mit Eisenstangen vergittert und das Innere durch ein Alarmsystem aufwendiger Stolperdrähte gesichert. Heute erscheinen sie mir als neurotische Sicherheitszonen, wo adrette, athletische Frauen mit teuren Klamotten und neuen BMWs ihre preziösen Einzelkinder in teure Schulen fahren und Väter ein seltener Anblick sind. Familien in der bangen Hoffnung, das Chaos der nächstgelegenen Vorstadt möge sich nicht über den Cutler Footway hinaus ausbreiten. Die Wahrnehmung ändert sich, wenn man größer wird, aber ich liebte nun einmal den ersten Eindruck, den ich nach meiner Ankunft von Paddington hatte.

Morgens wachte ich unter den Strahlen der warmen Sonne auf, die zu mir hereinflutete. Ich fing an, all die seltsamen Dinge zu essen, die man für mich in der mit Holz ausgekleideten Küche zubereitet hatte und der Überfluss paarte sich mit meiner Gier, ein paar Pfunde auf mein drahtiges Gerippe zu bekommen. Mit neugierigem Eifer griff ich nach Früchten, grüne und orange Gebilde, die ich noch nie zuvor gesehen hatte, wie Kiwis, Mangos, Avokados sowie kräftig schmeckende Käsesorten, die so ganz anders waren als mein hitzebehandelter, eingeschweißter Lieblingskäse, der natürlich unserer Einkaufsliste hinzugefügt werden musste. Shamash sagte, die Küche gleiche langsam einer Disko, weil ich den Kühlschrank so häufig öffnete. Er musste mir erklären, dass es sich nicht gehörte, von irgendwelchen Sachen ein bisschen abzubeißen und sie dann wieder in den Kühlschrank zurückzulegen. Es dauerte eine ganze Weile, bis ich begriffen hatte, denn genau das war ich ja gewohnt. Er sagte, ich müsse ein Stück abschneiden und es auf einen Teller tun oder aber damit vor das Haus gehen, wenn ich kein Geschirr benutzen wollte. Ich konnte essen, was ich wollte, aber ich durfte nun nicht länger auf dem Fußboden sitzen und wie ein Hund fressen. Trotz allem war er erleichtert. Mein Hunger war ganz bestimmt ein Zeichen meiner Einwilligung in seinen Vorschlag, die Vaterschaft für mich zu übernehmen und mein rastloser, kleiner Körper begann, die beflissenen, reichlichen Gaben zu schätzen, die mir von jedem, der mit mir in Kontakt kam, dargeboten wurden.

Die Inszenierung meiner ›Rettung‹ erforderte, dass Shamash lernen musste, gründlich und überzeugend zu lügen, immer und immer wieder. Er muss sich vorgekommen sein wie ein Politiker. Wir trotzten der Bürokratie. Bürokratie funktioniert ja nicht immer; sie mag sich für manche als Sicherheitsnetz erweisen, für andere wiederum als Fallstrick. Sie ist ein träges altes Gewebe, gesponnen von Amtsschimmeln, die sich an die ›Regeln‹ gewöhnt haben und eine seltene Ausnahme ihrem System jederzeit eher einverleiben würden, als aus dem Büro zu watscheln, um ein anderes Formular holen zu müssen. Du fällst vielleicht einmal durch die Maschen, aber wenn sie dich weiter unten wieder auffangen, dann wirst du für das obere Netz höllisch zur Kasse gebeten.

Shamash allerdings war ein begnadeter Märchenerzähler und vermochte jeden in seinen Bann zu ziehen. Mit sechzehn hatte er ein Stipendium der Royal Academy of Classical Ballet in London bekommen. Während seiner Ausbildung dort hatte er eine Affäre mit einer anderen Studentin gehabt: Angelique. Auch sie hatte das ehrgeizige Ziel, an Covent Garden auf der Bühne zu stehen und zu tanzen – bis sie schwanger wurde. Sie und Shamash waren kaum achtzehn, als sie Eltern wurden; beide lebten fern von ihren eigenen Eltern in London und eine Zeit lang bildeten sie sich ein, erwachsen genug zu sein, um ein Kind großziehen zu können.

Angelique, die die meiste Zeit des Tages mit dem Baby allein verbrachte, dachte wie eine Besessene nur noch ans Abnehmen und aß nichts mehr. Ihre verwitwete Mutter verweigerte jede Hilfe, es sei denn, Angelique kehrte mit dem Kind zu ihr nach Hause nach New York zurück – ohne Shamash. Der jedoch tanzte, bekam mit jeder neuen Produktion bessere Rollen und sie neidete ihm seinen Erfolg. Noch etwas anderes beunruhigte Shamash: die zunehmende Gewissheit nämlich, schwul zu sein. Die arme Angelique war untröstlich. Sie kehrte zu ihrer Mutter nach New York zurück, während Shamash noch eine Weile in London blieb, deprimiert zwar, aber noch immer tanzend. Das Ballett war seine Chance, sich über alles andere aufzuschwingen.

Nachdem ihm jeglicher Kontakt mit seinem Sohn verweigert worden war, ging Shamash Anfang 1977 wieder nach Australien zurück. Zu diesem Zeitpunkt war er genau so alt wie ich heute.

Er schloss sich dem Australischen Ballett für einige Spielzeiten an und tat sein Geld anschließend mit David Bergdorf zusammen, der heute einer der erfolgreichsten Promoter in Sydney ist. Gemeinsam gründeten sie die Bushka Contemporary Dance Company. Im Anschluss daran halfen Shamashs Eltern ihm, ›Potts En Pointe‹ ins Leben zu rufen. Es war sehr erfolgreich und blieb es auch noch »lange nachdem uns unsere damalige Regierung ihre Subventionen zugunsten zweifelhafterer Unternehmen gestrichen hat«, wie David zu sagen pflegte. Er und Shamash waren, nachdem Shamash aus London zurückgekehrt war, eine Zeit lang ein Paar und blieben auch hinterher beste Freunde, die alle Entwicklungen gemeinsam durchstanden.

Angeliques Leben verlief entsetzlich unglücklich. Sie kämpfte, um ihre Anorexie zu überwinden und brachte viel Zeit in Therapie zu. Dann bekam ihre Mutter Krebs. Angeliques Vater war gestorben, als sie noch ein Kind war und obwohl die Familie Geld besaß, vermachte die Mutter ihrer einzigen Tochter nicht alles. Stattdessen hinterließ sie einen Treuhand-Fonds für Vaslavs Ausbildung und nur eine kleine Rente für Angelique. Diese verprasste das geerbte Geld, als wäre der jüngste Tag angebrochen, was sich denn auch als zutreffend herausstellte. Sie fuhr mit Vaslav so oft es ging nach Spanien und Portugal und weil sie nach eigener Aussage zu krank war, um den Winter über in England zu bleiben, verbrachten sie ihn in Florida. Schließlich schrieb sie Shamash, dass sie nicht alleine mit Vaslav fertig würde und dass sie sich mit Selbstmordgedanken trug. Sie wollte, dass er kam und ihr gemeinsames Kind holte.

Shamash ließ alles stehen und liegen, sagte seine Anreise zu und buchte einen Hin- und Rückflug. Niemand wusste, was sie indessen plante – sie besaß zu jenem Zeitpunkt nur noch wenige enge Freunde – und so fuhr sie mit Vaslav in den Lake Windermere, während Shamash im Flugzeug saß.

Der Polizeibericht lautete Tod durch Unfall, obwohl Verwandte in England munkelten, dass es Absicht war. Doch Shamash hatte das niemals glauben wollen. Er war am Boden zerstört und hoffte, dass es ein Unfall gewesen war, wenngleich Ende Oktober nicht gerade die Jahreszeit für ein Picknick am

Lake Windermere war und der See auch nicht auf der Strecke von York zum Flughafen von Manchester lag, der angeblich Angeliques Ziel gewesen sein sollte. Die Beerdigungsformalitäten blieben letztlich an Angeliques Tante hängen. Und selbst die kannte die wahre Geschichte nicht.

Im Laufe der Jahre, als ich alt genug war und Fragen stellte, erzählte mir Shamash diese schrecklichen Geschichten: Märchen, Parabeln von Nebelschwaden und Herbstlaub, von schwach beleuchteten Landstraßen mit gefährlich uneinsichtigen Kurven. Die junge Frau und der See, eine Eisprinzessin, die nur noch auf ein ungeschicktes Schalten der Gänge wartete, auf das Bremsen eines von Schlafmitteln in seiner Reaktion beeinträchtigten Fußes, der vom Ballett-Tanzen verkrüppelt war und nie die großen Bühnen betreten hatte. In der herbstlichen Stille hatte der See die Schreie in ein Gurgeln verwandelt; er wartete geduldig, während ein kleiner Junge verzweifelt um sein Leben strampelte, während sein Hämmern gegen das Wagendach und sein Kratzen zu bloßem Zucken verebbte und seine Seele aus dem Körper trat und nichts hinterließ als ein eingefrorenes, schreckerfülltes Starren, er, der Junge, allein mit seiner toten Mutter in einem Strudel von Zigarettenkippen, die aus dem randvollen Aschenbecher aufstiegen.

Von Zeit zu Zeit träume ich von jenem Unfall. Ich sehe die weißen Gesichter, die hinter dem zersprungenen Glas der Wagenfenster gefangen sind. Ich tauche in das trübe Eiswasser hinab und wenn ich endlich das Gesicht des Jungen erblicke, so ist es mein eigenes. Es lächelt. Ich schnappe nach Luft, vergesse, dass ich unter Wasser bin und ertrinke nun schließlich selbst, bevor ich mit einem grausigen Schrecken erwache. Es ist nur zu plausibel, warum ich diesen Traum habe, aber ich hasse ihn. Wie bei vielen meiner schrecklichen Träume weiß ich nie, wann er zuschlägt. Ich kann die beiden nie retten, weil ich aus ihrem grauenhaften Tod geboren bin und weil ihr Tod von essentieller Bedeutung für meine/unsere Geschichte ist. Brigitte nennt das ›eingeätzte, psychische Rückstände‹. Ich sagte, dass ich es hasse, scheißegal, wie man es nun nennt. Sie sagt, solche

›Rückstandsträume‹ sind die, die man zuerst und am leichtesten verwandeln kann, weil sie mit der Vergangenheit zusammenhängen und nicht mit der Zukunft. Sie sagt, sie hat mich schon sehr bald soweit, dass ich sie verändern kann. Ich bin mal gespannt, wie sie mich dazu kriegen will.

Shamash war nur eine Woche in England. Angeliques Tante holte ihn am Flughafen ab, wo er drei Stunden lang gewartet hatte. Dort erzählte sie ihm, was passiert war. Er fuhr mit ihr nach York und blieb bis zur Beerdigung, bei der ihm die anwesenden Familienmitglieder ziemlich die kalte Schulter zeigten. Die Tante händigte ihm ein paar Kinderfotos von Vaslav aus sowie seine Geburtsurkunde und seinen Pass. Mehr nahm Shamash nicht mit.

Von Familienbande keine Rede. Keine Briefe und keine Fotos von Vaslav aus Angeliques Besitz, aber auch seitens der Eltern von Shamash nur wenige Fragen bezüglich jener frühen Jahre. Vielleicht waren sie erleichtert darüber, dass er England noch einmal unverheiratet entkommen war und keinen kleinen Bastard mitbrachte, der den Stammbaum der Familie befleckte. Sie erwähnten Angelique oder das Kind in jenen Jahren nicht ein einziges Mal. Erst als Shamash ihnen eröffnete, dass er schwul war, wünschten sie auf einmal, sie hätten an seinem früheren Hetero-Dasein ein wenig mehr Interesse gezeigt. Was mich betrifft, ich war wahrscheinlich jenseits aller Grenzen. Für Shamashs Eltern war ich der lebende Beweis von Angeliques Unzulänglichkeit. Sie kannten mich nicht lange genug, um darüber je anders zu denken.

Shamash pflegte zu sagen: »Du musst doch verstehen, was ich gefühlt habe, als ich dich mit deiner Mutter an der Victoria Station sah. Es war, als hätte mir Gott noch einmal ein Kind geschenkt; das war ein viel zu verrückter Zufall, als dass es etwas anderes hätte sein können. So etwas habe ich seitdem nie wieder gesehen, dass jemand einfach so starb wie sie. Die ganze Reise war ein einziger Alptraum. Ich hatte zu große Angst, Mutter oder Vater anzurufen und ihnen zu sagen, was mit Angelique und Vaslav geschehen war. Ich habe das immer wieder vor mir hergeschoben, bis du schließlich da warst und mir die Chance gabst, die Regeln noch einmal neu zu schreiben, die Geschichte um einen winzigen Teil zu verändern, sie einfach ein wenig freundlicher zu machen und das nicht nur für mich selbst, sondern auch für Johnny/Vaslav. Ich muss absolut verrückt gewesen sein, es tatsächlich zu versuchen, aber wir haben es gepackt, oder etwa nicht?« Wir beide staunten, was wir da geschafft hatten; es schien wie ein Wunder.

Das wahrscheinlich Bemerkenswerteste an meiner ›Neuerfindung‹ war der Umgang mit meiner absoluten Unwissenheit. Ich konnte weder schreiben noch lesen, hatte – außer im Fernsehen – noch nie eine Dusche gesehen, besaß keine Vorstellung davon, wie man Besteck benutzte und sprach mit einem nahezu unverständlichen Akzent. Shamash schien mich einigermaßen zu verstehen. Er hatte ja dort gelebt, wenngleich ich bezweifle, dass er mit irgendjemandem wie Mum oder mir überhaupt je zu tun gehabt hatte.

Eine ganze Weile lang war ich ein düsteres Kind und redete kaum ein Wort. Das wenige, was die Leute aus meinem ständig herabhängenden Kopf vernahmen, muss bei ihnen unweigerlich die Frage hervorgerufen haben, wie Angelique wohl gewesen sein mochte; und wenn ich einen derart breiten Akzent hatte, dann musste dieser theoretisch aus dem Norden stammen, was aber nicht der Fall war. Als offenkundig wurde, dass ich Analphabet und ein Jahr mit der Schule im Verzug war, wischte Shamash diese Tatsache seiner Mutter gegenüber mit Kommentaren beiseite, die etwa so lauteten: »Ja, Angelique hatte schon komische Vorstellungen; sie schickte ihn in die nächstgelegene Schule, wahrscheinlich eine schlechte Wahl, sie war in den letzten zwei Jahren einfach nicht mehr auf der Höhe; sie hielt ihn aus der Schule fern, weil sie sich ohne ihn einfach zu unsicher fühlte« – derlei Zeug eben.

In Grandmas Umgang mit mir gab es immer ein gewisses verdutztes Element. Ich glaube, sie favorisierte die Vorstellung, dass Shamash fälschlich in den Glauben gesetzt wurde, ich sei sein Sohn. An dem Tag, als sie ihm das im Wohnzimmer des Hauses in Paddington unterbreitete, lauschte ich gebannt hinter der Tür.

»Was soll ich denn deiner Meinung nach bitteschön machen, Mum, ihn in der Badewanne ertränken und so tun, als sei er mit Angelique untergegangen? Was für einen Unterschied macht es denn, ob er mein Sohn ist oder nicht, verdammt nochmal? Ich glaubte, dass er mein Sohn war, als sie ihn bekam, ich war bei der Geburt dabei und ich stehe auf der Geburtsurkunde. Ich habe ihn aus dieser verrückten Familie herausgeholt. Ich weiß einfach nicht, was du willst!«

»Alles, was ich meine, ist, dass er vielleicht besondere Bedürfnisse hat, vielleicht —«

»Vielleicht was, Mum? Vielleicht wird nichts ›Vernünftiges‹ aus ihm? Vielleicht wird er kein ›richtiger Usher‹ so wie wir? Überlass es doch einfach mir, ihn zu lieben und großzuziehen. Wenn du dabei mithelfen willst, wunderbar, aber wenn du dich für ihn schämst, so wie du dich für mich und mein Leben die meiste Zeit zu schämen scheinst, dann lass uns in Ruhe. So verdammt einfach ist das.«

»Nichts ist je so *verdammt einfach*, Martin. Was weißt du denn schon davon, wie man ein Kind erzieht?«

»Weiß überhaupt jemand was davon, bevor es soweit ist?«

»Die meisten Leute haben mit anderen verheirateten Paaren Kontakt und können mit ihnen über deren Erfahrungen reden – sich etwas von ihrer Last abnehmen lassen. Ich frage mich im Ernst, wieviel derartige Freunde ihr habt, du und dieser David Bergdorf.«

»Und du könntest es ruhig mal bei ›David‹ belassen!«

»Ich sage ja auch nur, dass du ein beinahe achtjähriges Kind hast und du kannst mir glauben, die meisten Verhaltensmuster haben sich in diesem Alter verfestigt und jetzt unternimmst du das aussichtslose Unterfangen, ihn ganz allein großzuziehen.«

»Mum, ich kann das doch nur sehen, indem ich es tue. Wenn ich Hilfe brauche, hole ich mir welche. Ich habe ja Thelma. Jetzt, da ich einen Sohn habe, der in die Schule kommt, lerne ich ja vielleicht ein paar deiner wertvollen heterosexuellen Paare kennen. Vas hat nicht wirklich die Wahl und ich auch nicht. Ich werde dem Verein schwullesbischer Eltern beitreten.«

»Na, was das bringt, kann ich mir schon vorstellen! Da wirst du schon dreimal deine Schwester oder mich angerufen haben, bevor du von denen irgendwelche Hilfestellung kriegst! Diese Frauen leben doch alle auf Kosten der Kommunen und missbrauchen ihre Kinder als Versuchskaninchen. Die verbieten den Mädchen, rosa zu tragen und mit Puppen zu spielen, glaub mir, ich hab genug gelesen von solchen ›Experimenten‹ – allein stehende Mütter, die keinen Schimmer haben, worauf sie sich eigentlich einlassen, die auf Kosten der Steuerzahler Babys kriegen und Kinder heranziehen, die nachher in der Schule gehänselt werden und sich im späteren Leben nicht anpassen können, bloß weil ihre Eltern eigensüchtig ein System missbraucht haben, das ihnen zu viel Freiraum lässt —«

»Verdammt nochmal, hör auf damit! Wir reden hier von meinem Sohn, von Vaslav. Was nützt ihm denn das alles hier? Du leierst das runter wie eine Platte, die einen Sprung hat, Mum. Ich habe mir deine Ansichten nicht nur einmal sondern gleich tausendmal anhören müssen. Das langweilt mich nur noch, doch was noch schlimmer ist, ES IST KEINEM DAMIT GEHOLFEN! Was nützt es denn, wenn niemandem damit geholfen ist? Du hast versucht, mir beizubringen, dass Freundlichkeit und Vorsicht gleichbedeutend sind, dass man überhaupt nur Leuten gegenüber Großmut zeigen kann, die von allem exakt genauso viel haben wie man selbst. Ich verstehe diese abgehärtete Inselmentalität einfach nicht – diesen Reichtum, den man selbst irgendwie verdient hat, den aber kein anderer erlangen soll.«

»Dein Vater und ich, wir haben Jahr um Jahr gearbeitet, damit du und Rosie alles haben konntet. Du hättest das Haus in Paddington nicht, wenn dein Vater nicht –«

»Ach komm, vergessen wir's. Das Mindeste, was ich tun kann, ist Vaslav so viele Chancen zu bieten wie möglich.«

Danach gab sich Grandma dann doch noch Mühe und räumte ein, dass ich ein ›lieber, kleiner Knirps‹ sei. Sie schien sich daran zu gewöhnen, dass ich bei Shamashs seltenen Besuchen an der Nordküste einfach dabei war.

Wenn Grandpa nicht gerade die Börsenpapiere las, blickte er auf und sagte, »Wie geht's unserem jungen Freund?«, während ich auf meinem Weg zum Pool im Garten an ihm vorbeitrottete. Ich wollte ums Verrecken schwimmen lernen und zur allgemeinen Überraschung hatte ich keine Angst vor Wasser. Jedesmal, wenn wir bei Grandma waren, wollte ich in diesen Pool. Selbst wenn es kalt war, bettelte ich, hineinspringen zu dürfen. Dann sagte Grandma, »Aber es ist doch eiskalt«, womit sie meinte, dass es achtzehn Grad oder sowas in dem Dreh waren. Darauf sagte Shamash, »Er kommt aus England, Mum, in England wäre das ein heißer Tag, stimmt's nicht, Vas?« Dann kicherte ich, aber nicht etwa, weil er Recht hatte, sondern weil mein Leben diesen Purzelbaum geschlagen hatte und ich plötzlich unter diesen Leuten hier war, die sich über meine Bedürfnisse, meine Ansichten und meine Pflege die Köpfe heiß redeten. Und obwohl ich mich doch ziemlich umstellen musste, hatte ich schon nach zwei Wochen kein Fünkchen Zweifel mehr daran, dass ich auf allen Vieren gelandet war, dass Shamash wirklich derjenige war, der er zu sein schien, dass man sich um mich kümmern und mein Leben besser werden würde.

Ich denke, was Shamashs Eltern auch immer von mir halten mochten, ich hatte doch ihr Mitgefühl, weil ich meine Mutter verloren hatte – und das in beiden Versionen meiner Geschichte. Meine Geschichte, das heißt Angeliques und Vaslavs Geschichte, wurde immer und immer wieder erzählt; sie war unser Geheimnis und in einem solchen Geheimnis liegt Intimität. Ich kannte zu jeder Zeit die Wahrheit, doch Shamash wob sie sowohl zu einem Mythos als auch zu einem Geheimnis und irgendwie wurde ich zum Hüter von beidem. Es ist möglich, eine Lüge zu lernen, sie sogar zu glauben, Geschichte also neu zu schreiben. Ich besitze eine Erinnerung an jenes Auto, das in den Lake Windermere fuhr, an den Greifarm des

Lebens, der mich da herausholte, doch leider Gottes nicht an meine ›Mutter‹. Shamash und ich fuhren auf unserer letzten Englandreise an den See. Er nahm mich mit dorthin, um Angelique und den echten Vaslav endlich in Frieden ruhen lassen zu können. Von da an konnte ich mir meine zweite Geburt gewissermaßen im Geiste vorstellen. Nach Brighton allerdings, zu meinem Wohnblock, fuhren wir nicht noch einmal. Shamash bot mir an, mich hinzufahren, aber ich hatte kein Interesse daran. Lake Windermere ist ein hübscherer Ort, sowohl zum Sterben als auch zum Geborenwerden; er hat sich in meine ›Träume‹ geschlichen.

Stundenlang redete Shamash mit mir und versuchte herauszufinden, was mich interessierte. Er schleppte mich in Buchläden und ich konnte alle Bücher haben, die ich wollte. Wenn ich Interesse an Spielzeuglastern zeigte, kaufte er mir etliche Spielzeuglaster. Wollte ich Fish and Chips, fuhren wir zur Oxford Street, setzten uns in den Park und aßen welche. Wir schauten in Läden hinein, in denen es tollere Sachen gab, als mir je zu Augen gekommen waren und weil ich in Begleitung von Shamash war, waren die Verkäuferinnen auch zu mir nett: »Wie gefällt ihm Australien denn?« – »Möchtest du ein Stück Kuchen, Vaslav?« Kein Wort von »Raus mit dir, du klaust doch eh nur!« Ich brauchte ja überhaupt nicht zu klauen; ich bekam alles, wonach mir zumute war. Paddington war wahrlich ein Pflaster für Privilegierte, das mir kleinem Gassenjungen gehörig die Augen öffnete.

Shamash ließ Privatlehrer für mich ins Haus kommen. Zu seiner (und meiner) großen Überraschung war ich weder beschränkt noch sonderlich lahm und ehrlich gesagt konnte man mich nicht gerade als ›Opfer‹ der Genverschmelzung meiner Eltern bezeichnen. Wer weiß, vielleicht hatte sich Mum als Sechzehnjährige ja von einem der großen Köpfe Englands vögeln lassen oder sich zufällig ein Kabinettsmitglied geangelt, das um unseren Wohnblock herumschnüffelte. Womöglich recherchierte ja gerade ein gescheiter, sozial engagierter Journalist die Kapazitäten der Müllcontainer hinter unserem Haus, während Mum zufällig bei den Packen alter *Sunday Sports*- und *Daily Mirror*-Ausgaben lauerte. Bingo, ein IQ über hundert, ein paar Gehirnzellen, die nicht mit dem ganzen Pommes-Fett verklumpt sind. Meine Mum hat es selbst zwar nie auf die Seite drei geschafft, aber vielleicht hat ja meine Empfängnis auf einer stattgefunden.

Heute ist es kaum noch von Belang, wer mein Erzeuger war. Es gibt mich und mein langsamer aber vollständiger Einzug in die Society von Sydney war bereits in vollem Gange. Shamash war gesellschaftlich sehr beliebt. Er hatte Einfluss und kannte die ›richtigen‹ Leute: Kuratoren, Schauspieler und Kunstschaffende. Bei uns ging es um Namen, Schätzchen, Namen. Natürlich sagte mir damals keiner von ihnen etwas, aber unser Haus war immer erfüllt von Musik, Tanz und schönen Frauen, die roten Lippenstift trugen und rauchige Stimmen hatten; es wurde belebt vom Rasseln schwerer Klunker und der gebauschten Extravaganz der weißen Vorhänge, vom Klirren der Eiswürfel in den Gläsern. Teure exotische Parfüms und Rasierwasser mischten sich mit dem Jasmin- und Frangipani-Duft, der aus dem Garten hereinwehte. Jeder, der das Haus betrat, fiel unter einen Zauber: Die goldenen jungen Tänzer, enthaart und poliert, mit Gesichtern, die jeden Gott martern, mit Körpern, die jeden Heiligen strafen mussten; Theaterdirektoren samt ihrer Entourage von Thespisjüngern. Die Stimmen der Erlesenen und Verbrauchten hallten in den Sälen unseres Hauses in der Shadforth Street wider. Ich versteckte mich vor diesem grandiosen und urbanen Selbstvertrauen, welches unsere Gäste nur allzu gern verbreiteten.

Es machte mir Angst, anfänglich.

Die Leute kamen und gingen. Es gab immer Champagner und köstliche Dinge zu essen; und immer wurde ich gehätschelt. *›Däumling‹* wurde mein Spitzname. »Ganz der Vater«, sagten manche mit sonor-ironischem Macho-Tonfall. »Ganz aus dem Holz seines Herrn Vaters geschnitzt, meinst du nicht auch, Shamash?« Dann lachte Shamash jedesmal heimlich.

Aber ich eile voraus.

Thelma, die Haushälterin, kam zwei- oder dreimal die Woche. Sie beklagte sich unablässig jedoch vergnügt über die Unordnung, die sie beseitigen musste; sie war freundlich und manövrierte sich matronenhaft durch alle Neckereien, die glucksend das ganze Haus erfüllten. »Thelly«, pflegte David Bergdorf zu sagen, »du hast ja schon wieder den ganzen Gin getrunken! Shamash, du musst Thel feuern, die macht jedesmal deinen Gin platt!«

Thel stand im Gang, die Hände in die Hüften gestämmt und lächelte säuerlich. »Wir wissen doch alle, Mr. Bergdorf, wer hier den Gin austrinkt. Herrje, wenn ich bloß daran denke, was für Abschreibungen bescheidene Haushälterinnen wie ich mit Ihrem Gin unterstützen! Martin schreibt das alles unter Bewirtung ab und Ihr Ginkonsum allein dürfte wohl schon den Großteil des nationalen Defizits ausmachen, würde ich mal sagen.«

Shamash schoss dann halb bekleidet auf sie zu und drückte ihr einen Schmatzer auf die Wange. »Wir wissen doch alle, dass sich Thelly höchstens mal 'nen Shery genehmigt, nicht wahr, Thel? Und nie mehr als zwei Gläschen pro Abend, richtig? Und ab und an, wenn es einen Grund zum Feiern gibt, dann lässt sie sich auch zu einem Glas Prickelwasser verführen. Ich würde Thelma meinen letzten Tropfen Gin anvertrauen, dir allerdings ganz und gar nicht, lieber Freund.«

Thelma nahm bald die Rolle des ›Kindermädchens‹ ein. Das hatte zwar ursprünglich nicht zu ihren Aufgaben gehört, doch Shamash freute sich über ihre Hilfe. »Weißt du, meine Kinder sind jetzt so ziemlich groß genug, um sich selber zu versorgen und nun kriege ich hier mit einem Mal einen neuen Jungen, um den ich mich kümmern soll. Wir werden uns wohl anfreunden müssen, Vaslav, denn Martin ist ja den ganzen Tag nicht da und du sitzt somit hier mit mir fest.«

Das war typisch Thel: Sie sah, dass sie gebraucht wurde, krempelte die Ärmel hoch und machte sich an die Arbeit. Sie liebte Kinder und ich bin froh darüber, dass sie mich mochte und liebte, so wie sie es tat. Wenn Thel jemanden nicht leiden konnte, machte sie daraus kein Geheimnis. Sie hatte selbst zwei Kinder: Jeff war schon groß, doch Dianne spielte manchmal mit mir, wenn sie ihre Mutter zur Arbeit begleitete. Sie war vier Jahre älter als ich und konnte mich deshalb ein bisschen herumkommandieren. Sie fragte mich über England aus und ich musste vorsichtig sein mit dem, was ich erzählte. Sie machte mir überdies unmissverständlich klar, dass mein Dad anders war als andere Väter. »Ich wette, du weißt nicht, was ein Homosexueller ist«, sagte sie herausfordernd. Hätte sie ›Schwuchtel‹ gesagt, dann wäre ich vielleicht drauf gekommen, aber ich nahm sowieso alles hin. Schwuchtel war für mich damals noch kein Ausdruck gewesen, vor dem man Angst haben musste.

Nach dem ersten Jahr der Eingewöhnung begann Sydney mir zu gefallen. Von unserem Haus in Paddington ging ich rüber zur Brücke, um stundenlang im Swimmingpool meiner Großeltern zu spielen, nachdem ich mit Mühe gelernt hatte zu schwimmen. Ich hatte einen Onkel und eine Tante, die kinderlos waren. Zu jener Zeit standen sie Shamash nicht nahe; ich schätze, er war seinem Börsianer-Schwager wohl ein wenig zu ›künstlerisch veranlagt‹. Rosie war zwei Jahre älter als Shamash und irgendwie hatte ich den Eindruck, sie hielt es nicht für richtig, dass ihr Bruder einen Sohn hatte. Sie wollte selbst Kinder haben, konnte aber nie welche bekommen. Sie war nett zu mir und passte manchmal auf mich auf, doch ich zog es vor, zu Thelly nach Homebush zu gehen oder zu David nach Elizabeth Bay. David verwöhnte mich immer; außerdem hatte er einen Hund. Homebush hingegen erinnerte mich mehr an meine eigene Herkunft und ich konnte von Thels Haus die Keksfabrik riechen.

Ich kam ganz gut in der Schule zurecht, obwohl die anderen Kinder ein Jahr jünger waren als ich. Diese Tatsache war mit einem winzigen Stigma behaftet, denn sie konnte schließlich bedeuten, dass ich zurückgeblieben war. Die Lehrerin in der ersten Klasse hatte meinen Mitschülern verständnisvoll erklärt, das komme daher, weil in England das Schulsystem anders sei:

»Vaslav, möchtest du den anderen Jungen und Mädchen etwas von deiner Schule in England berichten?« »Die is' genauso wie die hier, Miss.« Die gesamte Klasse brach in schallendes Gelächter aus. Ich sprach so wenig wie möglich, bis ich unter Shamashs Anleitung meinen Akzent losgeworden war. Manchmal wurde ich zornig, wenn Leute versuchten, mich zu ändern, doch anderseits gefiel mir natürlich auch die Hänselei in der Schule nicht besonders.

Shamash war liebevoll, wenngleich anfänglich noch mit Zurückhaltung. Er gab mir einen Kuss und knuddelte mich, er zerzauste mir die Haare und hob mich manchmal an den Füßen hoch, ließ mich dann kopfüber hängen und sagte: »Vaslav der Schlawiner will zum Trocknen aufgehängt werden.« Wir entdeckten ›Flugzeugspielen‹ und im Garten hinter dem Haus war gerade genug Platz dafür, ohne dass wir die Töpfe mit den Geranien umschmissen.

Er kaufte mir Ballettschuhe, damit ich in das Übungszimmer, das vorn im Haus lag und komplett mit Spiegel und Ballettstange ausgestattet war, gehen konnte, um seine Schritte nachzumachen. Ich beobachtete ihn jeden Tag, so wie die meisten anderen Jungen ihren Vätern beim Rasieren zusehen. Shamash konnte unglaubliche Dinge mit seinen Beinen anstellen. Er gab vor mir an. »Na los, Vas, arbeiten wir an deinem *demi plié.* Los, die Beine rauf auf die Stange!« Sie war natürlich zu hoch; abgesehen von kleinen Nummern auf den Bühnen der Nightclubs Jahre später führte dieses frühe Training zu nichts. Ich bin sicher, der einzige Grund, weswegen ich gebeten wurde, bei Mardi Gras-Veranstaltungen zu tanzen, war die Tatsache, dass ich der Sohn ›des Großen‹ bin; es heißt ja, es kommt nicht darauf an, was du kannst, sondern wen du kennst. Ich sah ihm gerne zu; sein Anblick war schon etwas Besonderes. Am liebsten hatte ich es, wenn er mich hochhob und um seinen Kopf herumschwang, genau wie er es mit den Mädchen auf der Bühne machte.

Als *Flashdance* rauskam, rümpfte er zwar die Nase über den Film, konnte aber den Tanz zu *Maniac.* Ich bettelte, dass er ihn tanzte und holte Wasser in den Übungsraum, damit er sich die Tropfen aus dem Gesicht schleudern konnte, so wie Jennifer Beals es im Film macht. Er kitzelte mich auch oft und sagte: »Du bist so'n richtiges Steeltown-Girl in Samstag-Abend-Ausgehlaune!« Dann quiekte ich und sagte: »Gar nicht! Ich bin kein Mädchen!«

»Ein halbtot gekitzelter Steeltown-Vas, das bist du, wenn ich mit dir fertig bin, du!«

Er kitzelte mich gnadenlos weiter und sang dazu »What a Feeling«, bis ich hochrot und atemlos auf der Couch zusammensank und mich ein bisschen wie im Himmel fühlte und spürte, dass ich geliebt wurde. Dann sprang Shamash auf diesen unglaublichen Beinen – pralle Muskeln wölbten sich unter seinem Trikot buchstäblich in alle Himmelsrichtungen – in den Flur hinaus und sang dazu das Thema von *Fame.*

Abends las er mir Geschichten vor. Manchmal nahm er mich ins Ballett mit und musste mich hinterher aus dem Auto hinauf ins Bett tragen, weil ich schon eingeschlafen war. Ich liebte den Luxus der Oper und des Staatstheaters. Ich beschloss, dass ich irgendetwas am Theater machen wollte und Shamash kaufte mir Handpuppen und ein kleines Theater zum Spielen. Ich hielt mich für zu schüchtern, um jemals zu spielen oder etwas aufzuführen, aber ich stellte mir vor, wie ich Bühnenbilder malte, die Lichttechnik machte oder die Seile zog, mit denen der Vorhang gehoben wurde. Wie enttäuscht ich war, als ich schließlich herausfand, dass er sich automatisch hob! Der Vorhang meines Puppentheaters konnte mit einer Schnur gehoben oder mit einer zweiten seitwärts aufgezogen werden.

Von meinen privaten Puppenspielen erfuhr Shamash einiges über meine frühere Kindheit. Ich konnte ihm so Dinge zeigen, die ich ihm niemals erzählt hätte; mein knubbelköpfiger Kasper setzte sich die Nadel und trank Bier, um anschließend seine Marie zu schlagen oder zu bespringen. Dies waren meine geheimen Vorstellungen, denen nur Shamash beiwohnte. Ich inszenierte sie zur Schlafenszeit, wenn nur er und ich zu Hause waren. Er begriff die Wichtigkeit jener Offenbarungen und unterbrach sie nie, selbst dann nicht, als die Johnny-Puppe zwanzig Pence vom Anorak-Mann bekam. Er wand sich zwar, wusste aber besser als jeder andere, dass die Show weitergehen musste.

Das Theater hauchte mir Vorstellungskraft ein, die Farben, allein schon das bloße Spektakel des Ganzen. Ich bat Shamash, mich überall hin mitzunehmen, selbst wenn er ein Rendezvous hatte. Natürlich musste auch er Vorstellungen geben und die waren viel anspruchsvoller als meine.

Wenn Shamash ausging, sah er umwerfend aus; in den Nightclubs trug er Netzhemden, zerfetzte Jeans und Cowboystiefel, in der Oper hingegen einen teuren Leinenanzug oder gelegentlich auch einen Smoking. Ich schätze, er war sehr eitel, aber er war eben auch ausnehmend schön.

Auch seine Rendezvous endeten natürlich an einem bestimmten Ziel. Oftmals kamen sie zu uns nach Hause; mein Babysitter (für gewöhnlich Thelly) ging nach Hause und die Liebhaber wurden mit einem Drink in der Hand in Shamashs Zimmer hinaufgeführt. Drinnen legte er Musik auf – Yello war immer unter seinen Lieblingsplatten, oder auch Grace Jones – und dann taten sie, was Liebhaber eben so machen. Solche Geräusche kannte ich ja nun. Für den kleinen *›Däumling‹* bedeuteten sie irgendwie Sicherheit. Shamash schloss immer die Tür, aber sie hatte ein altes Schloss und es steckte kein Schlüssel drin. Bebend schaute ich mir seine nächtliche Choreographie an und sie wurde mir so lieb wie sein morgendliches Training. Ich mochte die unvermittelten, geheimen Dinge, die die Männer da drinnen einander sagten, Wörter wie ›ficken‹, ›Schwanz‹ oder ›Arsch‹. Grobe Ausdrücke, die Shamash mir gegenüber nie gesagt hätte. Da drinnen aber sprach er sie mit einer anderen Stimme aus, mit seiner besonderen Stimme. Mum hatte auch so eine besondere Stimme. Sie hatte sie zwar nur ab und zu benutzt, aber ich erinnerte mich doch an ihren Ton; das Wiegenlied des kleinen Hurensohns. Shamashs Männer antworteten flüsternd und mit noch tieferer Stimme und ich fieberte nach dieser Hitze, der Heimlichkeit, dem Nacktsein. Ich wollte, dass mein Körper schnell wuchs; ich wollte nicht länger ein Kind mit Spielzeug, Büchern und blöden alten Sachen sein. Auch ich wollte *Slave to the Rhythm* sein.

Das waren heiße Jahre in Sydney, die frühen Achtziger, unmittelbar vor Aids. Die Leute in den Schlafzimmern von Paddington und Darlinghurst ließen sich ziemlich gehen und auch Shamash war kein Kind von Traurigkeit, wenn es zum nächtlichen Ballett der Fleischeslust kam. Auch schreckte er nicht vor den Pulverchen zurück, die den Tanz beflügelten. Er nahm Poppers, manchmal Koks und ich lernte durch das Schlüsselloch hindurch, dass jene glatten Ärsche, an die ich ja noch frühe Erinnerungen hatte, genauso leicht gestoßen werden konnten, wie sie selber zustoßen konnten. Ich lernte zudem, dass Drogen nicht notwendigerweise Alltagskost sein mussten, nicht unbedingt Suchtmittel waren und nicht gänzlich abzulehnen sind. Ich wusste, dass die ›besten‹ Leute wie die ›schlechtesten‹ sie nahmen. Was das Äffchen sieht, macht es nach. Wenn es ganz unten passiert, kann man sicher sein, dass die oben es auch machen.

DAS EIS SCHMILZT

Oxford Street. Zufluchtsort der Vorstädter oder Ghetto der Anwohner? Eine von Menschen wimmelnde Hierarchie übereinander geschichteter Örtlichkeiten. Nicht nur im räumlichen Sinne sondern auch sozial. Unter der Erde fängt es mit Sexclubs an, dunkle Höhlen, die das abgestandene Versprechen schmutziger Abenteuer oder aber den Trost des Alkohols auf die Straße hinausatmen. Fleckige Trennwände aus Sperrholz präsentieren gähnende Löcher, den gesichtslosen Kitzel heißer Gefühle, die ein Rachen auf der anderen Seite schenkt. Ein Volltreffer oder aber russisches Roulette, wo ununterscheidbare Münder gleichgültige Demut üben. Kein Sport für Leute mit schwachem Herz, ein Wettbüro, wo alle Gäste Stammkunden sind und alle Katzen grau. Oben stellen Peepshows verschleiert dreinblickende Jungs mit schlechter Haut und verhaltenen Erektionen zur Schau. Hinter ihrer verschmierten Glasscheibe gehören sie dir kurzfristig für eine Münze.

Goldjungs von gestern verteilen müde Kondome und Gleitgel in liebloser Papierservietten-Verpackung; sie tätowieren dich am Eingang mit einem Bart Simpson-Stempel, falls du später nochmal wiederkommen willst, weil dir die momentane Auswahl zu finster erscheint und du erst noch ein paar Drinks brauchst, bevor die fleischlichen Belange angegangen werden können. Trockene Läden, nasse Läden, Peepshows und düstere Schuppen konkurrieren wie Jahrmarktsattraktionen, während Geldautomaten, die so etwas wie Guthaben nicht kennen, das nötige Bare ausspucken, das die Zahnräder dieses irrsinnigen Riesenrads schmiert.

Die Bars zu ebener Erde bilden die internationale Kontaktbörse und liefern die Gleitmittel, die nötig sind, um den endlosen Karneval des Fleisches am Leben zu halten. Jede einzelne wird unter dem Dröhnen und unablässigen Gewummer komplexer Remix-Versionen von den Lichtblitzen der Stroboskope durchzuckt. Lieder, die man kennt, aber bei denen man nie weiß, wer sie gesungen hat. Alte Hits, aufgewärmt von irgendeinem neuen Studio-Interpreten, der unmögliche Klamotten trägt und an den keiner sich erinnern wird – das ganze dann dermaßen beschleunigt, dass jede Stimme wie die von Mickymaus klingt. Lieder, die davon handeln, wie das Leben einem Lektionen erteilt, die auffordern: »Probier mich aus« oder »Lass mich rauf«; Lieder vom Rhythmus der Nacht, von unverbrüchlichen Schwüren, vom wirklichen ›Ich‹, das zu sich findet. Manchmal handeln sie auch von jemandem, der einen anderen herbeisehnt wie die Wüste den Regen. Ich kann einfach nichts dagegen machen: Nach ein paar Drinks scheinen einige dieser Lieder zu mir zu sprechen.

Ganz oben in der Hierarchie stehen die Cocktail-Bars und blicken auf alles andere herab. Das sind die Reviere, wo die allerschönsten Männer posieren, wo du die durchtrainiertesten, gebräuntesten, enthaartesten Körper dabei beobachten kannst, wie sie ihre Designer-Tops zur Schau tragen. Mädchen, die aussehen, als kämen sie direkt aus einer Produktion von Aaron Spelling, Absätze so hoch du nur willst, Charaktere, die sie für sich erfunden haben, Schönheit, die ihr Spiel spielt, Sex, der auf Einwilligung wartet und Schmuck, der billig aussieht, aber alles andere als billig ist. Sie alle schlürfen die hübschesten, am verlockendsten gefärbten, teuersten und alkoholischsten Drinks. Für den Preis eines dieser Getränke würden sie gleich in zwei der schummrigen Clubs weiter unten reinkommen. Drei solche Cocktails führen gewöhnlich dazu, dass die Stammgäste in einem oder mehreren dieser Absteigen enden und dass das DKNY-T-Shirt und die Flieger- oder Armyhosen am nächsten Tag in der Wäsche oder bei der Reinigung landen. Die Straße scheint alles das zu wissen, sie lebt davon und um drei Uhr morgens scheint jegliche Aufgesetztheit, jegliches Stilbewusstsein zu schwinden. Die Mädels sind nach Hause gefahren oder in Lesbenbars oder Hetero-Läden übergewechselt und mit einem Wink der Götter der Fleischeslust kehrt ein zartes Gefühl der Gleichheit zurück. Und schließlich nährt das vereinte Begehren den kurzzeitigen Drang zur Verbrüderung in den niederen Regionen der dunklen Unterwelt.

Den Glanz der Straße machen ihre Menschen aus, nicht ihre Architektur – schlendernde, paradierende und trinkende Jungs und Mädchen. Die Jungs ziehen von Bar zu Bar, wobei ihre T-Shirts aus der Kinderabteilung jeden einzelnen Muskel ihrer aufgepumpten Körper unterstreichen – Jungs wie Aufziehpuppen, die instinktiv wissen, wie sie sich bewegen müssen, sobald sie das Gewummer der Musik hören. Jungs, die alles nur Erdenkliche unternehmen, um umwerfend und männlich auszusehen, um dann aber alles Maskuline über Bord zu werfen, wenn sie den Text irgendwelcher tuntigen Lieder wie eine Horde betrunkener High School-Mädchen mitsingen. Sie sind Pornografie auf dem Weg zum Vollzug. Man mag sie lieben oder hassen; aber auch am nächsten Samstag Abend will keiner, ob schwul oder hetero, das Spektakel verpassen.

Wenn du einer von ihnen bist, dann willst du so bleiben. Du willst nicht alt, vielleicht noch nicht einmal erwachsen werden. Aber wenn es, wie einige ›Experten‹ behaupten, doch ein Steckengeblieben-Sein in einer Phase sein sollte, dann wünschte ich, ich könnte statt Shamash dieser Steckengebliebene sein. Denn niemand wusste ja, dass er nicht wirklich mein Vater war und uns beiden war klar, dass es die Dinge nicht eben vereinfacht hätte, wenn es bekannt geworden wäre.

Brigitte weiß es. Obwohl ich als einer unter vielen Klienten bei ihr angefangen habe, muss ich nicht mehr für meine Besuche bei ihr bezahlen. Sie sagt, »Komm einfach vorbei und besuch mich, wenn dir danach ist, Schatz.« Ihre Wohnung, Misty Rise, liegt gleich um die Ecke in der Forbes Street. Auf ihrem Balkon hat sie eine Windharfe und immer, wenn ich bei ihr bin, fühle ich mich sofort entspannt. Brigitte ist sehr mystisch veranlagt; sie kennt sich mit tausend abgedrehten Sachen aus, von denen sie auch ständig erzählt. Das meiste davon leuchtet mir nicht sonderlich ein, aber manchmal sagt sie Dinge, die mich überzeugen. Sie analysiert Träume und scheint deine Gedanken zu kennen. Ich will keine von diesen Regressionsgeschichten mit ihr machen – unter keinen Umständen –, aber mein Horoskop hat sie mir erstellt und was sie daraus über mich abgeleitet hat, hat mir doch das Gefühl vermittelt, dass es eine gewisse Ordnung der Dinge gibt. Sie ist außerdem ziemlich hellsichtig. »Gott und all die anderen Konzepte kannst du vergessen«, sagt sie. Bevor ich mir derartige Dinge überhaupt vorstellen kann, muss ich erst einmal lernen, mich selbst zu lieben. Dieser ganze Kram klingt ziemlich abgedroschen und um die Wahrheit zu sagen, jagt er mir manchmal auch ganz schön Angst ein.

»Vaslav, wenn du dein Zimmer jetzt nicht aufräumst, dann werde ich Martin sagen, dass ich kündige und was wird dann wohl aus dir?«

Ich saß da drinnen mit mehr Spielzeug und Büchern, als die meisten anderen Kinder hatten und Thelly meinte, ich sei verwöhnt.

»Du solltest ihm nicht ständig Zeug kaufen, Martin, bevor er nicht gelernt hat, wie man es wegräumt. Das ist die reinste Räuberhöhle da drinnen.«

»Vas, hast du gehört, was Thel gesagt hat? Keine Bücher, Spielzeug oder Anziehsachen für dich, bevor nicht alles aufgeräumt ist. Und jetzt, dalli!«

Wir saßen in der Diele und der Fernseher lief. Shamash arbeitete irgendetwas mit seinen Büchern und ich schaute *Der dunkle Kristall* auf Video. Schon wollte ich *Dallas* oder Shamashs Video von *Whatever Happened to Baby Jane?* sehen. Thelly muss sich über meine Vorlieben gewundert haben. Sie hatte Davids Imitation von Bette Davis gesehen und sich noch immer darüber amüsiert. »Ich war nie ein Fan von Bette Davis, nicht mal damals in den Fünfzigern. Ich fand immer, dass sie ein Drachen war. Ich war eher der typische Grace Kelly- oder Janet Leigh-Fan«, sagte Thel, wenn das Gespräch auf Filme kam. Dann lächelte Shamash. »Siehst du, David, Thel hat Stil. Sie war ein Hitchcock-Mädel und nicht die typische Kinogängerin, die sich in den Fünfzigern alle möglichen B-Movies angeguckt hat, bloß um Bette Davis' Karriere zu retten, die langsam den Berg runter ging.«

»Ach, so ein Schmus, von wegen Stil! Zeig mir eine andere Frau, die sechzig Kippen am Tag rauchen und eine Flasche Bourbon leer trinken kann und dann immer noch ihren riesigen schwarzen Buick unter Kontrolle hat, während ihr die Tränen in die Augen steigen und die Scheibenwischer den sintflutartigen Regen wegwischen!«

»Nun hör schon auf, David! Sie hat sich irgendwo in Amerika verbuddelt. Sie ist über Achtzig, hat ein paar Herzinfarkte hinter sich und ebensoviele Schlaganfälle, aber ich glaube, sie ist Single«, sagte Thel. »Sie mag für ›euresgleichen‹ ein Idol gewesen sein, aber sie war mit Sicherheit keine, nach der wir Mädchen uns damals gerichtet haben. Vielleicht hätte ich in der schlechten alten Zeit ein paar mehr Haare auf den Zähnen haben sollen. Das hätte mir beträchtlichen Kummer ersparen können.«

David und Shamash sahen einander an. Sie liebten Thelmas geheimnisvolle, tragische Vergangenheit. David versuchte ständig, mehr darüber in Erfahrung zu bringen, aber beide liebten sie viel zu sehr, als dass sie Einzelheiten aus ihr herausgequetscht hätten.

Shamash war, was das Fernsehen betraf, nicht sonderlich streng, besorgte mir aber dennoch ›anständige‹ Kinderfilme, die mir auch manchmal gefielen. Wegen *Dallas*, das lief, wenn ich schon im Bett war, hatte ich jedoch ein derartiges Theater veranstaltet, dass Shamash begonnen hatte, es für mich aufzunehmen. Thel konnte es nicht sonderlich gutheißen, wenn ein Kind aus der Schule kam und sich dann gleich so eine Erwachsenenserie anschaute. Trotzdem sagte sie nie ein Wort zu Shamash, bis sie eines Tages ein eindeutiges Heft unter meinem Bett entdeckte. Die Art und Weise, mit der Thel uns beide mit ihrem Fund konfrontierte, war für Shamash peinlich. Ich konnte sehen, wie ihm die Farbe ins Gesicht trat.

»Du solltest das hier sorgfältiger aufbewahren, Martin. Es hat seinen Weg in andere Gemächer genommen.«

Er riss ihr das Heft aus der Hand und beide gingen in die Küche. »Herrgott, Thel, meinst du nicht, dass es ein Wörtchen im Stillen auch getan hätte?«

»Martin, du wirst auf den kleinen Kerl aufpassen müssen. Er hat das Zeug zu einem richtigen Plagegeist.«

»Gar nicht!« rief ich aus dem Wohnzimmer.

»Und große Löffel noch dazu«, fuhr Thelly fort und übertönte das Gedudel des Fernsehers.

Nachdem sie Feierabend gemacht und nach Hause gegangen war, sagte Shamash zu mir: »Der kleine Schnüffler Vaslav sollte mit seinem eigenen Kram spielen und zwar in seinem Zimmer, mein lieber Freund. Was willst du bloß in deinem Alter mit solchen Heften?«

»Nichts.«

»Und wieso klaust du sie dann?«

»Weiß nich', schätze wegen den Bildern.«

Er beließ es dabei und ging aus dem Zimmer. Auf seinem Gesicht lag ein Ausdruck, der zu sagen schien, »Wenn das alles nicht wirklich wäre, würde ich drüber lachen.«

Nach diesem Vorfall dauerte es eine Weile, bevor ich seinen Stapel wiederfand. Er hatte die Schubladen seines Einbauschranks herausgezogen und die Hefte darunter versteckt. Ich hatte mich eines späten Abends gewundert, warum er am Schrank herumwerkelte und versuchte, die Schubladen wieder reinzukriegen. Wohl ein Versteck, kombinierte ich während einer dieser nächtlichen Ruhestörungen.

1984 wurde ich zehn. AIDS war damals nur ein Flüsterwort – ein Gerücht, ein Monstrum, von dem wir hofften, es lauere nur in Amerika, so wie Ufos, Wohnwagensiedlungen und Serienmörder. Aber es erwies sich als real und 1984 konnten sich die ersten Leute testen lassen. David und Shamash sprachen davon, einen Test zu machen. Beide waren negativ – ein Wunder in ihren Augen. Ich wusste kaum, was das alles zu bedeuten hatte, nur, dass es mit Sex zu tun hatte und dass es gefährlich war.

Auf den Partys flossen noch immer Champagner und Gin, der Marihuana-Rauch schwebte durch das Haus, doch das Plaudern verwandelte sich in ernstere Gespräche – über Viren und Ansteckung und über Ängste; Überlegungen wurden angestellt, »sich eine Weile aus der Szene fernzuhalten«, dann aber ertönte makabres Gelächter, als jemand die Bemerkung machte, »Ich glaube, das dürfte in deinem Fall ein bisschen zu spät kommen, Liebes. Was nützt es, das Stalltor zu schließen, wenn das Pferd bereits durchgegangen ist?«

Die diesjährige große Party in der Shadforth Street war die Überraschungsfeier, die Shamash für seine Eltern zu deren dreißigstem Hochzeitstag zu organisieren sich nicht nehmen ließ. Er bestellte einen Partyservice und ließ eine riesige Schwanenskulptur aus Eis anfertigen. Im inneren des Eisschwans befand sich sein Geschenk für sie und niemand durfte gehen, bevor es nicht zum Vorschein gekommen war.

Die Planung erforderte dutzende von Telefonaten und ich hatte strikteste Order, das Ereignis geheim zu halten. Shamash und Rosie ließen beide ihr wahres Gastgeber-Naturell zu Tage treten, wenn derartige Vorbereitungen getroffen werden mussten.

»Was willst du damit sagen, es ist keine Wasserlilien-Saison? Mum hatte sie vor dreißig Jahren in ihrem Brautstrauß. Wenn sie die damals kriegen konnte, dann wüsste ich nicht, warum es uns jetzt nicht gelingen sollte, welche aufzutreiben... Wenn ich sie in Double Bay nicht bekomme, wo soll ich es denn verdammt nochmal sonst bitteschön versuchen? Es ist hoffnungslos. Hoffnungslos!«

Ein ähnliches *dénouement* musste Shamash mit der Eisskulptur durchstehen. Es gab keinen kühlen Ort, an dem er sie aufbewahren konnte. Der Lieferservice wollte sie um fünf Uhr vorbeibringen, doch er wollte sie erst ab sieben. Thelly murmelte mir ins Ohr, »Die zwei sind schlimmer als ihre Eltern zusammengenommen.« Rosie und Shamash, die gerade mit dem Ausziehbrett für den Esstisch an uns vorbeikamen, lachten, »Wir *sind* unsere Eltern zusammengenommen!«

Sie machten ihren Eltern an diesem Abend alle Ehre. Shamash hörte auf, über die Bigotterie der Leute von der Nordküste herzuziehen, mit denen er sich um seiner Eltern Willen abgeben musste (»Die hassen Asiaten, gehen aber liebend gerne asiatisch essen, die lieben teure Markenklamotten, aber hassen die Schwuchteln, die sie entwerfen«), und Rosie bekam nach einer weiteren Telefonaktion schließlich noch ihre Blumen. Als die Gäste eintrafen, war alles in Butter: Friede, Freude, Eierkuchen. Shamash machte seine Drohung, die Negermami-Nummer abzuziehen und eingelegte Klapperschlangen zu servieren, nicht wahr. Wie Rosie sagte, »Wenn wir in Double Bay noch nicht mal Lilien kriegen, wird's mit deinen Klapperschlangen wohl erst recht schlecht aussehen.«

Umgeben von dem guten Essen und der allgemeinen Dekadenz wurden die Gäste schnell locker und amüsierten sich. Shamash sagte immer, zur Schau getragener Reichtum sei ohnehin das beste Mittel gegen die Nordküsten-Vorurteile: »Du brauchst sie nur in einen Smoking oder ein Kleid von Carla Zampatti zu stecken und sie benehmen sich für gewöhnlich.« Für viele von ihnen war der Abstecher an den östlichen Stadtrand ein ziemlich dekadentes Abenteuer, selbst wenn das Parken »ein einziger Alptraum« war.

»Paddington ist wunderhübsch, aber wir könnten trotzdem niemals unseren Blick auf die Landzunge aufgeben«, sagte eine fett geschminkte ›alte Freundin‹ und blinzelte mir zu.

»Tja, weißt du, Martin war halt immer der künstlerisch Veranlagte, den hat's eben immer schon in den Osten gezogen, stimmt's nicht, Schatz? Dabei dachte ich, eure Hymne war immer ›Go West‹.«

»War sie auch, Mum. Damit war San Francisco gemeint. Willst du etwa, dass ich nach Perth oder Paramatta ziehe?«

»Ich will, dass du hier in Paddington bei Vaslav bleibst.«

Grandma zog uns beide an sich und ihre Augen wurden feucht. Sie wurde langsam ein bisschen betrunken und sentimental. Shamash füllte ihr Glas schamlos auf und Grandpa sagte: »Was machst du bloß mit deiner Mutter?«

Rosie lachte. »Martin kann es noch immer. Er war schon immer der einzige, der es geschafft hat, Mum besoffen zu kriegen, wenn wir im Urlaub oder aus waren. Du Monster hast ihr einfach immer das Glas aufgefüllt.«

»Immer noch besser, von einem Mann betrunken gemacht zu werden, der sich hinterher nicht an einem vergreift.« Grandma schwieg eine Sekunde lang, merkte dann aber, was sie da eben gesagt hatte und lächelte achselzuckend.

»Ich kann mich noch an die Flasche Pimms erinnern, die dein Vater rausgeholt hat, als wir uns frisch kennen gelernt hatten. Wir wollten nur ein Picknick machen, aber er brachte gleich ›scharfe Sachen‹ mit. Er tat so, als sei es ein Kavaliersakt, daran zu denken, einer Dame etwas zu trinken mitzubringen. Und da saß ich nun, das perfekte Nachkriegsfräulein aus dem Bilderbuch mit meinen selbst zubereiteten Häppchen und sogar einem Biscuitauflauf im Korb und er gießt mir in Gottes Namen Pimms und Limonade – mehr Pimms als Limonade im übrigen – aus seiner uralten Kühlbox ein, die seine Mutter in der Garage ausgelagert hatte.«

Grandpa lachte mit und seine Augen leuchteten in seinem alten Fuchsgesicht auf, wie ich es noch nie gesehen hatte. »Das beste war, dass unsere arme Mum dachte, ich wäre ein richtiger Gentleman, weil ich sie zum Picknick ausführte. Ich erzählte ihr, ich sei extra einkaufen gewesen und hätte alles besorgt, was wir für ein richtiges Picknick brauchten. Und dass ich die alte Kühlbox auf dem Kofferraumdeckel festgeschnallt hätte.

Sie sagte: »Lass mich mal sehen; ich schau mal nach, was du vergessen hast. Man kann keinem Mann überlassen, einen Picknickkorb zu packen.« Na ja, jedenfalls habe ich es ihr um keinen Preis gezeigt. Ich sagte, entweder solle sie sich mit dem zufrieden geben, was ich besorgt hatte, oder sie solle es ganz lassen.«

»Wir hören jetzt besser auf«, sagte Grandma. »Rosie und Martin haben die Geschichte schon ein Dutzend Mal gehört.«

»Eine Million Mal, Mum«, verbesserte Rosie. »Aber deshalb gefällt sie uns trotzdem.«

»Und bei jedem neuen Aufwärmen kommt immer ein winziges Bisschen mehr ans Tageslicht«, sagte Shamash, der den Wein in seinem Glas herumschwenkte wie ein Erzschurke; und irgendwie spiegelte sich in seinen Augen dabei das Fuchsige seines Vaters wider.

»Bob hatte damals diesen albernen alten Austin, den man noch mit der Kurbel anwerfen musste – das war immerhin 1951«, bemerkte sie nebenbei, »und dann mit dieser tollen Kühlbox auf dem Kofferraum. Er hatte einen riesigen Klumpen Trockeneis da drinnen, der uns jedesmal in eine Dampfwolke einhüllte, wenn wir sie aufmachten. Ich fand das alles herrlich romantisch und eh ich mich's versah, hatte ich auch schon einen sitzen.«

»Hör mal, Liebes, du warst besoffen!«

»Bob! Vaslav ist hier«, protestierte Grandma mit gespielter Empörung.

»Wenn er in diesem Haus lebt, wird er wohl noch viel schlimmere Sachen zu Ohren kriegen, nicht wahr, junger Freund?«

Ich nickte und lächelte wie ein neugeborener Engel, der noch nie versautes Gerede gehört hatte. »Am Telefon sagen Dad und David viel schlimmere Sachen.«

»Das reicht, du kleine Petze«, sagte David.

Grandma tauchte wieder in ihre Erinnerung ein. »Ein Mädchen musste wissen, wie es sich mit Pimms intus zu benehmen hatte.«

Alle lachten und sahen in das Licht, das sich in den Tropfen des dahinschmelzenden Schwans in der Mitte des Tisches brach, während ich den Erwachsenen dabei zusah, wie sie auf die vergangenen Jahre tranken – Jahre, die ich mir nicht einmal vorstellen konnte. Shamash spielte den gut aussehenden, erfolgreichen Sohn und Rosie die hübsche, wohlhabende Tochter. Endlich bekam ich Gelegenheit, die Fliege zu tragen, die ich nie besessen hatte und das Familienfoto, das an diesem Abend auf dem Balkon geknipst wurde, sah denn auch wie eins von der Königsfamilie aus. Es hätte im *Harpers* Magazine abgedruckt werden können.

Ich liebte die Kleidung und die Farben in Shamashs Welt. Ich mochte einmal Abschaum gewesen sein – aber nun war mein Wert höher gestiegen als in meinen kühnsten Träumen. Ich war wie eines jener zu hoch veranschlagten Häuser in Paddington, deren Hypotheken, als die Rezession gekommen war, letztlich mehr wert waren als ihr Verkaufspreis. Shamash verausgabte sich in meinen Kapitalwert.

Das Jubiläumsgeschenk, das endlich ans Licht kam, als das Eis geschmolzen war, entpuppte sich als zwei Flugtickets erster Klasse nach Antarctica für eine Maschine, die nur fünfzig Passagiere an Bord nahm. Grandma und Grandpa hatten davon gesprochen, eine solche Reise zu machen und Shamash hatte gedacht, es wäre eine glänzende Idee, ihnen ihr Geschenk auf diese Art und Weise zu präsentieren.

Das wäre es wohl auch gewesen, wenn die Maschine nicht abgestürzt wäre.

Wie merkwürdig doch einige Wendungen in Shamashs Leben waren – wie er mich gefunden und zu seinem Sohn gemacht hatte und wie er seine Eltern auf ähnlich unwahrscheinliche Weise verloren hatte. Er und Rosie mussten mit der vernichtenden Tatsache zurecht kommen, dass sie es gewesen waren, die die Tickets gekauft hatten, welche ihre eigenen Eltern das Leben kosten sollten.

Auf seine persönliche Art war Shamash ziemlich religiös. Er schien gegen Gott zu wüten; es war wie in einer Oper. Ich fühlte mich von der Trauer seltsam unberührt, eher so als wäre das Ganze ein Ärgernis. Es ärgerte mich, dass der Flugzeugabsturz Shamash derart mitnahm, doch ich konnte das Gefühl einfach nicht aufbringen, wirkliche Großeltern verloren zu haben. In jenem Sommer hing eine Wolke über dem Haus in der Shadforth Street. Shamash verlor das Interesse am Tanz und David veranstaltete Shows ohne ihn. Rosie rief ihn häufig an: »In Gottes Namen, Shamash, es war ein Unfall! Du weißt selber, dass sie uns nicht die Schuld geben würden. Du kannst dir das nicht länger antun. Wir müssen irgendwie damit umgehen. Und ich dachte immer, du wärst der Stärkere von uns.«

Damals konnte ich Shamashs Launen nicht einschätzen; das blieb auch eine ganze Weile noch so. Er war mir gegenüber niemals herzlos, wenngleich manchmal distanziert. Abends ging ich öfter zu ihm ins Zimmer und nahm ihn in den Arm. Wenn er weinte, schlang er sich um mich und wiegte mich oder sich selbst in den Schlaf (ich war mir nie sicher, für wen von uns das Wiegen eigentlich gemeint war). Dann sagte er: »Verlass mich bloß nie, Vas. Pass ja auf, dass du nie zu Tode kommst. Ich glaube, wenn dir irgendetwas geschieht, dann lohnt sich das Ganze nicht mehr. Verstehst du, was ich meine?«

Manchmal überkam es ihn richtig heftig: »Ich schätze, ein richtiger Dad sollte nicht so flennen wie ich.«

»Und wenn schon. Ist doch egal.«

»Und du findest nicht, dass ich ein Waschlappen bin?«

»Quatsch. Ich war auch ziemlich traurig, als meine Mum gestorben ist. Du bist der beste, den ich je hatte.«

»Meinst du?«

»Klar. Ich bin wahrscheinlich das glücklichste Kind auf der Welt – den besten Dad abzukriegen und das noch auf einem Bahnhof!«

Er nahm mich ganz fest in den Arm und sagte mir, dass ich das einzige sei, was in seinem Leben noch sicher wäre. Ich glaube, ich begriff damals noch nicht, wie tief sein Elend eigentlich war. Die Kindheit weigert sich irgendwie, Elend zu erfahren; sie treibt darüber hinweg und fragt sich höchstens, wie es sich wohl anfühlen mag; so wartet sie darauf, es eines Tages selbst herauszufinden.

Wahrscheinlich war Shamash von seiner eigenen Trauer zu

ausgezehrt, als dass er hätte begreifen können, wie sehr ich ihn brauchte. Wenn wir so ineinander verschlungen dalagen, manchmal die ganze Nacht lang, dann merkte er nicht, wie sehr ich von ihm gefesselt war. Er merkte nicht, wie ich seinen Rücken streichelte, wie ich mein Gesicht in seiner Brust vergrub, wie meine tiefen Atemzüge, wenn ich so nah an ihm lag, nicht zum Luftholen dienten, sondern nur dazu, ihn zu riechen. Ganze Nasen voll von Shamash – so nahm ich etwas von ihm in mich auf. Nicht bloß das Eau Sauvage im Sommer oder sein Jazz im Winter; es war die Essenz seiner Person, dieser männliche Geruch, den ich selbst noch nicht hervorbrachte.

Wann wissen wir schon je genau, wie wir jemanden lieben sollen? Was ist kindliche Sinnlichkeit und Sexualität? Wir stellen uns vor, dass es irgendwann einfach da ist, bestenfalls um die Volljährigkeit herum. Aber wir wissen auch, dass die coolen und ungezogenen Kids mit dem Bumsen anfangen, sobald jemand anderes willig ist, es mit ihnen zu tun. Alle Welt wird von jungen Liebenden angetörnt. Was also ist dabei, wenn man die Parameter ein wenig früher erkundet?

Als ich elf Jahre alt war, machten meine Hormone Überstunden. Ich war schrecklich verliebt in Shamash und voller Begierde. Ich vergrub meinen Kopf in seinen Kleidern, besonders in intimen Teilen wie Trikots und Unterwäsche. Er hatte einen Jockstrap und schon der bloße Anblick versetzte mich in Erregung. Shamashs Duft auf der Toilette zu riechen, löste ›Erwachsenengefühle‹ in mir aus und ein Papiertaschentuch, in das er masturbiert und das er nachlässigerweise hinterher nicht entsorgt hatte, wurde von mir beschnüffelt und angeleckt. Wenn ich bei ihm lag und sicher sein konnte, dass er schlief, wenn die warmen Nächte dafür sorgten, dass wir nicht zugedeckt waren, konnte ich mit der Zunge heimlich unter seinen Arm fahren und wenn ich sehr kühn war, gelang es mir auch, andere Regionen zu erschmecken. Ich denke, selbst wenn er davon aufgewacht wäre, wäre er zu peinlich berührt gewesen, zu ungläubig, als dass er mein Verhalten kommentiert hätte. Er hätte es einer unzähmbaren Wildheit zugeschrieben.

Sowie sich dieser traurige Sommer seinem Ende zuneigte, wurde auch schon Mardi Gras wie jedes Jahr zum Brennpunkt. Dieses Mal wollte mich David auf dem Wagen von Potts En Pointe haben. Shamash hatte zunächst noch Einwände.

»Er wird doch schon in der Schule wegen dem ganzen Balettkram gehänselt; wenn er mit auf den Wagen kommt, wird das bloß noch schlimmer werden. Warum warten wir nicht noch ein paar Jahre damit und schauen dann, was er selber dazu sagt, David?«

»Ein paar Jahre! Dann ist er doch schon ein richtiger Jugendlicher. Ich weiß, dieses Alter ist auch nicht ohne Reiz, aber wir brauchen diesmal das Kind, den Sohn der Sonne und des Himmels, Quetzalcoatl. Dieses Jahr sind es alles amerikanische Figuren, Shamash. Meinst du nicht, das Lichtfest würde ein zehnjähriges Kind, das in nichts als ein goldenes und magentarotes Federgewand gehüllt ist, geradezu anbeten? Wir brauchen ein Kind, um dem ganzen Theater eine gewisse *Satyricon*-Dekadenz zu verleihen!«

Shamash musste nicht allzu lange überredet werden und scherte sich auch nicht darum, ob ich nun in der Schule gehänselt wurde oder nicht. Ich war sicher, dass die anderen Kinder mich auf einem solchen Wagen beneiden würden.

»Du musst ihn ganz in Silber kleiden. Für Gold ist er zu blass.«

»Unsinn«, entgegnete David. »Wir schmieren ihn mit Bräunungscreme ein und er sitzt auf dem höchsten Punkt des Wagens. Göttern und Prinzen verzeiht man gern ihren Glitter. Und Vaslav ist doch ein Prinz, stimmt's Kleiner?« David kniff mich in die Wange.

Shamash hob mich hoch, warf mich über seine Schulter und sagte: »Na, diese Woche ist er jedenfalls der Prinz der Unordnung und der halbvollen Cornflakes-Schüsseln im Geschirrspüler. Ich versuche ihm das Fliegen beizubringen, David, aber das mit dem Abheben kriegen wir noch nicht so hin.« Ich hing an seinen Armen und kreiselte um ihn herum wie auf einem Karussell.

»Vielleicht ist er ja kaputt gegangen«, meinte David.

»Das wird es sein und gerade ist die Garantie abgelaufen. Das ist doch mal wieder typisch, oder?«

»Du könntest ihn in die Geschirrspülmaschine stecken, vielleicht funktioniert er dann wieder«, sagte David und legte einen Finger an seine Lippen, so als wäge er die technischen Möglichkeiten ab.

»Du hast vollkommen Recht! In der Gebrauchsanweisung stand irgendwas davon, dass man kleine Jungs spülen muss, um sie für den Flug startklar zu kriegen – *Ein sauberer Junge bietet weniger Widerstand und kann somit in weitaus größere Höhen aufsteigen.*«

»Jungs können nicht fliegen, ihr Penner«, rief ich und trommelte kichernd auf Shamashs Rücken ein, »und in die Geschirrspülmaschine will ich nicht.«

»Woher willst du das denn wissen? Du hast es ja nicht mal probiert. Dann könntest du übrigens auch gleich versuchen, die ganzen Cornflakes einzusammeln, die da noch drin rumschwimmen.«

»Iiih, das schlabberige Zeug!«

»Ganz und gar nicht, Vaslav, die werden nämlich im letzten Waschgang hart gebrannt wie Porzellan und wir wissen doch, wie gern Thelly das hat, nicht wahr?« Und so ging es immer weiter; Shamash und David behandelten mich eher wie einen kleinen Bruder, denn als Sohn. »Du nimmst die Füße, ich die Handgelenke und wer das größte Stück abkriegt, kann sich was wünschen.«

Wer das größte Stück abkriegte, weiß ich nicht mehr; es war so ein tolles Gefühl, gekitzelt und auseinander genommen zu werden, dass ich hoffte, das Tauziehen würde niemals enden. Und wie ich so am Boden lag und mich wand, ganz aufgelöst und erhitzt vor lauter Kichern und mit einer Erektion, wünschten sie sich den größten Mardi Gras-Wagen der Welt.

Als es soweit war, den Wagen vorzubereiten, wurde jede Hand gebraucht und ich war mittlerweile alt genug, mit so wichtigen

Aufgaben wie Anmalen und Dekorieren mit Pappmaché betreut zu werden, während all die bildschönen Jungs und Mädchen aus der ›Tanzfabrik‹ einen regelrechten Aufstand um mich veranstalteten. Ich habe Fotos von dem Wagen, wie ich einem Abbild von Fred Nile zuwinke. Ich mache gerade den Indianergruß mit der Hand am Mund, obwohl ich rein theoretisch ein aztekischer Gott war. Aber damals kannte ich eben bloß die Indianer aus dem Wilden Westen, also benahm ich mich wie einer von ihnen. Shamash war seine Hoheit Con Ticci Viracocha, Prinz und Schöpfer aller Dinge.

Ich war schon früher auf Mardi Gras-Umzügen gewesen, mal mit Thelly und mal mit Rosie. Weil Shamash und David immer auf ihrem Wagen waren, hatte ich einen Aufpasser gebraucht. Dieses Mal jedoch sollte ich meinen eigenen Platz bekommen. Ich liebte den Umzug und ich liebte die Drinks, die im Anschluss in unserem Haus in der Shadforth Street gereicht wurden. Es war eine regelrechte Orgie von Alkohol, Drogen, Musik und Farben.

Das dürfte das Jahr von Madonnas *›Into The Groove‹* gewesen sein; natürlich wurden Heaven 17 und Yello gespielt und keine Party kam ohne eindringliche tänzerische Interpretationen von Duran Durans ›Girls On Film‹ in Gang. Inzwischen war ich ein wenig übermütig geworden und stibitzte hier und da ein Glas Champagner; ich bin mir ziemlich sicher, dass Shamash jedesmal ein Auge zugedrückt hat. Ein paar der Tänzerinnen aus der Company schnappten mich, als ›Girls On Film‹ kam und staksten wie kirschrote Lippenstift-Models (die sie gut hätten sein können) in der Gegend herum, bis ich, etwas schwindlig vom Champagner, ihre Laufstegnummer einfach mitmachte. Shamash, der von diversen Spirituosen und zweifellos auch anderen Substanzen high war, drückte mich von Zeit zu Zeit an sich und gab mir einen dicken ›europäischen‹ Kuss. Er pflegte zu sagen, dass europäische Küsse viel freizügiger seien, als unsere protestantisch-englischen kleinen Bussis, unsere verklemmten kleinen Möchtegern-Schmatzer: »Der Mund ist die Stelle der Freizügigkeit, der erste und wichtigste

Quell der Liebe in all ihren Formen.« Ein europäischer Kuss bestand aus zwei Küssen, für gewöhnlich je einer pro Wange. Shamash küsste immer mit etwas geöffneten Lippen und hinterließ einen kleinen nassen Fleck auf der Wange. Da ich etwas Besonderes war, nämlich sein Sohn, bekam ich natürlich auch die freizügigsten Küsse. Er presste seinen geöffneten Mund auf meine Wange und die Sekunden kamen mir vor wie Minuten; dann flüsterte er mir ins Ohr: »Du weißt, welchen Jungen ich auf der ganzen Welt am liebsten habe? Du weißt, wer der hübscheste von allen ist, stimmt's?«

Das waren natürlich rhetorische Fragen, aber es waren auch wundervolle Bekundungen nicht nur von Liebe sondern auch von Schönheit. Man muss es schon so sagen: Shamashs Welt begünstigte die Schönen; sie feierte die Schönheit in all ihren Ausprägungen.

Ich weiß nicht, ob man mich heute als schön bezeichnen würde. Mit zwanzig besitze ich weder Shamashs körperliche Anmut noch seine herzzerreißenden Wangenknochen; aber wenn ich in den Slums geblieben wäre, dann hätte ich mir wohl, mit Verlaub, gar keine Schönheit bewahrt. Ein kurzzeitiges Aufblühen von Niedlichkeit vielleicht, jener verfügbarvergänglichen, billig-sexuellen Schönheit, die so flüchtig ist; die Art von Schönheit, die man nur allzu bald unter dem Drang der Hormone und dem Tribut der Drogen aus sich herausfickt. Nutten wie meine Mutter ficken sie noch schneller aus sich heraus, Nutten, wie auch ich womöglich eine geworden wäre, wenn ich bei ihr geblieben wäre, wenn sie überlebt hätte. Ich vermute, irgendwo in meiner verkorksten Ästhetik leitet mich diese Vorstellung. Die Vorstellung, dass man aus jemandem, der innere Schönheit besitzt, diese Schönheit eben herausficken muss – oder aber durch Ficken an sie gelangt. Das Problem ist nur, je mehr wir auf das einbumsen, was wir voneinander haben wollen, desto weniger ist davon letztlich da.

Shamash und ich wussten, dass wir auf dem gefährlichsten Grat balancierten, den die Gesellschaft moralisch zu bieten hatte; wir wussten, was verboten war. Aber wenn Ihr Shamash geliebt hättet, wenn Ihr ihn so gut gekannt hättet wie ich, wenn Ihr ein so hungriges Kind gewesen wärt wie ich, dann hättet auch Ihr ihn zerstört.

Ich glaube, es geschah während eines Liedes von Blancmange, zu dem ich mit den Mädchen tanzte. Shamash stolzierte umher, küsste Leute, rieb sein Becken an ihnen, war freizügig und prätenziös. Er trug noch immer ein paar seiner Federn vom Umzug, war aber inzwischen in ein einteiliges Trikot geschlüpft, das aussah wie ein Badeanzug aus den Zwanzigern. Es war schwarz-weiß. Ich trug noch immer meine knappen goldenen Shorts und eine Federkette um den Hals. Unter meiner künstlichen Bräune glühte ich ziemlich vom Tanzen und all dem Champagner.

Und inmitten dieses ganzen ›Umtata‹ schloss mich Shamash in den Kreis seiner Liebesbekundungen ein. Er fegte mich vom Boden und hob mich hoch, wie nur er es konnte, um mir schließlich einen nassen Kuss auf jede Wange zu drücken. Ich küsste ihn zurück, zuerst auf die Wangen, so wie er es getan hatte, dann auf den Mund. Ich hing mitten in der Luft, da wir in Bewegung waren. Ich glaube nicht, dass jemand es bemerkt hat, aber ich hielt meine Lippen ein, zwei Sekunden lang auf seine gepresst – und mein Mund war geöffnet, wie auch seiner. Plötzlich wurde ich richtig kühn und schob ihm meine Zunge in den Mund. Shamash kreischte und lachte dann. Schnell setzte er mich ab und gab mir einen Klaps auf den Po, doch als ich zu den Mädchen zurückging, zurück zu Blancmange, sah ich, wie ein Hauch Besorgnis nahezu unmerklich über sein Gesicht hinweghuschte.

KINDERPORNO

Gestern Abend war irgend so ein Politiker im Fernsehen und laberte etwas von Drogen und ›jungen Menschen‹. Es war eine Sendung aus aktuellem Anlass, die sich zu den Eltern von irgendeinem Zwanzigjährigen wie mir zuschaltete, nur dass der Typ bis zum bitteren Ende gegangen war und einen ›Todescocktail aus Betäubungsmitteln‹ zu sich genommen hatte. Das ganze spielte in einem bescheidenen Haushalt in Pymble (in Pymble beginnt Bescheidenheit bei einem Jahreseinkommen von etwa 350 000 Dollar). Die Angehörigen kauerten tränenüberströmt auf ihrem pastellgrünen Sofa – Mami, die sich auf Leben und Tod an ein in Porzellan gerahmtes Foto ihres Jungen klammerte, während ihre Finger nervös die Keramikrosetten an den Ecken massierten und ihre Augen dicke Tränen verströmten, die die Einschaltquoten in die Höhe trieben. Daneben saß Papi und hielt ausdruckslos ihre Hände – der trotzende Fels, der die Familienwerte verkörpert. Sie versuchen (im landesweit ausgestrahlten Fernsehen), mit dem vergeudeten Leben ihres Sohnes zu Rande zu kommen.

Der Sprecher benutzte ständig Ausdrücke wie »viel zu früh ausgelöscht« und »das tragische Ende eines vielversprechenden jungen Menschenlebens«. Auch ein Pfarrer, der mit jugendlichen Drogenabhängigen gearbeitet hatte, kam zu Wort: »Wir weisen den Eltern keine Schuld zu; nur allzu oft senden ›solche Kinder‹ Warnsignale aus, die zu erkennen es den meisten Eltern an Erfahrung oder Bildung mangelt.« Bla bla bla. Zum Schluss fuhr er noch einmal schweres Geschütz auf und redete von der Ruhelosigkeit der Jugend und ihren sozialen Folgen,

»die heute mehr denn je sämtliche Gesellschaftsschichten durchziehen«. Dann kam ein Schnitt und das übliche Filmmaterial über die Prostituierten und Alkoholiker in Kings Cross wurde gezeigt. Dabei spielte es natürlich keine Rolle, dass die Hälfte der Nutten dort alt genug ist, um die Mutter des Pfarrers zu sein und dass sie Aids plus zwei Weltkriege überlebt haben – oder zumindest Vietnam.

So schwenken sie also ihre Kamera durch die Straßen und zeigen diese traurigen Fotokopien an Laternenpfählen und in Fenstern – »Debbie, bitte komm nach Hause, wir und Deine Kinder vermissen Dich«. Die Anschläge sind zerfetzt und flattern im Wind wie Plakate, die einen Räumungsverkauf ankündigen, der schon vor Wochen stattgefunden hat; und wer das sieht, ahnt unweigerlich, dass ›Debbie‹ niemals nach Hause zurückgekehrt ist. Das Foto zeigt ein Geburtstagskind aus glücklicheren Zeiten. Dabei spielt keine Rolle, dass sie mittlerweile auch in Newtown wohnen könnte und wahrscheinlich ihren Namen in ›Ginger‹ oder ›Chinois‹ geändert hat. Vielleicht hat sie einen gut bezahlten Job als Empfangsdame einer führenden internationalen Fluggesellschaft. Oder sie arbeitet bei Priceline als Verkäuferin und hat niemals auch nur einen einzigen Freier mitgenommen, wenn ihr Zug von Orange oder Dubbo oder Gott weiß von wo einfuhr.

In dieser Sequenz zeigten sie jetzt die Gegend um den Brunnen und wer saß da und sah völlig abgefuckt aus? Mein Kumpel Owen. Er sieht hoch, als ob er »Hey, Mann« sagt und geht dann auf die Kamera zu und verdeckt sie. Ich rief ihn daraufhin in seinem Rattenloch in Glebe an und sagte: »Alter, die haben dich gerade im Fernsehen gezeigt, als Fixer in Kings Cross.«

»Ja, ich weiß – fies oder? Hab vor ungefähr zwei Monaten fünfzig Dollar von denen dafür gekriegt. Alter, ich brauchte die Kohle. Der Typ, der da gefilmt hat, konnte einfach keine Junkies finden. Die da in Kings Cross rumhängen, sind alle bloß Penner – da gibt's kein Heroin –, also hab ich diese Nummer mit dem weggeschossenen Blick für die abgezogen.«

»Und was, wenn deine Mutter das sieht?«

»Die ist mit Dad auf Fidschi oder Vanuatu oder irgend so 'ner verdammten Insel. Hey, Vas, fünfzig Eier sind fünfzig Eier, oder? Wahrscheinlich erzählt es ihnen sowieso irgendeiner von ihren Bekannten. Sag mal, hast du zufällig 'n bisschen Gras, Alter? Was hältst du davon, wenn ich zu dir komme und wir bauen einen? Wie wär's mit 'ner kleinen Dröhnung?«

Ich besah mir die paar Krümel, die ich noch in meinem Döschen hatte. So wie ich Owen kannte, würde er die in einem einzigen Tütchen aufrauchen. »Is' nicht mehr viel«, sage ich also, »aber komm ruhig, wenn du Bock hast. Und bring ein Video mit, im Fernsehen läuft nur Scheiße.«

Solche Fernsehsendungen kotzen mich an, aber ich muss sie trotzdem immer wieder glotzen. Als ob die denken, dass sie die Leute irgendwie davon abhalten können, mit dem Zeug rumzuexperimentieren. Als ob die, die am Abgrund stehen – aber auch die Leute, die mit Drogen experimentieren oder sie nur auf Partys oder zum Spaß konsumieren – keine Ahnung hätten, was sie da machen. Als ob wir urplötzlich alle gerettet wären und nach einem ›bescheidenen‹ Häuschen am Hafen streben.

Meine Theorie ist, dass es früher Eroberer gab und Orte, an denen das Leben noch gefährlich war; und als menschliche Wesen verlangt es uns nach diesem gewissen gefährlichen und unbekannten Terrain. Drogen ermöglichen uns, das in unseren Köpfen zu machen. Nur leider werden diese Eroberungszüge von den Mächtigen nicht gewürdigt und es werden keine Highways oder Berge nach uns benannt. Und außerdem müssen die Leute verkaufen, was sie haben – das haarige Scheckheft zücken. Oder eine Geschichte wie meine verkaufen. Im Moment ist das alles, was ich zum Verkauf anzubieten habe. Um Mitgefühl zu erwecken? Das brauche ich nicht. Und wer soll mich dafür schon in den Knast stecken? Und ich versuche auch nicht, mich damit zu rechtfertigen. Ich glaube übrigens nicht, dass ich mir um die Filmrechte Sorgen machen muss. Denn solange es noch keine Roboter-Kinder für die Dreharbeiten gibt, wird sowieso niemand meine Geschichte anfassen – nicht mal mit einer Feuerzange.

Elf, zwölf; das war ein entscheidendes Alter für mich. Meine hormonelle Entwicklung in den Bahnen meines genetischen Erbes – das ja im Grunde weißer Abschaum war – vollzog sich schnell. Ich konnte onanieren, sogar bis zur Ejakulation. Klar, die Spermamenge war unbedeutend, aber sie wurde eben begleitet von jenem uralten Stich, dem Gefühl, das uns auslaugt und traurig macht und dennoch wieder und wieder herbeigeführt werden will. Wir alle werden zu seinen Sklaven, werden um seinetwillen zu Tieren und oftmals richtet es uns zu Grunde. Als es nun also auch für mich da war, konnte ich meinem Leben in unerklärter Verworfenheit endlich einen Sinn abgewinnen. All das Grunzen und Bumsen, all die Schubladen voller Gleitmittel, Kondome und Stimulantien, das ganze An- und Ausgeziehe meiner Mutter – alles ergab nun Sinn.

Hierfür starben Menschen; dies war der Rhythmus des Lebens und der Grund, warum manche Leute ›schlecht‹ waren. Die guten Menschen zähmten es, verbargen es, boten es Gott dar oder sublimierten es im Sportstudio. Nicht aber ich. Ich wusste, sobald ich es zum ersten Mal spürte, dass das Schlechte in den Genen lag und wenn das Onanieren angenehm und aus eigenem Recht durchaus unwiderstehlich sein mochte, so musste das Hinzutreten einer anderen Person wahrlich der Himmel sein. Oder die Hölle.

Es gab weitere Mardi Gras und es gab den Skandal, den unvollendeten urbanen Mythos um Shamash und mich. Es ist ein guter, vergleichbar mit dem um Lindy Chamberlain und ihr Baby. Doch unserer kursiert noch mehr hinter vorgehaltener Hand. Ich war bei Veranstaltungen, wo Leute davon gesprochen haben, ohne zu wissen, wer ich war. Ich habe gesehen, wie Möchtegern-Insider über mich getuschelt haben, wenn ich vorüberging. Anscheinend meinen die Leute, man merkt nichts oder hört sie nicht; oder aber es ist ihnen einfach egal. »Guck mal da, das ist Vaslav Usher. Den gibt's also immer noch, kaum zu glauben.« Ja, mich gibt's noch. Was erwarten die eigentlich? Sollte ich mit zwanzig etwa schon gestorben sein? Ist meine bloße Anwesenheit Mahnung an den Kitzel einer veralteten Geschichte aus der Regenbogenpresse? Erwarten die vielleicht, dass ich mich einfach in Luft auflöse, sobald ihnen meine Geschichte langweilig geworden ist?

Niemand sagt es mir jemals direkt ins Gesicht, niemand fragt mich etwas. Manchmal ist ein ganzer Raum von dem Gezischel ihres Stille-Post-Spiels erfüllt, sie tuscheln sich zu, »was damals gewesen war« und werden mit jedem neuen Drink, mit jedem neuerlichen Aufwärmen der Geschichte abenteuerlicher. Gleichgültige Richter sind das, die mich zugleich verurteilen und sich ihren Fantasien über mich hingeben, aber immer auf meine Kosten. Opferschutz ist ihnen gleichgültig, wenn ich denn ein Opfer bin. Die wollen doch bloß eine weitere Missgeburt im Zirkus begaffen, etwas, von dem sie sich angeekelt abwenden können, wenn sie ihre Sonntagszeitung bei einem Milchkaffee in der Viktoria Street lesen.

Ich war so ein herumschnüffelndes Schmuddelkind. Ich wusste, wo Shamash seine Pornos aufbewahrte. Er versuchte zwar, sein Zeug vor mir zu verbergen, aber ich konnte seine Verstecke wie ein Hund erschnüffeln. Ich frage mich, ob er je eine Ahnung hatte, wie sehr ich herumgeschnüffelt habe. Auch Drogen versteckte er (nicht, dass ich die etwa auch geklaut hätte, allerhöchstens mal die eine oder andere Nase Poppers). Ich erinnere mich noch, wie mich einige von Mums besser aussehenden Klienten fasziniert hatten, aber jetzt konnte ich Dutzenden begehrenswerter Männer, die noch viel besser aussahen, bei ihren fleischlichen Ausschweifungen zusehen und das in Farbe. Ich fing an zu glauben, dass ›das‹ der Sex für mich sein sollte.

In der Grundschule hatte ein Mädchen eine Weile lang mein Hetero-Interesse geweckt. Selbst noch mit zwölf inszenierte sie ihre dezenten Verführungen und machte rätselhafte Andeutungen über die Geheimnisse und Freuden der Mädchen, wobei sich ihre Brust bereits hervorwölbte und den Blick auf die winzigen Schwellungen lenkte, aus denen einmal ihre Brüste werden sollten. Auf dem Spielplatz schlang sie sich um Metallgerüste herum, ließ sich von Klopfstangen herunterbaumeln und zappelte derart herum, dass ihr Kleidchen hochrutschte oder sich zwischen ihren dünnen Schenkeln verfing.

Im Garten nach Schulschluss weigerten sich ihre Beine regelrecht still zu halten – sie zogen permanent die Aufmerksamkeit auf sich, wobei ihre Knie gegeneinander schlugen und zu sagen schienen, »Rate mal, was wir zwischen uns haben?«

»Vas, hat dein Dad eine Freundin?«

»Nee.«

»Der mag keine Mädchen, stimmt's?«

»Doch, jedenfalls hat er nichts gegen sie.«

»Meine Mum hat einen Freund.«

»Ach ja?«

»Ich hab gesehn wie sie – na du weißt schon – es gemacht haben.«

»Das habe ich schon längst gesehen.«

»Fasst du gerne Mädchen an?«

»Geht so«, sagte ich und dachte, ich könnte es ja mal ausprobieren.

»Komm mal mit«, befahl sie mir eines Nachmittags und zerrte mich zur Garage hinter dem Haus. Ihr Rock fiel auf den Betonfußboden. »Du musst auch deine Hosen runterlassen.«

Da standen wir beide hinter dem Wagen ihrer Mutter und ihre weißes Unterhemd hob sich wie ein Bühnenvorhang, um eine überraschend geschwollene, kleine Vulva zu enthüllen. Sie hob sich zornig-schmollend von ihrem frühreifen, zarten Härchenkranz ab, der noch so neu war, dass ich sicher bin, sie selber staunte noch immer darüber. Wenigstens hatte ich selber auch schon ein paar Haare, die sie befummeln konnte.

Ich befühlte sie innen und sie zog mich dichter an sich und fasste mein hartes Pimmelchen an. Es war fleischig und klebrig. Ich versuchte mir vorzustellen, wie es sich anfühlen musste. Ich schätze, ich beneidete sie ein bisschen; dann begann ich mich zu fragen, ob sie mich wohl meinen Schwanz bei sich reinstecken lassen würde. »Mach schon, wovor hast du denn

Angst?«, knurrte sie mit erschreckender Eile. Ich versuchte, meinen Schwanz reinzuschieben, aber es ging irgendwie nicht mit ihrem Rock, der ihr um die Füße schlotterte und meinen halb heruntergelassenen Hosen und Unterhosen. Ich schob mich noch näher an sie heran und fiel fast auf sie, doch dann stieß ihr Fußknöchel gegen den Auspuff des Wagens, der noch heiß war. Sie jaulte auf und wir wurden zwangsweise getrennt.

Aber dann rief ihre Mutter sowieso nach uns: »Vaslav, dein Dad ist am Apparat.«

Wir mussten uns schnell wieder anziehen und reingehen, bevor sie uns erwischte. Ihre heimliche Nässe war noch an meinen Fingern, als ich den Telefonhörer in die Hand nahm und ihr Geruch verlieh meinem oberflächlichen Telefonat mit Shamash eine merkwürdige Dimension.

Ich kann mit diesen ganzen Homo-Ghettos, dem Theater von ›Men only‹ und ›Women only‹ nichts anfangen. Ich schätze, in sexueller Hinsicht habe ich den Weg des geringsten Widerstands gewählt; sonst aber habe ich mich wohl immer zu jener Sorte von ›schlechten Mädchen‹, zu derartigem Umgang eben, hingezogen gefühlt.

Die Heterosexualität mag mich fasziniert haben, ja sie tut es immer noch. Deswegen bin ich schätzungsweise auch am ehesten als ›queer‹ zu bezeichnen, denn Pornografie kann mich in jeder Form antörnen, so lange die Darsteller nur sexy sind. Ich kann diese fetten, fünfzigjährigen Frauen mit ihren Mösen, die aussehen wie brutal geöffnete Sardinenbüchsen, nicht leiden, ebenso wenig allerdings die übergewichtigen, skandinavischen Männer, denen die Haare ausgehen, diese warzigen ›Krebs-Charlies‹ mit ihrer Rückenbehaarung und dem geradezu sichtbaren Mundgeruch, deren offenkundig einziges Kapital ihre riesigen roten Kolben sind, die aussehen, als wären sie in siedendem Öl gesotten und die alle Geschlechtskrankheiten unter der Sonne versprechen. Ich habe nichts gegen alte Menschen, ich wünschte nur, sie würden keine Pornos von sich machen lassen.

Als Kind verfolgten mich Pornos geradezu. Dank Shamashs

Heften wusste ich, dass alles, was ich selber machen wollte, auch wirklich möglich war. Ich zeigte sie einem Schulkameraden. Er sagte zwar, mein Dad sei komisch, kam aber dennoch zu uns nach Hause, schaute sich dennoch die Bilder an, nahm dennoch eine Nase voll Poppers und ließ mich dennoch meinen Finger in sein Arschloch schieben, bevor der heiße, benebelnde Schwall im Kopf wieder nachgelassen hatte. Und er sprach in diesem Moment der rauschhaften, vage maskulinen und seltsam verzauberten Passivität dennoch das eine Wort aus, das alles ausdrückt: *cool.* Wer jemals Poppers genommen hat, der weiß, dass *cool* hier nun wirklich das falsche Wort ist. *Heiß* ist eine weitaus treffendere Beschreibung, würde ich mal sagen. Dies war eine Art, andere Jungs zu zähmen, sie dazu zu kriegen, Sex mit dir zu machen; und in der Schule hattest du sie fortan nicht mehr gegen dich. Es ist die sicherste Art kindlicher Erpressung. Wenn ich in dieser Welt zu einer Promotion tauge, dann wäre es im Fach Erpressung. Wenn die Sexualität erst einmal erwacht ist, dann lässt sie sich nicht mehr einschläfern.

Shamash war kein Engel; auch er war ein Sklave. Er nahm die Drogen, die die Stadt schöner, die Nächte länger und die Jungs begehrenswerter erscheinen ließen und die starke, nahezu unbezwingbare Lüste in solche verwandelten, die um jeden Preis befriedigt werden mussten. Das ganze passierte verstärkt nach dem Tod seiner Eltern. Mehr junge Männer wurden zu Hause angeschleppt, mehr Laken gewechselt, mehr missbilligende Blicke von Thel ausgesandt. So verändern Verletzungen die Menschen. Sie verschieben unser Verständnis von Gerechtigkeit und lassen die Menschen gegen Gott in den Krieg ziehen.

Der ›Sleaze Ball‹ ist ein alljährliches Frühjahrszeremoniell in Sydney; ein Bacchanal diabolischen Ausmaßes und Gelegenheit für Tausende, sich nach ihren zügellosesten Fantasien zu verkleiden. Ich war laut Johnnys (nicht existenter) Geburtsurkunde schon längst zwölf Jahre alt; laut derjenigen von Vaslav aber erst gerade zwölf geworden. (Die Leute sagen häufig, dass ich mehr Widder als Jungfrau bin; deswegen bin ich ein ›heimlicher Widder‹, habe aber diesen perversen Aszendent Jungfrau. Brigitte sagt, der Kosmos wusste, dass ich den Großteil meines Lebens als Jungfrau verbringen sollte.)

Ich glaube, dies war das erste Mal, dass Shamash ausging, ohne einen Babysitter für mich zu engagieren. Er muss so gegen drei Uhr morgens nach Hause gekommen sein (anders als mancher andere blieb er nie die ganze Nacht fort). Sein Kopf drehte sich und er atmete schwer wegen irgendeiner Designerdroge, die im Abklingen begriffen war. Ich war neben den Schubladen seines Kleiderschranks auf dem Fußboden eingeschlafen, seine Pornosammlung um mich herum ausgebreitet. Er schüttelte mich sanft.

»Vaslav, was hast du denn schon wieder angestellt? Du solltest nicht in meinen Schubladen herumschnüffeln, lieber Freund, das ist meine Privatsphäre. Und du solltest dich auch nicht über diesen ganzen Scheiß hier hermachen, nicht in deinem Alter… es gibt nämlich Gründe, warum du dir dieses Zeug nicht ansehen solltest, gute Gründe im übrigen, die ich im Augenblick allerdings leider nicht zusammenkriege.«

Ich zog meine Nummer mit dem Kopf-Hängenlassen ab. »Ich wollte doch bloß –«

»Ich weiß schon, was du wolltest, du wolltest dir bloß einen runterholen, aber zum Wichsen hast du ja wohl dein eigenes Zimmer. Kleiner, ich reg mich ja auch gar nicht auf. Dieses Haus ist weiß Gott ziemlich heruntergekommen und liegt nun mal in einer Stadt, die ein Sündenpfuhl ist und du, mein kleiner Prinz, hast auch nicht gerade einen puritanischen Familienhintergrund. Es liegt mir fern, auch nur zu versuchen, deinen wilden Geist zu zähmen und ich bin mit Sicherheit auch nicht der unbescholtene Musterpapi. Also lass den Kram zufrieden und ab ins Bett mit dir!«

»Kuschelst du noch ein bisschen mit mir?«

»Ach, Kleiner, ich war doch gerade beim Sleaze Ball. Ich bin echt kaputt.«

»Bloß ein ganz kleines bisschen, Shamash.«

»Na gut.«

Er hatte sich die Stiefel ausgezogen und trug nur noch eine Lycra-Shorts. Er sackte auf seinem Bett zusammen und machte die Augen zu. Ich drückte ihn und flüsterte: »Shamash, ich liebe dich.«

»Weiß ich doch, Kleiner. Ich dich doch auch. Und jetzt schlaf.«

Ich schlief aber nicht. Er stieß einen langen und tiefen Seufzer aus, wie man es eben tut, wenn man auf Droge ist. Ich sah, was diese Drogen bewirkten, lange bevor ich sie selber nahm. Ich sah ihre Zauberkunst. Manchmal war ich zum Opfer der Bissigkeit geworden, die sie in den darauffolgenden Tagen nach sich zogen, in jener Nacht aber war Shamash nur glücklich. Er lächelte wie ein Engel, roch vom Tanzen nach Schweiß und verströmte einen metallischen Geruch, der von seiner Bräunungscreme herrührte. Ich weiß noch, wie der Duft seines Deos an ihm haftete, kombiniert mit einem winzigen Hauch ›Jazz‹.

Da lag nun mein Erretter, mein Dad, mein Shamash; vor meinen Augen lag der Körper, dessentwegen er manchmal fast etwas eingebildet wirkte. Er lächelte, weil er auf seinem Trip war, weil er träumte und die kurzzeitige Seligkeit genoss, die wir doch alle ab und an mal erreichen wollen, wenn eine Tanzparty angesagt ist. Ich wusste, dass er in seinem jetzigen Zustand nichts dagegen haben würde, wenn ich mit meinen Fingern über seinen Rücken fuhr. Das war ja nichts Sexuelles; eigentlich machten wir das ja andauernd. Sowas machten taktil veranlagte, liebevolle Väter schließlich mit ihren Söhnen.

Also machte ich es und er stöhnte ein wenig, sein Lächeln wurde breiter und seine Augen blieben geschlossen. Ich machte es eine ganze Weile, arbeitete mich langsam zu seinen Armen vor und glitt dann an seinen Beinen hinab. Als ich die Innenseiten seiner Schenkel berührte, spürte ich, wie sie kaum merklich auseinanderglitten.

Vorsichtig winkelte er ein Bein an und knickte dabei etwas

ein, blieb aber auf dem Bauch liegen. Er versuchte den Eindruck zu erwecken, dass diese Bewegung ganz natürlich kam, aber ich wusste mit einem lustvoll-erregten Schauder in den Eingeweiden, dass er versuchte, seine Erektion unter sich zurecht zu rücken. Wenn er die Augen geöffnet hätte, hätte er auch meine Erektion gesehen, die wie etwas grotesk Erwachsenes meine Kinderunterhose ausbeulte. Doch er tat es nicht; er ließ mich gewähren und tat so, als schliefe er. Ich fuhr zur Vorderseite seines angewinkelten Beines herum und glitt vorsichtig zu den Lycra-Shorts hinauf, bis ich schließlich ganz langsam ihre Ausbeulung erreichte. Er stöhnte und ich stöhnte ebenfalls. Seine Shorts war feucht und unter meiner Berührung schien neuerlich etwas Flüssigkeit nachzusickern. Jetzt lächelte er nicht mehr, er schien sich für etwas zu rüsten.

Seine Augen öffneten sich und ich sah einen anderen Shamash. In seinen Augen war Lust, war Wut, Mitleid und Verzweiflung.

»Einen Dad zu haben wird wohl nicht reichen, oder Johnny? Du willst mehr als das, stimmt's?« Er zog seine Shorts runter und seine Erektion befreite sich aus ihnen und glänzte wie irgendeine monströse Auszeichnung. »Da, bitte schön, das wolltest du doch sehen, oder?« Und dann, noch bevor ich irgendetwas tun konnte, setzte er choreographisch eine Bewegung um, die so schnell, so schön war, dass sie zu meiner teuersten Kindheitserinnerung werden sollte. Er stand auf, hob mich vom Bett hoch, schleuderte mich zweimal um seinen Körper herum und schlang mich dann um seinen Kopf. Mein Schwanz steckte in seinem Mund. Von diesem Gefühl muss ich innerhalb von fünf Sekunden gekommen sein. Shamash hustete, schluckte ein letztes Mal und stieß die innige, opernhafte Bitte aus: »Und jetzt möge das Kind Ruhe geben.« Und das Kind gab Ruhe.

Er brachte mich in mein Zimmer, in mein Bett und sagte leise, »Morgen müssen wir reden. Unter vier Augen.« Schläfrig, ja beinahe verzückt lag ich im Bett und bekam das Schluchzen aus dem Nebenzimmer nur nebenbei mit. Bei allem, was vorgefallen war, erregte mich am meisten die geheime Gefahr, die in seinen Worten gelegen hatte. Er hatte mich ›Johnny‹ genannt. So hatte er mich noch nie genannt und ich hatte Johnny schon fast vergessen. Er hätte genauso gut jemand anderes sein können, irgendjemand. Im Gegensatz zu Vaslav ließ er sich niemals zähmen oder kultivieren. Er war wie seine Mutter, kaum selbst eine Person, nur ein Etwas, mit dem man etwas machte, das man fickte, eine körperlose Fantasie, ein Foto ›ohne Worte‹ in einem von Shamashs Heften. Konnte ich die Gesichter nachmachen, die die Jungs in den Heften hatten, während sie gefickt wurden? Mich verschlang geradezu der Wunsch, ›Pornografie‹ zu sein, zu beginnen, den lange verschollenen Johnny zu kultivieren. Vor meinem inneren Auge sah ich ihn kurz, wie er durch die Wohnblocks streunte mit nichts Besserem zu tun, »als 'n Schwanz zu blasen oder es jemand ordentlich von hinten zu besorgen.«

Dann kam der Sonntag Morgen. Wenn Shamash am Vortag Drogen genommen hatte, blieb er nie lange im Bett liegen. Er trank dann gewöhnlich nicht viel und war sonntags meistens gut gelaunt. Erst am reuevollen Montag oder Dienstag bekam er schlechte Laune. An diesem Morgen war das Frühstück allerdings eine düstere Angelegenheit.

»Du weißt, Vas, dass wir niemandem erzählen dürfen, was gestern Nacht passiert ist. Ich hätte das nicht tun dürfen.«

»Kein Problem für mich, was passiert ist, Shamash. Im Gegenteil«, erwiderte ich. »Ich werd's keinem erzählen.«

»Doch, das wirst du und das ist das Problem. Vielleicht nicht nächste Woche oder nächstes Jahr, vielleicht auch nicht in ein paar Jahren, aber der Verrat wartet an allen Ecken. Manchmal scheint sich das ganze Leben um nichts anderes zu drehen. Du versuchst, so viele Erwachsenensachen wie möglich auszuprobieren. Und das zu früh. Wenn du alles immer zu früh machst, wirst du es eines Tages bereuen, die Dinge werden dir leer vorkommen, wenn du älter bist. So ist das nun mal, wenn man ein Kind ist und ich will dich da gar nicht bevormunden, ehrlich.

Für das, von dem ich annehme, dass du es dir wünschst, stehen alle Zeichen für uns denkbar schlecht.«

»Hat dir denn nicht gefallen, was ich gestern abend gemacht habe? War es denn nicht schön?«

»Ach, hör doch auf, Vas, du bist ein Kind. Ich müßte dein verdammter Vater sein. Schön ist in diesem Zusammenhang wirklich nicht das angemessene Wort. Nicht alles, was ich anstelle, ist ›schön‹, verdammt nochmal. Ich will dich vernünftig erziehen und nicht irgendeinen Freak aus dir machen und genau das würdest du werden, wenn ich dich mit der halsbrecherischen Geschwindigkeit erwachsen werden lassen würde, die du dir vorgenommen zu haben scheinst.«

Ich weigerte mich, von meinen Cornflakes aufzusehen.

Er fuhr fort: »Es ist schrecklich, aber ich muss es dir nun mal sagen: Was wir gestern gemacht haben, verurteilt die Welt schärfer als alles andere. Und die Tatsache, dass ich dir nicht ausreichend erklären kann, warum das so ist, liegt im Kern dieses Tabus. Wir sind hier nicht im alten Griechenland und nimm's mir nicht übel, Vas, aber ich hab auch früher schon nicht auf Kinder gestanden.« Er legte den Arm um mich und tat so, als sei nun alles in bester Ordnung.

Ich ließ den Kopf hängen und meine Scham mischte sich mit dem Gefühl zurückgewiesener Liebe. Aber mir wurde gleichzeitig auch die Macht bewusst, die ich jetzt besaß. Ich war ein zwölfjähriges Monster. Ich war ein verdorbenes Gör.

ZWEI

aber in jenem [illegible]

so [illegible]

wenn man [illegible]

zahlen und [illegible]

[illegible] der Antike [illegible]

[illegible]

KÄSESTANGEN

Heute war ich bei Brigitte. Sie meint, ich solle alle meine Träume niederschreiben, aber im Moment nehme ich Prozac und daher träume ich nicht so oft. Ich neige zu der Ansicht, dass die Träume, die man hat, wenn man Beruhigungsmittel nimmt, ohnehin nicht wirklich zählen und seit zwei Jahren nehme ich eigentlich immer das eine oder andere Präparat. Eine Zeit lang habe ich stärkeres Zeug geschluckt – Rohypnol, Valium und verschiedene rezeptfreie Mittel einschließlich illegaler Sachen. Brigitte meint, in meinem Alter sollte ich keine Sedativa nehmen; sie sagt, wenn ich wirklich der Architekt all dessen gewesen bin, was geschehen ist, wieso komme ich dann nicht damit zurecht? Vielleicht hatte Shamash Recht, als er sagte, dass man alles auch zu früh erleben kann.

Das Problem ist, dass Sex (dieser echte, süchtig machende, von dem man nie genug kriegt, den man hat, solange man jung ist, weil Jugend das beste Kapital für Sex ist), dass dieser Sex also eigentlich eine nebensächliche Beschäftigung ist. Er wird als sträflich angesehen, aber es gibt kein Heilmittel dagegen. Wenn ich Nymphomane bin, dann zur Hölle mit allen Nymphomanen. Es ist ein Verbrechen, das ohne Opfer auskommt. Ich mag zwar zu einer Randgruppe gehören und in gewisser Hinsicht kriminell sein, doch bin ich schließlich das alleinige Opfer meiner Verbrechen und langsam gehen mir die Leute auf den Geist, die ständig meinen, sich einmischen zu müssen. »Kümmert euch um euren eigenen Dreck«, schreie ich und meine damit niemanden im Besonderen und gleichzeitig alle auf einmal.

Brigitte ist da anders. Die schockiert gar nichts. Sie sagt: »Ich kenne euch Jungs« und in ihren Augen glitzert ein winziges, böses Funkeln. Sie ist die Sorte Frau, die man ›Schwulenmutti‹ nennen würde, wenn sie keine Lesbe wäre. Momentan hat sie keine Freundin, obwohl sie selber sagen würde, dass sie wohl auf der Suche sei. Sie ist relativ alt, fünfundvierzig oder so in dem Dreh, aber sie sieht jünger aus. Nicht, dass das wirklich alt wäre, aber sie ist unter meinen selbst gewonnenen Freunden eben einfach die älteste.

Irgendwie steht sie jenseits aller sexuellen Kategorien. Sie ist nicht wie manche dieser Newtown-Lesben, sie ist aber auch keine Hardcore-Lesbe. Sie fliegt da draußen irgendwo im Kosmos rum, steht aber immer noch mit beiden Beinen fest auf dem Boden. Sie sagt, dass die Männer bei weitem das zerbrechlichere Geschlecht sind: »Da machen die Mütter während ihrer Kindheit einen winzigen Fehler und das gesamte weibliche Geschlecht muss ein Leben lang dafür zahlen, na hilf uns Gott!«

Manchmal klingt sie wie Thel. Thel war mal mit einem verheiratet, der an der Flasche hing und sie hin und wieder ordentlich vermöbelte: »Es war idiotisch von mir, ihn so lange zu lieben, aber ich hatte nun mal zwei kleine Kinder und ihr Männer werdet nie verstehen, was das bedeutet. Zehn Jahre, in denen ich keine Wahl hatte. Ich musste mit ihm zusammen bleiben, bis die Kinder in die Schule gingen, ich mir einen Job suchen und ihm schließlich den Laufpass geben konnte.«

Aber Brigitte ist rätselhafter. Sie zu fragen, woher sie das Geld hatte, um ihr Haus, Misty Rise, zu kaufen, ist zwecklos; sie erzählt einem dann bloß wieder irgendeinen Mist, dass sie es aus dem Kosmos ›herauskanalisiert‹ hat, oder so. Aber es gibt Fotos von ihr mit einem älteren Mann und sie weigert sich, der herrschenden lesbischen Philosophie anzuhängen, die da Männer als Geliebte komplett ausschließt: »Wenn du in mein Alter kommst, muss die Liebe geistiger werden, denn der Körper ist schließlich nicht mehr das, was er einmal war.« Wenn ich sie dränge, mir ihre Geschichte zu erzählen, dann sagt sie nur, sie liege in einem anderen Land, in das sie nicht mehr reist.

Sie hat über alles ihre Theorien und manchmal höre ich sie mir gerne an: »Viele promiske Männer tun so, als machten sie das Maskuline zu ihrem Fetisch und zelebrieren ein Gefühl der ›Ganzheitlichkeit‹, weil es andere Männer wie sie gibt. Sie stellen sich eine Bruderschaft unendlicher Männerfreundschaften und ausgelebter Erotik vor und merken dabei nicht, dass die zu Grunde liegende Struktur eben jener Gesellschaft ihr eigener Niedergang ist. Dann wird das ganze wie ein endloser Jagdausflug; das Wetter schlägt um, es wird kalt, regnet, das Zelt ist undicht, die Patronen gehen ihnen aus und sie wollen nach Hause, aber dazu ist es zu spät.«

Ich muss an einige dieser alten Tunten denken, die ständig in den Bars rumhängen; es ist schwer, sich vorzustellen, dass sie jemals in meinem Alter waren.

Ich weiß nicht, warum mir Brigitte das alles erzählt, denn ihre Lektionen haben ja nicht zur Folge, dass ich umkehre und mich fortan benehme. Und politisch bin ich schon gar nicht. Aber ich glaube auch nicht, dass ich ein Frauenenhasser bin; es ist ungefähr so, wie das gängige Vorurteil, dass alle Schwulen Kinderschänder sind oder Frauenhasser und dass alle Lesben Männer hassen und ihnen in die Eier treten. Ich glaube, das liegt im Grunde nur daran, dass wir eben keine Mädchen bumsen.

Ich habe mich nie als Frauenhasser begriffen, aber ich erinnere mich daran, wie Shamash einmal von einem reinen Männerabend zurückkam und zu jemandem am Telefon sagte, dass er am Tisch gesagt habe, »Was ich an Sydney am meisten hasse, sind die ganzen frauenhassenden Schwulen.« Offenbar war darauf ein peinliches Schweigen gefolgt und Shamash hatte plötzlich begriffen, dass er sich diesbezüglich nicht unter Gleichgesinnten befand. Als niemand etwas sagte, fügte er hinzu; »Die heutigen Gastgeber und alle zukünftigen Sponsoren von Potts En Pointe natürlich ausgenommen.« Danach hatten wohl alle gelacht. Ich weiß noch, wie er zu Rosie sagte, dass die gemeinsten Zicken in der Stadt Eier hätten, woraufhin sie erwiderte: »Dann hast du noch nicht mit bestimmten Frauen zusammen gearbeitet.«

Shamash sprach immer gern von den Problemen des sogenannten ›Koalitionismus‹. Zuerst wusste ich noch nicht einmal, was er damit überhaupt meinte. Er sagte, Schwule und Lesben entfernten sich immer mehr voneinander: »Man mag zwar junge Schwule und Lesben an der Universität finden, die in Themen wie Pornografie oder Zensur einer Meinung sind; aber gib den Schwulen mal zehn Jahre, dann sind sie nämlich viel zu verstrickt in die Schwierigkeiten und Anforderungen ihrer eigenen Sexualität, als dass sie sich noch wirklich um lesbische Belange kümmern würden. Unser Verhältnis (das der Schwulen und Lesben) ist eine Zweckehe, aber das soll auch gar nicht anders sein. Bei allen linken Meinungen, für die schwule und lesbische Fürsprecher Partei ergreifen, sind Schwule und Lesben wie alle Subkulturen und Minoritäten letztlich doch notwendigerweise xenophob. Wir brauchen einander, wenn auch nur zum gegenseitigen Schutz.« Dieses Bedürfnis, sagte er, sei aber auch für viel Gutes verantwortlich.

Es ist schon komisch, wenn ich über Dinge nachdenke, für die er sich interessiert hat, Dinge, die zu hoch für mich waren, mit Ausnahme des einen Satzes, der auch für mich Sinn ergab: »Vas, glaub bloß nicht, die Welt wäre einen Deut besser, wenn Lesben und Schwule sie regieren würden. Macht funktioniert immer gleich, egal, wer sie ausübt. Sie ist viel zu schwer zu erlangen und wenn man sie hat, ist sie viel zu berauschend, als dass man der Korruption widerstehen könnte.«

Also ich hab weiß Gott keine Macht, obwohl ich oft berauscht bin und mir scheint, dass es die Leute gewesen sind, die an der Macht waren, die festgelegt haben, dass ich korrupt bin. Diese ganzen Theorien sind anscheinend nicht viel Wert, wenn ich mir die Suppe ansehe, die Seine Exzellenz Prinz Liederlich sich selber da eingebrockt hat.

Manchmal sieht es aus, als ob alles mit Sex zusammenhängt, aber Brigitte sagt, das eben ist mein besonderes Dilemma. Oft will ich einfach bloß das Denken abschalten. Mit Prozac funktioniert das nicht so ganz; man kann nicht einfach zwei oder drei davon schlucken, wenn man auf eine Party oder einen Rave oder sonstwas will. Ich setze es da eher für ein paar Tage ab und nehme dann was Wirksameres, eine E oder auch zwei und schiebe nachher noch eine Rohypnol nach. So kann ich ordentlich Spaß haben, ohne mir den ›normalisierenden‹ Effekt von Prozac damit zu versauen. Die meisten Ärzte und Spezialisten begreifen meiner Meinung nach nicht, dass eben nicht jeder normal sein und aus dem Verderben gerettet werden will. Ich schätze, es gibt in dir bestimmte Triebe, die dich von ganz früh an bis zum Ende begleiten, egal wann das nun auch immer kommt.

Es gibt da einen Traum, den ich hatte und immer noch habe: Er handelt von einer Straße, einem Weg. Ich liebte diesen Weg als Kind, ich meine, als ich noch wirklich Kind war. Shamash und ich gingen diesen Weg immer zu Davids Haus in Elizabeth Bay, oder Betty Bay, wie sie es nannten. Er ging von der Macleay Street ab, einer backsteingepflasterten kleinen Straße, die zu all den wunderschönen kleinen Brücken und Gärten führte, Gärten mit Teichen voller Fische und zu Treppen, die für australische Verhältnisse viel zu alt aussahen. Ich bettelte immer, dass mich Shamash diesen Weg alleine zu David gehen ließ, aber er erlaubte es mir nie. »Für ein Kind viel zu nah an Kings Cross«, sagte er. Wie dem auch sei, dieser Weg taucht etwas verändert in meinen Träumen auf. Es ist Nacht und statt niedlicher, kindlicher Sachen wimmelt es dort von Sexuellem, von sexuellen Aktivitäten, die es mir ziemlich schwer machen, mir da überhaupt meinen Weg hindurchzubahnen. Der Punkt ist, dass mich das alles ziemlich erregt und doch versuche ich, mich nicht davon ablenken zu lassen. Ich will irgendwo hin. Dann ist manchmal plötzlich auch meine Mum da und obwohl der andere Sex ein einziges Knäuel von Männern ist, die sich im Takt bewegen, ist sie plötzlich da und ein paar Typen besorgen es ihr. Das stört mich nicht weiter, aber ich versuche trotzdem, zu ihr zu gelangen, weil sie winkt und dann schaue ich in den Teich, wo die ganzen Fische waren, nur dass da jetzt keine Fische mehr drin schwimmen, sondern Kondome. Ich bücke mich nach einem und merke plötzlich, dass es auch keine Kondome sind, sondern leere Plastikverpackungen von Käsestangen. Jetzt suche ich eine, wo noch was drin ist (Käse, meine ich, nicht Sperma), denn ich bin mir sicher, dass da auch volle drin schwimmen müssen, aber ich finde nie eine.

Brigitte seufzt. »Ach, Schatz, traurig ist das, du trauerst da um deine Kindheit, um all die Sachen, die es nicht mehr gibt.« Brigitte ist da sehr sentimental, sie nimmt alles mega-ernst und wichtig und wenn es um das Interpretieren von Träumen geht, hat sie für Zyniker nichts übrig.

»Denk doch mal drüber nach, Vas, der Ort, an den Martin dich nicht alleine hat gehen lassen, der Ort, den du verlassen hast, wenn schon nicht im wörtlichen Sinn, dann doch bildlich gesprochen, in sexueller Hinsicht. Verstehst du, was ich damit meine, Schatz? Und die Käsestangen, deine Mum, ein Leben, das du dir größtenteils um Sex herumgebaut hast, soviel gibst du ja selber zu. Aber, Vas, weißt du, was ich glaube, was ich wirklich glaube? Ich glaube, wenn der Traum dich noch einmal einlädt (bei Brigitte muss man nämlich von einem Traum ›eingeladen‹ werden), dann findest du bestimmt eine volle Verpackung. Das mag zwar ein bisschen abgedreht klingen, aber wenn ich du wäre, dann würde ich im Wachleben zur Macleay Street gehen, eine Käsestange am Kiosk kaufen und sie in den Teich in Elisabeth Bay werfen. Ich weiß, das klingt verrückt, aber es wird deinem Unterbewusstsein behilflich sein zu wissen, dass da wirklich eine drin ist, dass deine Kindheit lebendig und vital in dir ist, dass nichts je wirklich unwiederbringlich verloren ist.«

Also hab ich es gemacht. Ich ging in den Krimskramsladen von Babylon und kaufte eine Käsestange. Man muss schon auf Prozac sein, um so einem Rat nachzukommen, oder? Ein erwachsener Mann, der eine Käsestange in einen Teich im Park von Elizabeth Bay wirft! Na ja, andererseits habe ich auch schon schlimmere Sachen in Parks gemacht. Bei Brigitte habe ich das Gefühl, ich muss tun, was sie sagt, man kann das Aberglauben nennen, aber selbst jetzt, da ich es getan habe, werde ich unruhig, unruhig, dass ich, wenn mich der Traum noch einmal einlädt, voller Überzeugung zu dem Teich gehe und es trotzdem nicht schaffe, die verdammte Käsestange da rauszufischen. Und genau solche Neurosen sind es, die ich hoffe, mit Prozac bekämpfen zu können. Dann mache ich mir natürlich Sorgen, dass das Medikament wiederum meinen Traummechanismus beeinträchtigt und ich nichts ›empfange‹; der Traum wird schon kommen, aber ich mache erstmal nicht auf. Gibt es denn im Gehirn nicht sowas wie ein Postfach, wo ich meine ›Einladung‹ später abholen kann, die ich angeblich brauche, um meine Kindheit wiederzuerlangen?

Vielleicht besuche ich Brigitte auch nur, weil sie ›Schatz‹ zu mir sagt.

Verantwortung für das eigene Selbst – das scheint mein immer wiederkehrender Stolperstein zu sein. Ich habe mit meinen zwanzig Jahren anscheinend Schwierigkeiten, mich mit einem Leben zu versöhnen, das ich damit verbracht habe, eben jene Verantwortung zu übernehmen. Vielleicht hat sich jetzt eine Einsamkeit breit gemacht, mit der ich nicht zurecht komme, jenes Ausgebrannt-Sein, vor dem ich immer und immer wieder gewarnt worden bin. Vielleicht ist es mir ›gestattet‹ zuzugeben, dass ich nicht immer gewusst habe, was ich tat, denn so war es. Shamash wird mir mein Versagen in manchen Dingen vergeben und dennoch werden wir immer Freaks sein. Es ist das mit der Liebe, das mich beunruhigt; irgendwie habe ich die ›Liebe‹ beschädigt, ihre Bedeutung ist mir verloren gegangen, ihre Demarkationslinie.

MYSTERY

Ich war noch nicht draußen heute. Ich könnte Kaffee gebrauchen, auch das Brot ist alle, aber an manchen Tagen kann ich es einfach nicht ertragen. Mir ist nicht danach, ›die Öffentlichkeit‹ zu beehren. In dem unverschämt überteuerten Supermarkt um die Ecke arbeitet eine Frau, die zu jedem ›Herzchen‹ sagt und sich jeden Tag die Haare super-aufwendig stylt. Sie ist ein bisschen wie Mrs Slocombe in dieser englischen Fernsehshow. Sie trägt knallrosa Lidschatten und raucht Holiday 50s.

Eine meiner Neurosen besteht darin, dass ich nicht dahinterkomme, wieso Leute mich anstarren. Ich weiß, warum sie die Frau im Supermarkt anstarren und es gehört in Darlinghurst nun wahrlich eine ganze Menge dazu, nur aufgrund seines Äußeren aufzufallen. Wenn sie mich anstarren, dann hoffe ich, es könnte sein, weil ich hübsch bin; Jungs in meinem Alter werden ja häufig aus diesem Grund bewundert. In dieser Stadt ist Oxford Street mit Sicherheit das Mekka, wenn man Jungs beglotzen will. Manchmal frage ich mich aber auch, ob mich die Leute nicht bloß deshalb angucken, weil sie Schwulenhasser sind, die einzig aus dem Grund in die Oxford Street gekommen sind, um die Freaks zu begaffen. Dann gibt es natürlich noch einen anderen Grund, nämlich den, dass ich eben der bin, der ich bin, ein gefährlicher (Ex-)Teenager, der im Zuge eines der größten Prozesse der vergangenen Dekade, diesem ach so Aufsehen erregenden Sturm im Wasserglas, Fratzen in die Kamera geschnitten hat.

Brigitte hat sich umgesehen, um einen Agenten für mich aufzutreiben, der meine Geschichte für fettes Geld verkaufen könnte. Sie hat Kontakt zu einer Gruppe, die sich Q.U.I.M. (Queer Ultra-Integrity Management) nennt. Die haben ein Sofortangebot über zehntausend Dollar beim *New Weekly* an Land gezogen.

»Zu wenig«, habe ich gesagt. »Mein Gott, wir waren nun wirklich reichlich in den Schlagzeilen vertreten. Lindy Chamberlain hat mehr gekriegt.«

Ich verstehe nicht viel davon, von Presse, Rechten und diesem ganzen Mist. Ich warte einfach auf ein besseres Angebot. Ich bin und war eine ›Schlagzeile‹ und ich will denen jetzt den ganzen geheimen Schmutz präsentieren, um den sie sich damals gerissen haben. Ich will die Unterhosen des Dreizehnjährigen runterlassen und ihnen zeigen, was sich da unten während der verbotenen Jahre abgespielt hat. Ich will, dass sie mich, den Fünfzehn-, Sechzehnjährigen mit reiner Haut und voller Selbstvertrauen sehen; dann können sie sehen, wie ich in diesem Alter alle möglichen ›erwachsenen‹ Sachen gemacht habe. Damals haben sie versucht, mir das Gegenteil weiszumachen, aber jetzt, mit zwanzig, können sie mir das nicht mehr einreden. Shamash und ich, wir haben für unsere gestohlenen, nicht gerade unkomplizierten Freuden gezahlt und wieder gezahlt. Dies ist nun mal eine Welt, in der der Verbraucher zahlt; und ich will ein paar Dollar für ihren Konsum einstreichen, ich will, dass sie für die ›perverse‹ Freude zahlen, die wir ihnen bereitet haben. Wenn es stimmt, was die Zeitungen damals geschrieben haben, nämlich dass ›Sydneys Bohème in ihren Grundfesten erschüttert‹ wurde, dann erschüttern wir sie eben noch einmal, warum nicht? Machen wir doch eine skandalöse Enthüllungsstory über jene ›pädophilen Kreise‹ daraus, die Shamash angeblich angeführt haben soll.

Verstricken wir sie in die Orgien des minderjährigen Sex, der sich in der Shadforth Street abgespielt haben soll – in die ›Kinder-Choreographien‹, wie es der *Port Jackson Courier* formulierte. Aber verführen wir sie langsam und raffiniert, bereiten wir ihnen ein ausgedehntes prosaisches Vorspiel, um sie gebührend auf den literarischen ›Fick‹ vorzubereiten, der ihnen blüht. Und dann, kurz bevor sie soweit sind, ficken wir sie, aber ohne Gleitgel und ohne Poppers. Erwischen wir sie kalt und besorgen wir's ihnen ordentlich, das ist meine Meinung.

Nach der Verführung auf dem Sleaze Ball war Shamash, was Liebesbekundungen mir gegenüber betraf, gelinde gesagt ziemlich befangen. Unser Verhältnis wurde ein wenig distanzierter und er stürzte sich in seine Arbeit.

In diesem, meinem letzten Grundschuljahr nahm ich an der Aufnahmeprüfung für die Savant Grammar School teil und bestand. Für einen Bohemien wie Shamash war dies eine konservative, möglicherweise auch etwas unfaire Wahl, denn Savant Grammar wimmelte von wohlerzogenen zukünftigen Bänkern und Börsianern, die schon jetzt mit irrsinnigem Ehrgeiz daran arbeiteten, den Sprung in die Yuppie-Welt der Achtziger da draußen ›im richtigen Leben‹ zu schaffen. Shamash fand, dass ich als Interner in der Schule wohnen sollte. Ich glaube, unser kleines ›Vorkommnis‹ hatte bei ihm das Bedürfnis geweckt, mich für gewisse Zeit anderswo unterzubringen.

Ich schätze, dadurch gewann er auch mehr Freiraum in seinem Leben. Er war mittlerweile einunddreißig und eher Direktor als Tänzer. Er war der öffentliche Vertreter der Company und wurde für Kulturprogramme interviewt und auf Cocktailpartys und Aids-Benefiz-Veranstaltungen eingeladen. Er war in vielerlei Hinsicht ein typischer Gesellschaftsmensch von Sydney: warmherzig, charismatisch, zugänglich und doch auch wieder verschlossen, cool, ein wenig schnippisch und sehr unverbindlich. Die Leute, die ihn im gesellschaftlichen Leben kannten, liebten ihn auf Anhieb; als Kollege hingegen war er offensichtlich schwierig, planlos und ein bisschen unentschlossen. »Ein konfuser Nordküsten-Flüchtling«, sagte David immer, »der von einem sprunghaften künstlerischen Temperament beherrscht wird.«

Auch Thelly redete ihm zu, was das Internat betraf, dass ich in eine andere, vorherrschend männlich geprägte Welt geschickt werden sollte. Ich schmollte, ging aber hin.

Abgesehen davon, selber ein ›heißes Eisen‹ loszuwerden, wollte er mit meinem Fortgang vielleicht auch erreichen, dass mein explosionsartig um sich greifender sexueller Hunger gemäßigt wurde. Für so etwas war ein Internat allerdings nicht gerade der geeignetste Ort. Ich will nicht sagen, dass es dort orgiastischer zuging als in der Shadforth Street; aber es gab schließlich doch mehr Gelegenheit, sich auf irgendwelche sexuellen Kontakte einzulassen. Mit dem geklauten Poppers-Fläschchen und meiner fortgeschrittenen Pubertät erwies ich mich für einige der Jungen als beliebter Tutor in der Kunst der Masturbation. Die entwendeten Pornohefte bekamen jedoch ausschließlich meine ›Oberstufenschüler‹ zu sehen. In reinen Jungenschulen kann man zudem immer auch sicher sein, ein oder zwei Lehrer zu finden, die eine Schwäche für junge Knaben haben. Hatten sich meine Annäherungsversuche an Shamash als vergeblich herausgestellt, so gelang es mir nun immerhin, zwei Lehrer erfolgreich zu beknien, die meines Wissens beide noch immer auf freiem Fuß sind und die Zöglinge stinkreicher Mitglieder des Establishments unterrichten. Ich wette, die sind während unseres Prozesses ordentlich ins Schwitzen gekommen, die lüsternen alten Wichser.

Und so wurde ich also aus dem Herzen von Sydney gerissen und an jenen grauen Ort verfrachtet, der mit seiner frischen Luft, seiner derben, militärischen Kost und viel körperlicher Ertüchtigung warb. Selbstverständlich war die Quote der bestandenen Abschlussprüfungen vorzüglich und die Einrichtung wirklich ein ›famoser Ort für junge Männer‹ – ja, ja, ja. Alles altmodische Werte, die Shamash normalerweise eigentlich gehasst hätte, das weiß ich, obgleich er nun womöglich von einem reaktionären Nordküsten-Anflug heimgesucht wurde. In solchen Schulen herrschen diese Werte unterschwellig; es gelingt einem nie wirklich, das Falsche an ihnen dingfest zu machen. In Savant ging es einzig und allein um Leistung; es hieß andauernd, welch Glück wir doch hatten, die Möglichkeit zu bekommen, dort zu sein, wie Tausende hungernder, talentierter Jungen praktisch vor den Toren lungerten und danach trachteten, unsere Plätze einzunehmen, sobald wir unsere einzigartige Chance verspielten.

Das alles war natürlich Schwachsinn. Schließlich wurde ich aufgenommen, ohne sonderlich helle zu sein. Die Schule hegte die Hoffnung, dass ich, wie es mein Name nahelegte, zum Theater neigen würde, doch ich zeigte keinerlei Interesse und Jungenschulen fördern nun mal darstellenden Tanz nicht sonderlich, es sei denn, es handelt sich um die brutalere Variante auf dem Fußballfeld. Das alles aber hasste ich. Cricket langweilte mich zu Tode und ich konnte es mir nur dann erträglich vorstellen, wenn die Partien neben einer alten Kirche in England gespielt wurden, nicht aber neben einer Caltex-Tankstelle nordwestlich von Sydney. Wenn mein Leben einem Roman von Charles Dickens gleichen sollte, wie das ja in gewissem Maße auch der Fall ist, dann hatte ich oft den Wunsch, gesellschaftlich aufzusteigen und mich noch einmal auf der schönen grünen Insel wiederzufinden. Bei all meiner zähneknirschenden und verbitterten Proletarier-Herkunft ist heute doch der Hauch eines Neureichen in mir. England wäre ein weitaus angenehmerer Ort, wenn man dem Landpfarrer noch ein Tässchen Tee anbieten könnte anstatt einem pockennarbigen Matrosen seine Blasdienste: »Aber keine krummen Sachen, klar? Wenn du mir in den Mund spritzt, dann knöpf ich dir noch 'nen Fünfer ab, verstanden?«

In Savant fingen die Jungs erstmals an, mich blöd anzumachen, weil mein Vater 'ne Schwuchtel war. Im Zuge der adoleszenten Reproduktionsfantasien wurde meine Herkunft zum Quell absurdester Spekulationen. Der größte Schlägertyp während zweier Jahre hieß Travis Cornell (bis er mal einen Jungen aus dem Zug warf, ihm eine Querschnittslähmung schenkte und daraufhin von der Schule flog). Er hatte irgendwo das Wort Faustfick aufgeschnappt und liebte es, sich Arten und Wege auszudenken, mittels welcher diese Praktik zu meiner Empfängnis geführt haben könnte. Ein kleiner Junge am Ende einer Faust ähnelt so ziemlich einer Handpuppe; daher auch mein Spitzname. Er beherrschte die entsprechende

Geste mit der Faust meisterhaft als beleidigende Begrüßung, die zu guter Letzt in einem schmerzhaften Boxhieb für mich endete. Cornell presste mich oft zu Boden und versuchte, mich zu fisten. Ich wusste, dass ihm die Vorstellung außerordentlich gefiel. Selbst durch den Stoff meiner Hose schaffte er es, mir zwei Finger in den Arsch zu stecken. ›Kasperletheater‹ wurde zum Kriegsruf für diese besondere Pausenhof-Darbietung, ein Ereignis, das zuerst wöchentlich, dann einmal im Monat und schließlich – Gott sei Dank – immer seltener und seltener stattfand. In meinem ersten Jahr dort hatte ich einen Verschleiß von einem Dutzend Hosen. Manchmal waren beide meiner Hosen zerrissen, noch bevor ich eine ersetzen oder Thel sie wieder nähen konnte. Mir ist das Gerücht zu Ohren gekommen, dass Cornell bei der Schlägerei am Obelisk Beach vor ein paar Jahren ziemlich übel zusammengeschlagen worden sein soll. Wenn doch nur alle Schlägereien mit dieser ausgleichenden Gerechtigkeit eingefädelt werden könnten!

Als ich an den Wochenenden nach Hause kam, wurde alles langsam wieder besser. Shamash vertraute sich mir nun wieder an und ließ mich sein Zimmer betreten, so dass wir wieder auf seinem Bett rumtoben konnten, wie wir es immer getan hatten. Aber ich war nun viel ›erwachsener‹ geworden und meine Stimme brach mir von Zeit zu Zeit weg. Ich erzählte ihm nichts von den Brutalitäten in der Schule; ich wollte nicht, dass er sich dort blicken ließ und alles nur noch schlimmer machte; und ich wollte nicht, dass er sich wegen der Geschichten, die die Jungs über ihn erzählten, schämte. Ich wollte etwas von der Härte und Zähigkeit meiner Kindheit wiederbeleben. In mir drinnen machte Johnny mir Vorhaltungen, dass ich verweichlichte und vergaß, wie die nackte Realität war, dass ich vergaß, dass das, was in meinen zerrissenen Hosen steckte, seinen Wert hatte. Es war gerade im Bergriff zu reifen und es war Ausrüstung, die mir was einbringen konnte. Wenn ich attraktiv sein und wie einer der Jungs von Potts En Pointe aussehen würde, dann könnte ich bekommen, was immer ich wollte.

Thelly schien sich zu keiner Zeit Sorgen darüber zu machen,

dass Shamash und ich derart taktil miteinander umgingen. Sie kommentierte es nie, außer dass sie sagte, sie wünschte, ihr Mann wäre so gut zu ihren Kindern gewesen wie Shamash zu mir. »Eine Familie ist immer nur so intakt, wie die Liebe, die in ihr herrscht«, sagte sie dann. »Es ist mir egal, was man nun als ›Familie‹ bezeichnet, nur eins weiß ich: Bei uns war ich für die gesamte Liebe zuständig. Es gibt eine ganze Menge sogenannter traditioneller Kernfamilien, in denen einiges zu wünschen bleibt.« Ich wusste nicht genau, wie ›normale‹ Väter mit ihren Söhnen umgingen, aber Shamash sagte immer, er hoffe, dass ich auch im Älterwerden nicht verlernen würde, ihn zu knuddeln – etwas, das sein Vater ihm nicht mitgegeben hatte. Wir hatten einander immer berührt, massiert, zusammen irgendwo im Haus beieinander gelegen. Es war einfach etwas Schönes, das wir teilten und das ich hütete wie einen Schatz. Vielleicht hatte Grandpa Recht gehabt, wenn er Abstand wahrte, vielleicht war stoische, spartanische Zuneigung, was Väter betraf, der einzig gangbare Weg, die Männergesellschaft vor sich selbst auf sicherer Distanz zu halten. Ich aber liebte unsere kuschelige Ruhe vor dem Sturm.

In der Schule freundete ich mich mit Owen an, einem drahtigen Typen mit sandblondem Haar, der immer viel zu große Jeans und Baseballcaps trug, wenn er nicht in der ›Savant Row‹-Kollektion steckte (in Anspielung auf die Londoner Modemeile Savile Row unser Name für die ›famose‹ Designer-Kluft, die die Schule in unserem ersten Jahr eingeführt hatte). Sein Vater fuhr andauernd in die Staaten und brachte von jedem Aufenthalt ein neues Baseballcap mit. Owen interessierte sich überhaupt nicht für Baseball, aber er stand ziemlich auf Rap und so weiter, deswegen trug er sie. Sein Vater begeisterte sich für amerikanischen Sport und versuchte permanent, ein entsprechendes Interesse auch in seinem Sohn zu wecken. Aber Owen interessierte sich viel eher für die Beastie Boys oder die Bandenkriege in Los Angeles und er schien enttäuscht zu sein, dass wir hier noch kein Crack hatten. Owen entwickelte sich im übrigen auch zu einer Schwuchtel – ich glaube, wir hatten das von Anfang an im anderen erkannt. Er war der erste Mensch, dem ich erzählte, dass mein Vater schwul war und ich schätze mal, Owen hat diese Eröffnung nicht mit der Diskretion behandelt, die ich mir erhofft hatte. Damals hatte Owen noch nicht zugegeben, dass er schwul war – ich hatte es wohl auch noch nicht wirklich getan –, aber er zeigte sich äußerst interessiert an meinem Dad. Des Weiteren legte er ein besonderes Interesse für Poppers an den Tag; er war ganz scharf darauf, sich zu zerrütten, schärfer, als ich es je gewesen war.

Wir saßen hinten in den Ställen und nahmen ein paar Nasen voll, hatten aber keinen Sex sondern kicherten nur rum und dachten uns alberne Geschichten aus, in denen unsere Lehrer mit Besenstielen im Arsch masturbierten oder Ms Smedley bumsten, die dabei französischen Mist laberte, wie: »Ma tante est sur la mer.« Heute ist das nicht mehr komisch, aber in der Schule bepisst man sich nun mal über solchen Schwachsinn.

»Was meinst du, wie groß ist die Möse von der Smedley wohl?«, fragte Owen.

»Na wahrscheinlich ungefähr so groß wie Mr. McCredes Arschloch«, gab ich zurück.

»Und was hat sie da alles drin?«

»'N Haufen Zeug, 'nen tragbaren CD-Player.«

»Der von ihrem ganzen Mösensaft natürlich hinüber ist.«

»Na klar is' der hinüber. Der ist im Arsch!«

Wir starben fast vor Lachen, unsere Köpfe hämmerten und waren heiß und rot von dem Amyl. Einmal haben wir einem der Pferde, Mystery, das Zeug unter die Nüstern gehalten. Sie kriegte Krämpfe und kickte einen Zaunpfahl aus dem Stall raus. Damals wurden wir erwischt, logen aber, was den Grund ihres Aussetzers betraf. Die Lehrer dachten, wir hätten da drin geraucht und sie mit einer Zigarette verbrannt. Als sie mein Zimmer durchsuchten, fanden sie aber keine Zigaretten. Allerdings fanden sie ein Pornoheft.

»Der junge Vaslav Usher scheint unter zweifelhaftem moralischen Einfluss zu stehen«, hörte ich sie im Geiste im Lehrerzimmer sagen, während sie von einem Fuß auf den anderen traten. Wo soll das nur hinführen, wenn schon Kinder solchen Schund aufreizend finden?« Ich sehe sie regelrecht vor mir, wie sie ihre Brillen zurecht rücken und sich ein hübsches blondes Exemplar ansehen, das ordentlich ins Schwitzen gerät, weil ihm gerade ein Riesenschwanz in den Arsch gestoßen wird. »Es ist einfach widernatürlich!«

Zusammengerollt oder vielleicht sogar einfach nur locker gefaltet hätte das Heft womöglich gut in McCredes Arsch gepasst.

DIE KNOSPE

Es heißt, Prozac sei nicht gut für die Kreativität, aber an manchen Tagen neige ich zu einer anderen Auffassung – außerdem gibt es doch ohnehin nichts Neues unter der Sonne, oder? Wir sind doch bloß programmierte Fleischpuppen mit einem begrenzten Repertoire an Wörtern und Reaktionen. Manchmal rede ich so wenig wie möglich. SCHWEIGEN = FRIEDEN, aber auch TOD.

Ein Beispiel: Gerade als Shamash einen Haufen Probleme mit seiner Mutter hatte, mit mangelnder Akzeptanz und diesem ganzen Scheiß, da war es *Marie Claires* Mutter so ziemlich egal, dass ihre Tochter eine Lesbe war. Ich weiß, dass sie das enttäuscht, weil ihre Mutter viel zu viel mit ihrem Job beschäftigt war, um ihr die Aufmerksamkeit zu schenken, die sie anscheinend braucht. *Marie Claire* wirft sich in ihre abgedrehten Klamotten und führt sie ihrer Mutter vor. Ihre Mutter aber zuckt nur mit den Achseln und sagt: »Wenn es dir nichts ausmacht, lächerlich auszusehen, dann ist das deine Sache – wenigstens brauche ich mir keine Sorgen zu machen, dass dich jemand in diesem Aufzug vergewaltigt; du siehst aus, wie eine Teenager-Pennerin, die statt einem Einkaufswagen diese bekloppte Estelle hinter sich herzerrt.«

»Ist das denn zu glauben?«, fragt mich *Marie Claire* am Telefon. »Estelle, ein verdammter Einkaufswagen und Vergewaltigung! Es werden doch haufenweise hippe Mädels vergewaltigt, weil der Abschaum aus den Vorstädten ihnen ihre Individualität nicht zugestehen will. Meine Mutter ist dermaßen von sich selbst eingenommen und so hirnlos provinziell dabei! Ich musste mich mein Leben lang mit ihren zahllosen Männern abfinden. Einer von denen hätte mich garantiert sexuell missbraucht, wenn er die Gelegenheit dazu gehabt hätte. Einmal, als ich in der Wanne lag, kam er ins Bad rein und tat dann so, als hätte er sich geirrt. Hallo. Na ja egal, jedenfalls hab ich ihn angestarrt nach dem Motto: Noch einen Schritt näher und du kannst deine Eier einzeln aus dem Schaumbad rausfischen. Wenn ihr Neuester nicht so widerlich wäre, wär' ich direkt versucht, ihn zu verführen, bloß um ihr mal 'ne Lektion zu erteilen. Weißt du, was sie nach der Show zu mir gesagt hat? Nach der zweiten, nicht nach der ersten. Weißt du, was sie da gesagt hat? ›Ich konnte nicht sonderlich viel Neues in der zweiten Show entdecken, Allie.‹ Sie besteht darauf, mich so zu nennen, obwohl ich schon lange nicht mehr darauf reagiere. Der ganze geschlechterpolitische Scheiß in der zweiten Show war schlichtweg zu hoch für sie. Estelle und ich überlegen, nur noch Shows für Lesben zu machen, weil das Hetenpublikum so scheiße drauf ist, aber selbst in der Lesbenszene zählt ja nicht Talent, sondern dass man die richtigen Leute kennt. Oder angräbt. Dann wird deine Show genommen. Wenn ich erstmal in die Akademie für darstellende Kunst reinkomme, werden sie noch um meine Shows betteln.«

Ich halte den Hörer vom Kopf weg und registriere, wie Estelle aus *Marie Claires* zukünftigen Theaterplänen verschwunden ist. Ich bete selber drum, dass die Akademie sie nimmt. Auch sage ich ihr nicht, dass der ›geschlechterpolitische Scheiß‹ der zweiten Show auch für mich zu hoch war, obgleich ich ja nun nie in den Vorstädten gelebt habe: »Na wenigstens akzeptiert deine Mutter, dass du 'ne Lesbe bist«, sage ich hoffnungsvoll.

»Akzeptieren! Akzeptieren! Die akzeptiert gar nichts, weil es sie nicht interessiert – man muss erstmal Interesse zeigen, bevor man etwas akzeptieren kann, Vas. Mann, begreifst du überhaupt noch was?«

Anscheinend nicht. Aber wenn die es schafft, in die Akademie zu kommen, dann gehe ich an die Uni von New South Wales und studiere Medizin. Nein, besser noch Pharmakologie – das bringt mehr Geld und lässt einem mehr Freiraum für Kreativität.

In Savant hatte sich wegen meines geklauten Pornoheftes nicht viel getan. Ich kriegte eine Strafarbeit aufgebrummt, die ich – statt Sport – am Freitag Nachmittag zu erledigen hatte, was mir natürlich nicht sonderlich viel ausmachte. Das Heft wurde eingezogen, noch bevor die ›spezielle‹ Natur meiner Pornografie vor den übrigen Kindern enthüllt wurde und auch ›Dad‹ wurde nicht benachrichtigt. Ich glaube, das Lehrerkollegium war sich Shamashs sexueller Orientierung durchaus bewusst; sein Engagement für Aids war ihnen bekannt und somit auch die vermutliche Quelle meines Pornokonsums. Sie konnten mit der ganzen Sache offensichtlich nicht umgehen. Ich hatte das Heft nicht einmal Owen gezeigt, aber in diesem Alter muss man sowieso äußerst vorsichtig sein. Wenn meine Vermutungen, was Owen betraf, falsch waren, dann wäre es diabolisch gewesen, ihm das Zeug zu zeigen, besonders, da wir uns ein Zimmer teilten. Außerdem entwickelte er sich für mich ohnehin mehr zu einem Bruder als zu einem Partner für Sexspielchen. Ein-, zweimal haben wir zwar miteinander rumgemacht, aber das kam eher ihm zugute als mir. Er wollte mal sehen, wie das ›Zeug‹ aussah, das da rauskam, wenn man sich einen runterholte, also zeigte ich es ihm und er produzierte dann auch schnell sein eigenes.

Das Wichtige an der Geschichte mit dem Pornoheft ist, dass, obwohl zu der Zeit selbst kein Wort darüber verloren wurde, der Vorgang selbst natürlich registriert und gespeichert wurde, so dass er im späteren Verlauf ein willkommener Sargnagel sein sollte. Aber verweilen wir doch noch ein wenig bei jenen güldenen Tagen, dem prächtigen Wetterchen für Bootsfahrten auf dem Hawkesbury und dem ganzen Rest:

»Jungs, Jungs! – Jawohl, Mr. Usher, damit sind auch Sie gemeint. Sie sind doch ein Junge, oder etwa nicht?«

»Doch Sir, jedenfalls als ich das letzte Mal nachgeschaut habe.«

»Auch als Owen Henley das letzte Mal nachgeschaut hat, Sir«, ergänzte einer meiner Mitschüler.

»Das reicht, Bilbury! Jetzt macht die Boote sauber und stellt sie unter. Und, Usher, wenn du deine Uniform wieder anhast, dann komm doch mal einen Augenblick zu mir.«

Es war mein vierzehnter Geburtstag. Ich war nun schon fast ganze zwölf Monate in Savant und Shamash wollte mit seinem Ensemble nach Amsterdam. Er wollte mich mitnehmen, mein verspätetes Geburtstagsgeschenk, was bedeutete, dass ich zwei Wochen vor Ferienbeginn aus der Schule genommen werden musste. Natürlich war das nicht gerade ein Grund, den Savant normalerweise guthieß, aber dennoch meinte die Schule, dass »Erziehung und Bildung auch andere Aspekte besitzen, zu denen auch das Reisen gehört.« Außerdem war zum Ende des Schuljahrs ohnehin nicht mehr viel los. Laber, laber, laber. Ich hasse den gewichtigen Ernst der Erwachsenen. Als hätten die so viel Macht und könnten schalten und walten wie sie wollen. »Ihr habt doch alle ein Brett vor dem Kopf«, hätte ich am liebsten zu meinen Lehrern gesagt. »Ich fahre nach Amsterdam, was gibt es denn bitteschön Interessanteres oder Wichtigeres?« Als wäre Savant Oxford oder Cambridge und nicht ein Scheißbunker aus einem einzigen Gebäude, das gerade mal hundert Jahre alt war und bloß errichtet wurde, um der Gegend etwas Charakter zu verleihen! »Und tschüss, ihr Knallköppe.«

Ich kam mir wichtig vor, so einfach von Shamash mitgenommen zu werden, der absolut cool aussah, als er mich mit seiner Ray-Ban-Sonnenbrille in der Schule abholte. »So, mein kleiner Schatz, für uns gibt's dieses Jahr weiße Weihnachten. Amsterdam und vielleicht auch Old England. Was hältst du davon?«

»Auf England hab ich keine Lust. Ich will da eigentlich nicht hin.«

»Na komm schon, Kleiner, wir sollten da schon mal hinfahren. Ich will für mich selber auch ein paar Sachen dort klar kriegen, verstehst du?«

»Shamash, müssen wir wirklich?«

»Wovor hast du Angst?«

»Ich weiß nicht.«

Zu dem Zeitpunkt waren wir in Hornsby. Je weiter wir uns Sydney und McDonalds näherten, desto besser ging es mir. Um die Wahrheit zu sagen, war mir egal, wohin wir fuhren.

»Wie viele Vorstellungen in Amsterdam, Shamash?«

»Nur drei, aber ich möchte von da aus nach London, um mich um ein paar Shows fürs nächste Jahr zu kümmern. Wenn wir in den holländischen Zeitungen gute Kritiken kriegen, müsste das eigentlich klappen. Ich werde in England übrigens auch immer ein bisschen nervös.«

»Warum, glaubst du wohl, will ich da nicht hin? Irgendjemand hat doch garantiert Angelique gekannt. Ich habe einfach Angst, dass irgendetwas Komisches passiert.«

»Schauen wir erstmal, wie die Kritiken ausfallen. Du musst in London auch zu keinen Terminen mitkommen. Das können David oder Ashley machen.«

»Wer ist Ashley?«

»Ein Typ, den ich kennen gelernt habe und den ich mag.«

»Ein Tänzer?«

»Nein, ein Visagist.«

»Für Potts?«

»Mittlerweile ja. Rachel war wegen irgendeiner Sache eingeschnappt und hat gekündigt, da haben wir ihn engagiert. Er ist gut.«

»Hast du ihn vor oder nach eurer Affäre engagiert?«

»Vorher. Du wirst ihn mögen, er ist ein witziger Typ. Vas, du bist doch nicht etwa eifersüchtig, oder?«

»Nee. Du hast ja auch schon ewig keinen Freund mehr gehabt. Ist er jung?«

»Mitte zwanzig.«

»Gutaussehend?«

»Natürlich, aber er gehört mir, verstanden?«

»Spieglein, Spieglein an der Wand. Eines Tages wird der Spiegel sagen, ›Shamash, du bist der Schönste hier, aber...‹«

»Na, Kleiner, das ganze Rudern scheint deinen Armen und

deiner Brust ja ziemlich gut zu tun. Auch deine fabelhafte englische Blässe sieht bestens aus, aber ich glaube, ein, zwei Jahre hab ich schon noch, bevor ich dir den vergifteten Apfel bringen muss. Und was ist an Savant jetzt eigentlich so schrecklich? Dieser Mr. McCrede scheint doch ganz okay zu sein.«

»Mann, Shamash, merkst du eigentlich, wie daneben das klingt? Der typische Elternspruch! Erinnerst du dich nicht, dass deinen Eltern die Lehrer auch immer so vorgekommen sind, dass Lehrer sich den Schülern gegenüber ganz anders verhalten als vor den Eltern? Werde bloß nie so spießig, wie die Eltern von den anderen Kindern!«

»Spießig! Also das ist jetzt dein Lieblingswort, ja?«

»Ja, und noch ein paar andere dazu, Votze und ficken zum Beispiel. Übrigens alles Wörter, die ich in der Shadforth Street gehört habe. Mit dem Unterschied, dass ich jetzt weiß, was spießig bedeutet und wenn ich noch länger auf die Savant Grammar School gehe, dann werde ich es wahrscheinlich auch noch oft gebrauchen.«

»Tja, das wirst du dann wohl.«

»Habe ich in Amsterdam ein eigenes Zimmer?«

»Na ja, wir haben ein Apartment mit zwei Schlafzimmern. Im Katalog sieht es ziemlich üppig und kitschig aus. Aber ich möchte, dass du nett zu Ashley bist, ich will, dass ihr alle miteinander auskommt.«

»Ja, Dad.«

Ich war so glücklich, sechs Wochen aus dem Dreckloch Savant rauszukommen, dass mir alles andere egal war. Und ich wusste, dass ich auf der Reise nach Strich und Faden verwöhnt werden würde.

Ashley schien in Ordnung zu sein. Er machte viel Mist und das war gut, vor allem, weil er sich überhaupt nicht so blöd benahm wie manche Leute, die versuchen, ›sich auf die Kids einzustellen‹. Er hatte eher eine ›Scheißegal-Haltung‹ und ein Blitzen war in seinen Augen, das mir verriet, dass er *durchtrieben* war. Er erzählte mir, was der ›Meilen-high-Club‹ war und ich fragte Shamash im Flugzeug, ob sie da Mitglied werden wollten. Beide sahen mich von der Seite an und lächelten. »Tja, das sind wir schon«, sagte Shamash. »Der Flug letzten Monat nach Perth, das war ein ziemlich langweiliger Nachtflug. Das macht man am besten bei solchen Kurzflügen. Solche Fernflüge wie dieser hier sind ein bisschen zu lang, um sexy zu sein.« »Ach, ich weiß gar nicht«, sagte Ashley, »kommt drauf an, was für Drogen man sich für den Flug mitgenommen hat.« Shamash sah ihn tadelnd an, dieser Blick, der sagte, ›Aber doch nicht vor dem Kind!‹.

Meine Sexualität begann Shamash langsam Sorgen zu machen. Er sah sich vor, allzu viel vor mir auszuplaudern, hatte aber wiederum ein schlechtes Gewissen, wenn er mich nicht einbezog. In Ashleys Gegenwart war das leichter. Ashley trug keinerlei Verantwortung und machte auch keinen Hehl daraus. Ich merkte genau, dass er es abgefahren fand, mit jemandem zusammen zu sein, der solch ungewöhnliche Familienverhältnisse hatte wie Shamash.

Unser Apartment in Amsterdam lag in der Ruysdaelstraat. Es war wirklich total verkitscht und hatte eine riesige Badewanne. Ashley und Shamash meinten, das Dekor entspräche dem ›internationalen Schwulensauna-Stil‹, aber ich fand es trotzdem ziemlich genial; die absolute Krönung war die verspiegelte Schlafzimmerdecke.

Mit Dove, einer der Tänzerinnen, machte ich Sightseeing. Wir besuchten das Anne Frank-Haus, das ich unbedingt sehen wollte. Beide waren wir enttäuscht, dass nur ein Zimmer möbliert und das Versteck so raffiniert nun auch wieder nicht gewesen war. Trotzdem, meine Lehrer in Savant würden beeindruckt sein. Dove führte mich durch die Straßen, in denen die Prostituierten in ihren Schaufenstern ihrem Geschäft nachgingen. Ich dachte an meine Mutter und wie es im Gegensatz zu ihr für diese Schlampen hier lief.

Es gab Sexshops ohne Ende; in einem hing ein vergilbtes Foto von einem Schwarzen, der den größten Penis der Welt hatte. Ich wollte in die Läden reingehen und all die ›Dinge‹ sehen, die sie angeblich da drin hatten. »Wow, wie geil, wenn ich in der Schule davon erzählen würde! Können wir nicht reingehen, Dove?«

»Dazu bist du nicht alt genug. Außerdem, was würde dein Vater wohl dazu sagen?«

In einem der Fenster saß eine weibliche Schaufensterpuppe auf einem mechanischen Fahrrad. Während sie in die Pedale trat, hob und senkte sich ein schwarzer Dildo durch ein Loch in ihrem Sattel. Das Ding ging immer in ihre Möse, rein und raus und ihr Gesichtsausdruck schien zu sagen: Olala! Dove verzog das Gesicht: »Auf so einem Gerät möchte ich aber nicht über eine holprige Strecke fahren.«

Die Show sollte erst am zwanzigsten Dezember anlaufen, aber es fanden schon Proben statt, bei denen Shamash anwesend sein musste. Wenn ich nicht gerade Sightseeing machte, blieb ich mit Ashley in unserem Apartment. Er saß gewöhnlich da, rauchte einen Joint und ließ mich auch ein paar Züge nehmen, weil ich ihm mit meinem Betteln auf die Nerven ging. Mit seinen zu einem Pferdeschwanz zurückgebundenen, schulterlangen Haaren sah er aus wie ein Surfer, wenngleich natürlich etwas schwuchteliger und gepflegter.

»Martin sagt, du stehst nicht besonders auf Savant, oder wie deine Schule da heißt.«

»Es ist ein Dreckloch. Ich kann's kaum abwarten, irgendwann mit der Schule fertig zu sein.«

»Ja, er hat mir erzählt, dass du ziemlich scharf darauf bist, schnell erwachsen zu werden.«

»Was hat er denn damit gemeint?« Meine Nackenhaare begannen ein wenig, sich zu sträuben.

»Er meint so im Großen und Ganzen – sexuell, halt insgesamt.«

Das versetzte mir einen kleinen Schlag; ich kam mir etwas verraten vor, dass Shamash seinem immerhin noch ganz neuen Freund bereits so viel über mich erzählt hatte, aber mit meinem Ärger machte sich auch eine gewisse Erleichterung breit, die Erleichterung darüber, dass er mir vielleicht doch schon den vergifteten Apfel gereicht hatte. Ashley war durchtrieben, genau wie ich es geahnt hatte und Shamash merkte es noch nicht einmal.

Ich legte mir meine Antwort zurecht. »Ja, er kann nichts machen, der Arme; immer mache ich Schwierigkeiten.«

»Na ja, wenigstens gibt es auf deinem Internat da ja eine gewisse Auswahl.«

»Nicht so viele, wie du vielleicht denkst und unterstützt wird es schon gar nicht.«

»Nicht wie in Amsterdam, stimmt's?«

»Überhaupt nicht.«

»Ich hab ein holländisches Pornovideo, falls du es dir ansehen willst.«

»Nichts dagegen.«

»'N paar von den holländischen Jungs sind ziemlich scharf.«

Er warf es rein. Noch bevor der Vorspann abgelaufen war, hatte ich schon einen Riesenständer. Ich legte es jedoch darauf an, komplett verführt zu werden. Wenn man es nicht mit vierzehn hinkriegt, dass der andere die ganze Vorarbeit leistet, wann denn dann, bitteschön? Ich wusste in meinem Alter, dass es mit Sex etwas ziemlich Ernstes auf sich hatte, egal ob nun mit einem Gleichaltrigen oder mit jemand Älterem; aber gleichzeitig begriff ich doch auch noch nicht ganz, was ich da eigentlich eintauschte, was ich für das hingab, was ich kriegen sollte.

Was ich eintauschte, war Gefahr, absolute Frische, Düfte, die zu inhalieren und einzusaugen illegal war und eine unwiderstehliche Elfenhaftigkeit. Mehr als alles andere verlockte wohl der letzte Punkt. Für Ashley war es eine Jagd, eine Trüffelsuche – der Jugendliche mit seinem sexuellen Appetit, der sich irgendwie gegen den Abstieg in die Gier und Verworfenheit der Erwachsenen wehrte.

Brigitte sagt, das sei die Ursünde, die uralte Angst, dass wir, während wir uns unter unserem ersten Bezwinger winden und uns den Freuden hingeben, die er uns bietet, etwas Unwiederbringliches verlieren; wir haben Angst, dass es unsere Seele ist, aber sie ist es nicht. Es ist lediglich unsere Unschuld.

Doch zurück zu dem Augenblick, da der kleine Tollpatsch sich windet, ohne Worte ›ja‹ sagt und spürt, wie ein Finger zuversichtlich in ihn eindringt. Es ist der Anfang eines gewissen Untergangs, aber er kennt ihn noch nicht. Er weiß nur, dass, welcher Art dieser Untergang auch immer sein mag, er ihn nicht aufhalten kann. Und der Verführer weiß, dass der Kleine früher oder später ›nachgeben‹ wird.

»Ist das okay für dich? Tut's weh?«

»Nein, es tut nicht weh.«

»Gefällt dir das?«

»Jaaa.«

»Sehr?«

»Ja, sehr.«

Und so bearbeitet er den Kleinen, sanft, wild und mit immer größerer Gewissheit, was den Ausgang des Ganzen betrifft. Aber er muss sich vorsehen. Der kleine Tollpatsch ist wie ein Kätzchen, ein Welpe, er windet sich und ist mit jugendlicher Elektrizität aufgeladen; noch riecht er nach süßer Milch, doch wird er zusehends versauter. Er muss gehegt und gepflegt werden, behutsam, damit er es sich nicht anders überlegt, damit er keinen Hormonstoß bekommt, der ihn schmollen und widerborstig werden lässt. Denn das hasst der Alte, es wäre ein Versagen, die Quelle von Schuld und Wut. Die kleine Knospe, noch feucht in ihrem prächtigen Kämmerlein, die noch nicht verlorene Unschuld.

Ich lag auf dem grellen, rot-schwarzen Teppich und mein Schwanz bohrte sich bereits in seinen billigen Acrylflausch. Ashley saß auf einem Stuhl und hielt eine Dose Heineken in der Hand. Und während ich spürte, wie Ashleys Fuß über die Innenseite meines Fußgelenks strich, tat ich das, was ich bei Shamash abgeguckt hatte: Fast unmerklich machte ich die Beine breit.

»Scharf der Film, oder?«

Ich nickte. Er schob seinen Fuß weiter an der Innenseite meines Beines entlang und ich hob mein Becken gerade soweit an, dass er mit seinem Fuß unter die Beule meiner Radlershorts fahren konnte, wenn er wollte. Und er wollte.

Die holländischen Jungs ließen sich ziemlich gehen, fickten ohne Kondome und kamen aus verschiedenen Richtungen vor dem verschwommenen Pastellhintergrund eines europäischen Sommernachmittags. Und über die Vorderseite meiner Shorts breitete sich die Nässe aus. Ashley setzte sich neben mich; sein Hosenschlitz war schon offen (man hört nicht, wenn einer sich die Hose aufknöpft). Er sah auf seinen Schwanz und zog mir dann meine Shorts etwas weiter runter. Ich atmete schwer und wollte nur noch, dass er es ganz machte, mir alles zeigte. Seiner sah neben meinem riesig aus, vielleicht auch bedrohlicher, in jedem Fall aber aufregender.

»Was aus dem Film würdest du gerne machen, Vas?«

»Weiß nicht, ist alles okay.«

»Na dann.« Er küsste mich; sein Bier- und Zigarettenatem setzte Erinnerungen frei und ein neuer Schub Vorflüssigkeit drängte nach. »Du geiler Knabe, du.« Es stimmte ja auch. Er drückte mich auf den Teppich zurück und zog mir mit einer Bewegung die Shorts und Unterhosen gleichzeitig aus. Ich fühlte mich erleichtert, aufgehoben. Dann leckte er die ganze Nässe von meiner Schwanzspitze und ich stöhnte. Ich setzte diese hingebungsvolle Miene auf, hob meine Beine an, während seine Zunge an ihren Unter- und Innenseiten entlangfuhr und sanft über meinen noch fast haarlosen, jungfräulichen Arsch glitt.

»Ist das soweit okay, was wir machen, Vas? Ist das in Ordnung für dich?«

»Jaaa«, sagte ich und verdrängte die Vorstellung, dass Shamash unerwartet früh nach Hause kommen könnte.

»Und was ist damit?«, fragte er und sah auf seine eigene Erektion hinab.

»Willst du ihn blasen?«

»Da sag ich nicht nein.«

Und so geschah es. Ich stürzte mich auf ihn. Er legte sich mit einem lauten Stöhnen flach auf den Rücken und versuchte, sich aus seinen Hosen freizustrampeln. Es war wohl zugegebenermaßen nicht die eleganteste Fellatio, aber dafür hatte er ja schließlich Shamash. Er machte seinen Finger nass und begann vorsichtig, in mich einzudringen, während ich ausprobierte, wie viel von seinem Schwanz ich in den Mund bekam, ohne zu würgen.

Wir machten einen Moment Pause und er holte ein Fläschchen mit Poppers.

»Schon mal probiert? Ein oder zwei Flaschen fehlen ja wohl schon, so weit ich weiß, oder?«

Ich schnüffelte an dem Fläschchen und spürte den vertrauten Schwall, während sein Finger mein mittlerweile nasses Arschloch kitzelte. »Puh«, seufzte er. »Dein Dad hatte Recht – Junge, du bist wirklich ein ziemlicher Frühanfänger!«

Mein Kopf pochte. Mir war ganz benommen von dem Zeug und leichtfertigerweise fragte ich zwischen meinen erregten Atemstößen: »Hat er dir von uns erzählt?«

»Von euch? Von dir und ihm? Er hat doch nicht etwa –? Mein Gott!«

Dann übermannte es mich – die Wut, der Joint, der Sex, das Poppers. Mir war übel. Ich rannte aufs Klo.

»Das glaube ich nicht«, sagte Ashley und fiel wieder auf den Rücken, halb lachend, halb hustend. »Das ist zu abgedreht – das ist absolut verrückt.«

UNTERBRINGUNG

Ich spürte diese Übelkeit – den Verlust meiner Unschuld, obwohl Ashley noch nicht mal meine Knospe geknackt hatte. Mir ist noch heute übel, wenn ich an diesen Verrat denke, daran, wie Recht Shamash mit seinen Warnungen hatte. Noch schlimmer aber war die Gefahr, die Gefahr, die ich in Ashleys Durchtriebenheit witterte. Bei allem, was ich mir auf mein Erwachsensein einbildete, war ich, was Spielchen und Machenschaften betraf, noch längst nicht von seinem Kaliber. Ich hatte gedacht, beim Sex würde die Durchtriebenheit Halt machen. Wie ahnungslos ich doch war.

Zitternd und heulend ging ich ins Bett und betrachtete mein tränenüberströmtes Gesicht in der verspiegelten Decke. Ich fragte mich, was jetzt wohl passieren würde. Was für einen unvorstellbaren, monströsen Dämon hatte ich da entfesselt? Myriaden von Möglichkeiten strömten durch mein Hirn, während mir zum ersten Mal dämmerte, wie unendlich die Vielfalt erwachsener Verrätereien sein könnte.

Ashley ließ mich in dieser Nacht allein. Er dachte wahrscheinlich, dass es ihm mehr Macht verleihen würde, wenn ich über den Schrecken allein nachdachte – damit mir klar wurde, wie wichtig er noch für mich sein könnte, wie ›gut‹, wenn ich mich nur an seine Regeln hielt.

Doch in dieser Nacht weinte ich um meinen Dad; ich weinte um die Kindheit, mit der ich so achtlos umgegangen war, die ich so unbedingt hatte ablegen wollen. Als ich endlich die Unschuld ins Klo spülte – zusammen mit meiner Kotze und dem Toilettenpapier, mit dem ich mir Ashleys Spucke vom Hintern gewischt hatte, diesem kleinen Teil meiner Anatomie, der schon bald scheinbar mein einziger Daseinsgrund sein sollte – war ich todtraurig.

Ich wusste, dass ich nun wirklich bald Johnny brauchen würde. Er zwinkerte mir von den Mülltonnen des Wohnblocks zu, wo er herumlungerte. Vor meinem inneren Auge machte er unzüchtige Handbewegungen wie die billigen Boys in den Pornofilmen – er legte die Hand auf die Umrisse seiner Erektion unter den zerrissenen Jeans; die andere Hand hatte er am Mund, um sie mit Spucke nass zu machen, schön glitschig. Er sammelte seine Kräfte und wog seinen Sex ab, weil er ja sonst nichts zu verkaufen hatte; dies war das einzige Ticket, mit dem er aus seinem Sozialbau rauskam und es war zu diesem Zeitpunkt auch sein einziger Ehrgeiz.

Endlich schlief ich, aber unruhig; ich wusste nicht, was Ashley sagen würde. Er sagte Shamash nichts, sondern überschlug die einträglichsten Möglichkeiten, meinen kleinen Versprecher auszuschlachten. Ashley musste für die Show arbeiten, obwohl man nie darauf gekommen wäre, wenn man sah, wie er herumlungerte wie eine exquisite Porno-Diva. Er brachte seine Zeit mit Trinken und Kiffen zu, schmierte sich mit Enthaarungscreme ein und rannte unablässig ins Solarium. Shamash nannte ihn heimlich ›Nancy Sprungen‹. Ob die anderen ihn mochten, weiß ich nicht. Ich hatte den Eindruck, Dove fand ihn irgendwie fies, aber da er ja nun mal mit dem Direktor ›verheiratet‹ war, sagte niemand sonderlich viel.

Bis Weihnachten kamen von Ashley keine weiteren Annäherungsversuche. Alles war für die Englandreise vorbereitet. Ich sollte mit Shamash und David fliegen, während Ashley in Amsterdam wartete, aber ich wurde krank. Wahrscheinlich zum Teil wegen meiner Schuldgefühle, zum Teil, weil ich irgendetwas Schlechtes gegessen hatte und nicht zuletzt aus Angst vor England. Shamash konnte seine Termine in London nicht absagen; es ging um ein paar saftige Engagements. Ich versicherte ihm, dass ich zurechtkommen würde. Ashley sagte, er wolle sich um mich kümmern und mir Hühnerbrühe eintrichtern. Dabei zwinkerte er mir zu und ich dachte, »Na das kann ja heiter werden, wenn *ich* hier bloß mal nicht die Hühnersuppe bin.«

Mit dem Augenblick ihrer Abreise war mein Kranksein verflogen. Ich schätze mal, am meisten hatte ich wohl wirklich vor England Schiss gehabt. Ashley schien zu wissen, was ich getan hatte und warum. Er sorgte dafür, dass Sex in der Luft lag; jede seiner Bewegungen schien eine Andeutung zu sein. Er beobachtete mich, berührte mich und zog sich dann wieder zurück. Er zwang mich dazu, ihn um weitere Anleitung zu bitten, während meine Augen ihn anflehten zu beenden, was wir angefangen hatten.

Wir schienen bereits ein stillschweigendes Abkommen getroffen zu haben; wenn ich nichts sagte, wollte auch er schweigen. Aber was noch wichtiger war, er würde nicht verraten, was mir da rausgerutscht war, solange ich nur sein Spiel spielte. Ich begann schon jetzt, ihn zu hassen, war aber im Hinblick auf den bevorstehenden Sex so erregt – auch weil er sich mir gegenüber in einer Machtposition befand –, dass ich mir das ganze wie eine Konstellation im ›*Denver-Clan*‹ vorzustellen versuchte. Ich wollte alles dafür tun, sein Schweigen zu erkaufen, damit Shamash niemals erfuhr, wie ich ihn betrogen hatte. Wenn ich so unbedingt erwachsen sein wollte, dann musste ich mich jetzt aber auch umgehend an die Arbeit machen, an die Arbeit im Schlafzimmer, wo alle Erwachsenen ihr Brot verdienen, Pakte schmieden und Konflikte austragen. Das Bett war die Bühne des Erwachsenendaseins, der ideale Schauplatz für ein nicht jugendfreies Kasperletheater. Wir hatten fast sechs ganze Tage, um Ashleys Spiel zu spielen. Und das hatte sich gewaschen.

»Vas, du hast doch keine Angst, das alles kennen zu lernen, oder?«, fragte er, während er mir einen weiteren Finger reinsteckte und sich den Schwanz mit Gleitgel einschmierte. Er hatte schon Dildos in diversen Abstufungen an mir ausprobiert und es schien, als hatte ich nun endlich den Punkt erreicht, wo ich ihm die Unterbringung gewähren konnte, auf die er aus war.

»Wenn wir das machen, sollten wir aber ein Kondom benutzen.«

»Ist schon in Ordnung, ich bin gesund. Ich hab 'nen Aids-Test gemacht und mach's jetzt nur ohne, damit du es wenigstens auch gleich mal ›richtig‹ erlebst. Ich würde dich nicht stärker gefährden, als dein Dad es tun würde. Vertrau mir.« Er lächelte sein Versandkatalog-Lächeln, an das er sich noch aus der Zeit erinnerte, als er in eben diesen Publikationen als Model erschienen war. Shamashs Name, den er ausgesprochen hatte, hing wie Zigarettenrauch in der Luft.

Wie gut ich über Safer Sex aufgeklärt worden war und wie leicht er mich doch dazu kriegte, es ohne Kondom zu machen! Natürlich gab es da Unausgesprochenes, wie »Halt die Klappe du Idiot, du hast hier schon mal gar nichts zu bestimmen«, aber es verlangt eben Reife, das auszusprechen, was sich zwischen diesen unausgesprochenen Zeilen abspielt.

»Das wird dir gefallen, Kumpel«, sagte er, während er sich darauf vorbereitete, in mich einzudringen, »aber du musst dich schon entspannen, atme tief und langsam. Dann fang ich an. Wir können uns so viel Zeit lassen, wie wir wollen, denn der Sinn des Ganzen ist ja schließlich, dass es dir am Ende genauso viel Spaß macht wie mir.«

Johnny wurde durch Ashleys Geduld in gewissem Maße in Schach gehalten und ich denke mal, ich hatte Glück, von jemandem eingeweiht zu werden, der so rücksichtsvoll war. In den folgenden Tagen verwandelte ich mich vom unsicheren Jugendlichen in einen Meister der Lust.

Wir hatten zwei- oder dreimal täglich Sex im Apartment und erledigten dann hastig ein paar andere Sachen, damit zumindest bei der Rückkehr der anderen der Anschein erweckt wurde, dass wir unsere Zeit sinnvoll genutzt hatten. Ashleys angestrebtes Ziel war erreicht, sobald ich von mir aus zu ihm kam – und zwar fertig geschmiert. Hunger und Sittsamkeit rangen miteinander, während sich das Kind zu dem Monster entwickelte, vor dem mich Shamash gewarnt hatte. Aber Ashley liebte das Monster, das er geschaffen hatte. Inzwischen war ich schon konditioniert; meine zügellosen Hormone und mein frühreifer Sexhunger betäubten die maßlosen Schuldgefühle, die ich Shamash gegenüber entwickelte. Auf der einen Seite betrog ich ihn, hoffte aber, ihn gleichzeitig damit auch zu retten. Ich fühlte mich innerlich jetzt ständig nass, voll von Ashleys Sperma. Wie leicht und sicher für ihn, über frisches, gesundes Knabenfleisch zu verfügen, in das er sich entleeren konnte.

War ich sein Opfer? Was ist mit der rohen, sexuellen Lust, die diese ziemlich ausgedehnte sexuelle Lehrzeit begleitete, die ich in diesen wenigen Tagen in Amsterdam durchlief? Soll ich mir vielleicht rückblickend den Spaß verderben an dem, was ich damals fälschlicherweise als Befriedigung empfunden habe?

Ich sage ja nicht, dass Ashley richtig gehandelt hat und später entpuppte er sich dann ja auch als noch abgefeimter. Aber der Sex hat mir nun mal Spaß gemacht; ich hab richtig Gefallen daran gefunden und bin schließlich auch dabei geblieben. Sex als Teenager war damals gleichbedeutend mit super Sex. Das Problem ist nur, dass man älter werden muss, wenn man sich nicht vor seinem zwanzigsten Geburtstag umbringen will.

Als Shamash zurückkam, muss er irgendetwas gemerkt haben. Soviel Sex kann man gar nicht haben, ohne dass jemand es hinterher riecht oder spürt. Ashleys Antwort lautete: »Martin, wie kannst du so etwas nur sagen? Ich würde den Jungen doch niemals anders berühren als du!«

Natürlich hatte Shamash eine Riesenangst, aber er sagte noch nichts zu mir. Ich war zu der Zeit ungehalten, streitbar und intrigant. Ich wusste, dass Shamash darum betete, dass wir meine Adoleszenz ohne Katastrophe überstehen würden; er befürchtete, dass mein Verhalten unsere gesamte Existenz aus dem Gleis werfen könnte. Vielleicht fürchtete er mich trotz aller Liebe, die er für mich aufbrachte, als den Feind, wo doch der wirkliche Feind der Mann unter ihm war, der Poppers nahm, während Shamash ihn fickte – Ashley, der den Sex mit Shamash genoss und gleichzeitig wusste, dass im Nebenzimmer der Sohnemann lag, dem er es noch am Vortag besorgt hatte. Was hätte Shamash schon tun können, selbst wenn er gewusst hätte, dass sein eigener Freund ihn mit mir betrog? Er hätte darauf kommen können, dass ich für die Annäherungen vielleicht nicht ganz unempfänglich gewesen war, aber er wusste nicht, was ich gesagt hatte, was mir über das Ausmaß unserer Intimität rausgerutscht war. Ich weiß, was ich getan hätte – Ich hätte gesagt, »Das stimmt einfach nicht.« Was blieb ihm denn sonst übrig, wenn er nicht Gefängnispforten und Anstaltstüren aufreißen und alle sonst noch möglichen Katastrophen entfesseln wollte?

Der Wettlauf auf meinen achtzehnten Geburtstag hatte begonnen. Und erst einmal machte es mir auch gar nichts aus, nach Savant zurückzukehren. Wenigstens konnte ich mir da jemand in meiner Größe vorknöpfen.

SEX-GNOM

Also hieß es ›*ciao*‹ Amsterdam, Stadt der Grachten, ›ade‹ Unschuld und Sittsamkeit und ›gegrüßet seist du‹, Monster Vas, randvoll mit Hormonen, Begierden und Schuldgefühlen – echte Schuldgefühle übrigens, zum ersten Mal in meinem Leben. Ein neuer Vas mit einem Glitzern in den Augen. Die Sorte Vierzehnjähriger, die im Schwimmbad Männer in der Umkleide Angst machen, ihnen Angst machen mit ihrer unleugbaren Sexualität, ihrer Selbstbesessenheit und mit Erektionen, die das Abstreifen der Badehose unziemlich erscheinen lassen. Ein Knabe, der ihnen Angst macht durch das Wissen, dass sie sich sehr leicht in eine Situation begeben könnten, die sie im Gefängnis enden lässt, die die Sicherheit ihres ansonsten so anständiges Lebens jäh zerstören könnte.

Wir fuhren mit dem Zug nach Paris und verbrachten dort ein paar Tage. Ashley und Shamash schienen es im Schlafzimmer des Apartments ziemlich miteinander zu treiben, so als müsste Ashley nachholen, was sie verpasst hatten, als Shamash die paar Tage nicht in Amsterdam gewesen war. Wir waren mitten im Marais und ich ging alleine spazieren, sobald sich ihre Schlafzimmertür schloss. Ich hatte mehr als genug Sex gehabt, um etwas ruhig gestellt zu werden und doch erregten mich noch immer die Geräusche der beiden, die härtere Sachen machten, für die der kleine Tollpatsch noch nicht reif war.

Wir flogen nach Sydney zurück und ich entdeckte, dass Ashley bereits zu Shamash gezogen war, bevor wir nach Amsterdam geflogen waren; ich fand das ziemlich feige von Shamash, der mich deswegen nicht einmal konsultiert hatte. Was als Übergangslösung angefangen hatte, hatte sich irgendwie eingespielt und ich konnte nun nicht mehr wie früher einfach so in Shamashs Schlafzimmer hineinspazieren. Wenn Ashley Gelegenheit hatte, mich zu ficken, dann tat er es in meinem Zimmer. Er sagte, er fände es irgendwie süß in einem Einzelbett. Mein Sexhunger war so groß, dass es mich nicht allzu sehr kümmerte, wo es nun dazu kam und mein schlechtes Gewissen wurde von meiner Gier und meinen Hormonen entsprechend unterdrückt. Nur hinterher oder zwischendurch fühlte ich, wie der Abstand zwischen mir und Shamash größer wurde. Ich wollte es eigentlich gar nicht mehr mit Ashley machen, doch meine Libido war anscheinend so mächtig, dass ich unfähig war, nein zu sagen.

Eines späten Samstagnachmittags fickte mich Ashley gerade in meinem Zimmer, als Thel in die Shadforth Street kam, um etwas abzugeben; an Wochenenden war sie sonst gewöhnlich nicht im Haus. Man merkte ihr an, dass sie von Ashley nicht sonderlich begeistert war. Er stürzte sich auf sie, so als ob sie uralte Freunde wären und das war überhaupt nicht Thellys Stil; jedes Kind konnte sehen, dass sie es hasste, wie er sie begrapschte. Sie versuchte, höflich zu bleiben und er tat so, als sei er ein Teil der Einrichtung. Er hatte die Hosen gerade noch rechtzeitig angezogen bekommen und lief auf die Tür zu. Ich hatte nur meine Shorts wieder überziehen müssen. Thellys Augen verengten sich zu Schlitzen, als sie aus meinem Zimmer schlenderte.

»Was machst du da drinnen?«

»Vas bei den Hausaufgaben helfen.«

»Ich wüsste gar nicht, wobei du ihm helfen könntest.«

»Ach ja, entschuldige, Thelma, du machst ja seine Aufgaben mit ihm und bist ihm eine große Hilfe. Aber ich bin sicher, ich kann ihm bei dem Roman von Anne Taylor unter die Arme greifen, den er gerade gelesen – und nicht verstanden – hat.«

»Er liest momentan die *Stadtgeschichten.*«

Mein Herz hämmerte wie verrückt. Ich hatte solche Angst,

dass Thelly dahinterkommen könnte. Sie rief nach mir und ich ging hinaus und versuchte so auszusehen, als hätte ich gerade gelesen und kein Wort mitgehört. Sie fragte mich, was ich gerade las. Ich hielt die *Stadtgeschichten* hoch und sie warf Ashley einen feurigen Blick zu. Er sah zu mir und fragte: »Was für einen Aufsatz schreibst du gerade für die Schule?«

»*Über Dinner at the Homesick Restaurant*«, sagte ich und kam ihm entgegen. Ich dachte, diesmal holst du ihn da nochmal raus, denn ich hätte mich geschämt, wenn Thel etwas gemerkt hätte.

Sie blickte einen Moment verwirrt drein, wandte sich dann zu Ashley und sagte: »Du hältst dich aus seinem Zimmer fern, verstanden?«

Ashley entgegnete: »Ja, *Mum* « und schnitt dazu eine seiner widerlichen Fratzen.

Kaum war sie verschwunden, da kam er schon die Treppe wieder heraufgesprungen und sagte: »Wo waren wir stehen geblieben? Ach ja, kurz vorm Abspritzen, meine Lieblingsstelle.«

»Nicht jetzt, Ashley. Mir ist die Lust vergangen.« Das ist nun mal so beim Geficktwerden, man muss in Stimmung sein. Es war das erste Mal, dass ich ihn abblitzen ließ – was mich in eine seltsam freudige Erregung versetzte.

Thelma musste irgendetwas zu Shamash gesagt haben, denn er stellte sicher, dass er Ashley nach dem Vorfall nicht mehr mit mir allein ließ. Sie fingen an, ein wenig aneinander herumzunörgeln und ich vermutete, dass da irgendwelche anderen Dinge vor sich gingen. Gelegentlich kamen sie spät abends mit einem Dritten nach Hause. Vielleicht dachte Shamash, dass der Druck von mir genommen würde, wenn sie andere ausgefallene Sachen praktizierten. Jugend, so taufrisch wie meine es war, übt per se eine ganz besondere Anziehung aus und ist allein schon wegen ihrer Dekadenz und Illegalität Kitzel genug, um auf Handschellen, Dildos oder all die anderen Accessoires verzichten zu können, die zu der Standardausstattung in den Schubladen der zunehmend übersättigten Boudoirs des homosexuellen Mannes geworden sind.

Wieder auf der Savant Grammar School durchliefen Owen und ich ein relativ normales achtes Schuljahr. Wir unterhielten uns unablässig über schweinische Dinge, furzten und machten all die gesunden Sachen, die Jungs so tun. Ich vertraute ihm zwar nicht meine sommerlichen ›Abenteuer‹ an, begann aber, ein Auge auf einen bestimmten Lehrer zu werfen, der dazu neigte, seinen Blick etwas zu lange auf den Jungs in der Umkleide ruhen zu lassen. Ich beobachtete die nervöse Art und Weise, in der er von Zeit zu Zeit herumzappelte, die Nähe, die er zu einigen der Jungs gerne zu suchen pflegte. Ich wurde einer dieser Jungs.

Ich zog meinen Arm nicht weg, wenn er sich bei einer praktischen Aufgabenstellung dicht über mich beugte. Ich gab ihm deutlich zu verstehen, dass ich mich überhaupt nicht von ihm weg bewegen würde. So sehr gefiel er mir eigentlich gar nicht; er war über dreißig, wurde schon ein wenig kahl, wenngleich sein Körper in guter Verfassung war. Das Aufregende bestand in dem Kitzel, der Gefahr – einer Gefahr, die für ihn weitaus größer war als für mich.

Von Ashley hatte ich einen neuen Verständigungs-Code gelernt. Plötzlich war mir bewusst geworden, dass es keinen Zweifel an der Natur der Sache gab, wenn ich jemandem auf bestimmte Weise in die Augen sah und derjenige meinen Blick erwiderte. Es war aufregend zu entdecken, dass ich mit meinen Teenager-Augen erwachsene Unsittlichkeit vermitteln konnte, dass ich meinen ›Vorgesetzten‹ mit einem Blick begegnen konnte, der die Jahre, die zwischen uns lagen, auszulöschen vermochte: Plötzlich erwachsen zu sein, einer von ihnen, mit den gleichen Tagesordnungspunkten und der Frage: »Wagst du's?«

Der Herr stieg eifrig auf das Spielchen ein. Nach Monaten des Blickaustauschs brachte er endlich den Vorschlag zustande, ich solle doch länger bleiben, um an einer Übung zu arbeiten, mit der ich Probleme hatte. Dank dieses Vorfalls hatte ich den Kurs mindestens für die nächsten zwei Halbjahre in der Tasche.

Als es schließlich zur Sache ging, war er nervöser als ich, was mich ein wenig irritierte. Kleine Tollpatsche können leicht etwas aufmüpfig werden, wenn sie glauben, etwas Macht erlangt zu haben. Nachdem er also das Spielchen ›unauffälliger Körperkontakt‹ durchgezogen hatte, das ›versehentliche Aneinander-Schubbern‹, das schließlich aufflog, als seine Beule in der Hose nicht mehr zu übersehen war, gingen wir in den Übungsraum, wo er mit weitaus weniger Abgebrühtheit als Ashley ganz hitzig und ungeschickt vor mir und meinem Schwanz in die Knie ging.

Er blies ihn mir, während er an seinem eigenen, enttäuschend kleinen Ständer herumfummelte. Ich fragte, ob er auch andere Sachen machte. Er sah von seinem Studienobjekt auf und ejakulierte unversehens mit verblüfftem und äußerst lächerlichem Gesichtsausdruck auf den Fußboden. Mittlerweile war ich von ihm bereits einigermaßen angewidert; er war so wenig geistreich dabei. Schnell zog ich meinen Reißverschluss wieder zu und ließ ihn nahezu auf allen Vieren auf dem Fußboden zurück. Er gab einen jämmerlichen Anblick ab und plötzlich kam ich mir unglaublich mächtig vor. Ich hatte nicht abgespritzt und wusste genau, dass er schon bald in einen Zustand lähmender Angst verfallen würde. Ich lächelte in mich hinein bei dem Gedanken, wie unzulänglich Erwachsene doch sein konnten, wie unmoralisch und wertlos. Ich belächelte die gesamte Schule mit ihrem Gelaber von Reputation, wie sie einen solchen Mann einstellen konnte, der sich so mir-nichts, dir-nichts von einem Vierzehnjährigen zu kriminellen Handlungen verführen ließ und hinterher in ständiger Angst leben würde. Ein abstoßender alter Sack, der mir untergeordnet war.

Ich wollte, dass er es gut machte, wenn er es schon tat; ich wollte, dass er mich in einer gewissen patriarchalischen Art und Weise beherrschte, aber dazu hatte er nicht das Zeug. Nicht Vaslav ließ ihn auf dem Boden des Übungsraums zurück, sondern Johnny. Und Johnny erwartete mehr. Johnny hatte nicht besonders viel Geduld mit Narren. Wenn es so etwas gibt wie einen Spielplatz ohne Moral, wo man ohne jede Konsequenzen Lust erleben kann, dann will Johnny einen Mann, der den Mumm hat, die Lust zu genießen und zu nehmen, wie sie kommt. Für kleinbürgerliche Zimperlichkeit und nervöses Sicherheitsdenken hat er keine Zeit.

Owen und ich galten in diesem Schuljahr als ziemlich cool, obgleich wir ja ›möglicherweise‹ Schwuchteln waren. Die coolness resultierte aus der Tatsache, dass ich kleine Mengen Gras von Shamash klaute und damit Joints baute – keine sonderlich starken –, um diese dann für zehn oder fünfzehn Dollar das Stück zu verkaufen. Wir brauchten beide das Geld nicht, genossen aber die Macht und Verehrung, die uns dadurch zuteil wurde. Schon bald waren wir von Jungs umringt, die unter Garantie zu der ›üblen Sorte‹ gehören würden, sobald sie größer waren. Wen wir angesprochen hatten, der konnte auf unser Zimmer kommen und sich die Stone Roses oder Depeche Mode anhören (wenn ich das Sagen hatte) oder aber die Beastie Boys und den Soundtrack von *Colors*, wenn Owen die Musik bestimmte. Er hatte einen tragbaren CD-Player, den ihm sein Vater in Japan gekauft hatte und den schlossen wir an den Ghettoblaster an, der bei uns im Zimmer stand. Damals waren CDs immer noch eine ziemliche Neuigkeit und aus dem *Colors*-Soundtrack hatten wir uns die Zeile angewöhnt, ›Move over to the side of the road asshole‹. Dies wurde unser Code, wenn wir jemanden als Arschloch bezeichnen wollten:

»Usher, haben Sie Mr. Greenland wegen ihrer ausstehenden Hausarbeit in Geschichte aufgesucht?«

»Nein, Sir. Er hat einfach die Straßenseite gewechselt.«

Die Klasse grölte vor Lachen und die Lehrer mussten sich ein weiteres Mal fragen, von was für einer neuen Jugendsprache sie wohl dieses Jahr wieder ausgeschlossen waren.

Zu Hause in Paddington ging Shamashs Affäre den Bach runter. Ashley hatte neun Monate bei ihm gewohnt und meinte nun, ihm stehe irgendeine finanzielle Sicherheit zu. Er hatte es sich ziemlich gut gehen lassen; zuerst hatte er einen Vierzehnjährigen entjungfert, was man mit Sicherheit nicht jedes Jahr mal so eben mitnimmt und dann lebte er mit einem schönen Mann zusammen in Saus und Braus. Und das alles nur, weil er mit Eyeliner und Make-up etwas Schönes hinzaubern konnte.

Mir gegenüber hatte sich Shamash nun wieder auf die Nettigkeit eines Bilderbuch-Vaters verlegt und erzählte mir am Telefon von seiner Trennung wie eine Mutter, die ihrem Kind mitteilt, dass ›Mutti und Papi mal eine gewisse Zeit auseinander gehen wollen, um ein paar Dinge in den Griff zu bekommen‹. Ich versuchte, meine Freude ob ihrer Trennung zu verbergen, denn ich wollte nicht den Anschein erwecken, dass ich in irgendeiner Weise intrigierte. Wie scheiße ich auch immer gewesen sein mag, jetzt sahnte Ashley ab. Er quetschte fünfundzwanzigtausend Dollar aus Shamash raus. Ich kannte nie das genaue Ausmaß der Erpressung, aber wenn es sich denn um ›Schweigegeld‹ gehandelt hat, so hat Shamash nie die Gegenleistung bekommen, für die er bezahlt hat. Ashley zerriss sich das Maul und spielte Stille Post in Sydney. Er erzählte herum, dass die Beziehung auseinander ging, weil »Martin an seinem eigenen Nachkommen interessierter war, wenn ihr wisst, was ich meine. Wie könnte da eine alte sechsundzwanzigjährige Tunte wie ich in puncto Frischfleisch und enges Loch schon mit einem Vierzehnjährigen mithalten?« Er setzte einen wahren Strudel von Gerüchten in Gang und verschwand dann nach Neuseeland, wo er, so weit ich weiß, für einen Fernsehsender zu arbeiten anfing. Als wir in Schwierigkeiten kamen, war er jedenfalls über alle Berge.

Manchmal wundere ich mich schon über diesen ganzen New Age-Mist, wie Leute sich einreden, dass sie schöne, liebevolle Menschen sind und dann versuchen, irgendeinen Scheiß-Engel, eine Gottheit, den Helden oder Wolf in ihrem Inneren zu zügeln und zu bändigen, den ihnen irgendein Buch einreden will. Warum erkennen sie stattdessen nicht einfach an, dass sie im Grunde durch und durch verdorbener, hoffnungslos kaputter kosmischer Müll sind? Nicht, dass man diesen Müll nicht etwa lieben könnte – was aber, wenn ›Gott‹ uns nun mal einfach so gemacht hat? Wenn er dich als Pornostar oder Fixer geschaffen hat? Und vielleicht hat er dich ja so gemacht, weil es ihm Spaß macht, dich in dieser Rolle zu beobachten? Vielleicht macht es dir ja selber ab und zu mal Spaß, eben das zu sein.

In unserem Wohnblock haben die Kids irgendwann mal einen Hund dazu gebracht, Bier zu saufen. Wir haben uns damals bepisst vor Lachen, als der Hund besoffen in der Gegend herumgewankt ist. Wir hörten auf zu lachen, als er direkt auf die Straße marschiert ist und umgenietet wurde. Er lag einfach nur da und zuckte und jaulte, weil sein Rückgrat gebrochen war. Keiner hatte genug Geld für einen Tierarzt, also hat ein abgebrühter Bruder von irgendeinem der Jungs den Hund einfach zu Tode geprügelt. Er hieb immer wieder mit einem Cricket-Schläger auf ihn ein und war sichtlich dankbar, einen Vorwand für diese kleine leidenschaftliche Gewalttat zu haben. »Jetzt krepier schon endlich, verdammt!«, schrie er, aber der Hund wollte anscheinend nicht. Der Junge, dem der Hund gehörte, kreischte, als hätte man ihm die Kehle durchtrennt, während seine Mutter uns von ihrer Wohnungstür aus verfluchte und uns anschrie, wir wären abartig und böse – und dabei sah sie die ganze Zeit mich an.

Vielleicht sind wir ja alle wie dieser Hund und streunen herum, bis wir irgendwann auf die Straße geraten und von einem Bus oder so angefahren werden. Vielleicht findet ›Gott‹ es ja reizend oder es gibt ihm ein Gefühl von Macht, wenn er sieht, wie seine Kinder in Fleisch, Blut und Eingeweide zerfetzt umherstolpern – jedes einzelne ein kleines göttliches Fiasko, das in den Fängen des Zufalls zappelt.

Brigitte meint, ich sehe alles immer so trostlos. Aber sie sagt, es gibt auch dunkle Engel: »Und die haben auch ihren Wert – das Leben wäre doch ziemlich öde ohne seine Schattenseiten. Wenn man Sünden und Allegorien katalogisieren, illustrieren und in einen Kontext einordnen will, müssen sie schließlich auch von jemandem begangen werden und ich glaube kaum, dass der Schöpfer so kleinlich ist, seinen (oder ihren) Sündern einen Funken von Vollendung oder Erleuchtung zu versagen, wenn sie die Wucht des Busses spüren, wenn er Gas gibt, oder das dämmerige Halbbewusstsein einer tödlichen Überdosis Heroin.«

Brigitte fährt Auto und weiß deshalb nicht, dass es auf der Oxford Street keine Busse gibt, die Gas geben.

Diese Woche versuche ich, eine richtige ›Brigitte-Woche‹ durchzuziehen und das bedeutet, so vielen ihrer Ratschläge nachzukommen wie möglich. Ich habe weiterhin kein Prozac genommen, auch keine anderen Drogen. Ich versuche, den Diskos und Fickschuppen fernzubleiben, die nur eine Ablenkung sind und mir die Energie aussaugen. Ich muss aus meinem Sackgassen-Verhalten ausbrechen, aus diesem verantwortungslosen und ziellosen Herumtreiben. Ich komme langsam in ein Alter, in dem ich nicht einfach damit weitermachen kann, meine Zeit totzuschlagen, wie es Jugendliche in ihrer gelangweilten und perspektivlosen Art tun. Und mir ist auch bewusst, dass ein Großteil meiner heruntergekommenen Beschäftigungen letztendlich das Erbe von Schwulen ist, die beträchtlich älter sind als ich.

Brigitte sagt: »Du wirst, wenn du erst wirklich alt und heruntergekommen bist, einfach nichts mehr zu entdecken haben. Du bist doch nicht der Gefangene irgendeines bestimmten, dir bekannten Verhaltensmusters; du siehst nicht älter aus als zwanzig und doch machst du dir andauernd Sorgen, dass es so sein könnte, stimmt's?«

Und sie hat Recht damit. Sie ist bei mir vorbeigekommen und hat vorgeschlagen, dass wir irgendwo an der Oxford Street draußen in der Sonne was zu Mittag essen, anstatt in meiner mit Büchern (und anderem Krimskrams) vollgestopften Bude herumzusitzen – und zwar an dem Ende der Oxford Street, das nach Paddington rausgeht.

»Aber es könnten uns Leute sehen«, erwidere ich lachend.

»Nachts macht es dir doch auch nichts aus, wenn dich Leute sehen und da sehen sie im übrigen noch viel mehr von dir, als sie heute zu Gesicht kriegen werden.«

Ich musste kichern. Manchmal ist sie echt unmöglich. »Warum nicht auf der Victoria Street oder bei Roy's? Da ist es viel lockerer und vielleicht sehe ich sogar einen süßen deutschen oder französischen Rucksack-Touristen.«

Zu guter Letzt zerrte mich Brigitte also in den herrlich sonnigen Tag hinaus. Wir saßen bei Roy's draußen in der Sonne und ich kriegte einen kleinen Schwips vom Wein. Während Brigitte ein Glas trank, kippte ich drei Gläser runter. Ich hatte das Gefühl, einen Sonnenbrand zu kriegen, aber sie sagte, es wäre wohl eher ein ›Weinbrand‹. Brigitte aß ihr vegetarisches Thai-Gericht, während ich mit ein paar Kartoffelecken herumspielte, die ganz verkrustet waren von dem Glutamat-Scheiß, den sie da drauftun. Sie kam ins Reden über versteckte Talismane in Träumen, Karma-Reflux und ihren ganzen anderen Kram. Ich dachte an Kylie Minogues neueste Frisur und überlegte, dass ich nie einen Waschbrettbauch kriegen würde, wenn ich weiterhin so fettiges Essen in mich hineinstopfte. Ich betrachtete mein Spiegelbild im Fenster und fragte mich, ob man die Falten meines T-Shirts in der Bauchgegend womöglich als Rettungsringe missdeuten könne. Dann versuchte ich, mein Spiegelbild in einem unerwarteten Moment zu erhaschen – Ihr wisst schon, so als könnte ich mich ansehen wie einen Fremden.

Ich fand, dass ich mit meiner gegenwärtigen Frisur, nämlich gebleicht und kurzgeschoren, mit meinem knappen schwarzen T-Shirt, meinen hautengen Hosen, den italienischen Stiefeln und meiner ultra-trashigen, silber verspiegelten Sonnenbrille eigentlich ein ziemlich sexy Bild abgab. Ich bin sicher, der Wein hatte seinen Anteil daran, dass ich plötzlich so positiv dachte, aber es fühlte sich gut an. Auf einmal kam ich mir vor wie ein alternder Filmstar, der irgendwie aber auch gleichzeitig in vollster Blüte stand. Jeder, der mich erkannte, würde denken, »Wow, Vas verkörpert den Sex geradezu. Er ist geil und er hat es geschafft.«

Wahrscheinlich hat Brigitte Recht, wenn sie sagt, ich sei paranoid, aber wenn dein gesamter Ruf auf Sex basiert, dann kannst du nun mal nicht anders, als unentwegt daran zu denken, dass du ständig und zu jeder Zeit begehrenswert aussehen musst. Ich muss aussehen, als ob es sich lohnt, für mich in den Knast zu wandern. Das ist im Grunde albern, aber ich fände es unerträglich, wenn Leute Gerede verbreiten würden, wie »Ich hab heute Vaslav Usher auf der Victoria Street gesehen und er sah bedenklich fertig aus, ein ziemlich trauriger Anblick.« Deswegen ist es eben manchmal besser, an Kylie oder Madonna zu denken. Ich neige nämlich zu der Ansicht, dass beide besser aussehen als brünette Frauen.

Während also derartiger Mist in meinem Kopf abgeht, was reißt mich da jäh in die Wirklichkeit zurück? Das schurrende Geräusch irgendwelcher holpernder Wagenräder.

»Was zum Teufel –«, sagte Brigitte und starrte an mir vorbei. Ich sah über die Schulter zurück und erblickte ausgerechnet Estelle, die auf Rollerblades auf uns zu gefahren kam und einen kleinen roten Kinderwagen im Schlepptau hatte. Ich konnte darin drei Einkaufstüten ausmachen und ein Hündchen, das so eine zirkusmäßige Halskrause trug, die wie ein Tutu aussah. Estelle war total neben sich und der Hund winselte jeden an, an dem sie vorbeirauschte. Ich war schon soweit, sie einfach zu ignorieren in der Hoffnung, dass sie mich nicht sehen würde, doch es war schon zu spät.

»Vaslav, Hilfe!«, schrie sie.

Noch bevor ich überhaupt reagieren konnte, hatte sie schon ein Parkverbotsschild umarmt und war mit Mühe und Not zum Stehen gekommen. Das Problem war nur, dass sie so viel Schwung hatte, dass das rote Wägelchen über den Bordstein schoss und seitwärts in einen roten BMW krachte, der dort parkte. Das Gewinsel des Hundes übertönte zwar zum Teil das kratzende Geräusch, das entstand, als der Lack des Autos abblätterte; die Schramme selbst jedoch war nicht zu übersehen.

Estelle blickte um sich. »Hilf mir!«, zischte sie zwischen zusammengebissenen Zähnen hindurch. Brigitte tat so, als lese sie die Speisekarte, obwohl sie natürlich nichts weiter bestellen wollte. Der Hund war aus dem Wagen geklettert und kackte sich unter unserem Nebentisch aus; die Einkaufstüten waren aufgeplatzt und gaben den Blick auf fernsehgerechte Tiefkühlkost und neun Rollen ungebleichten Toilettenpapiers frei. Estelle hockte auf ihren Rollerblades und starrte auf den Kratzer im Lack, während sie gleichzeitig versuchte, ihn zu verdecken. Selbst Estelle wusste, dass so ein Wagen einem stinkreichen Wichser gehören musste. Brigitte flüsterte mir über den Bistrotisch zu: »Wetten, der Wagen gehört einem Grundstücksmakler oder Gangsterboss aus Double Bay?« Ich fand, das Rot passte eher zu einem Grundstücksmakler.

Ich betrachtete Estelle und dachte: »Die ist nun wirklich durchgeknallt.« Sie hatte sich hingehockt und durchwühlte ihren Rucksack nach Lippenstift. Drei hielt sie schon in der Hand und ich begriff nicht, was sie da eigentlich machte, bis mir dämmerte, dass sie die Farben mit dem Autolack abglich. Sie entschied sich für einen rosaroten.

»Ich kann nichts tun, Estelle«, antwortete ich ihr.

»Für den Anfang könntest du zum Beispiel schon mal *Marie Claires* verdammtes Abendessen retten!«

Ich schaute zu ihrem Wagen hinüber und sah, wie der Hund schon dabei war, eines der Tiefkühlgerichte aufzureißen. Ich regte mich wirklich über sie auf, ging aber trotzdem rüber und packte die Tüten wieder notdürftig ein. Brigitte warf einen Blick auf die Fertiggerichte und sagte: »Sowas kaufst du dir aber nicht, mein Schatz. Die kosten ein Vermögen, besonders bei Delphine's Delikatessen.«

Estelle fletschte die Zähne und sah zu Brigitte rüber. »Das ist das Einzige, was *Marie Claire* runterkriegt wenn sie krank ist und außerdem geht Sie das einen feuchten Kehricht an.« Brigitte sah weg; sie hasst Feindseligkeiten und lässt sie einfach an sich abperlen, ohne sie jemals wirklich an sich heranzulassen. »*Marie Claire* geht es nicht gut, dabei haben wir doch eigentlich heute Abend Vorstellung. Und deswegen habe ich auch Zsa Zsa bei mir, aber die kann ja offensichtlich bloß kacken und pissen.«

»Wo hast du die denn her?«, fragte ich.

»So 'ne blöde Transe in Surry Hills hat sie uns für fünfundzwanzig Dollar mieten lassen, aber die blöde Töle macht gar nichts von den Sachen, die sie angeblich können soll; deswegen bringe ich sie mitsamt ihrem Scheiß-Wagen zurück und verlange mein Geld zurück.«

Estelle und *Marie Claire* sind Möchtegern-Performance-Künstlerinnen auf der Suche nach Sponsoren. Zur Zeit geben sie sich als Lesben aus und hoffen, für ein Stück namens ›Knutsch meinen rosa Kussmund und melk mich wie 'ne Kuh‹ vom Sydney Gay and Lesbian Mardi Gras finanzielle Unterstützung für ihr Projekt zu kriegen. *Marie Claire* ist eine Lesbe, Estelle allerdings nicht. Ich habe versprochen, es niemandem zu sagen, für den Fall, dass es negative Auswirkungen auf ihren Antrag haben könnte.

Estelle kritzelte etwas mit lila Lippenstift auf eine der Gratispostkarten, die in dem Café ausliegen. »Das steck ich dem Besitzer an die Windschutzscheibe – bei sowas ist man besser korrekt«, sagte sie und rümpfte die Nase. Ich war ganz schockiert, dass gerade sie sich nun offensichtlich einmal korrekt verhalten wollte. Vielleicht ist ja doch *Marie Claire* die böse von beiden.

Schließlich sammelte sie ihre Sachen zusammen und machte sich daran, ihren Unglücksweg fortzusetzen. Es erstaunte mich, dass sich der kleine Köter überhaupt wieder in den Wagen bequemte; das tat er allerdings auch nur, weil Estelle zwei Pommes von meinem Teller stibitzte und diese nebst dem Aschenbecher, der auf unserem Tisch stand, im Wagen verstaute.

»Ich weiß ehrlich nicht, was du an diesen Mädchen findest.«

»Meistens weiß ich das selber nicht, Brigitte.«

Als wir gingen, nahm ich Estelles Postkarte in die Hand:

Lieber Fahrer, mach dir nix draus, jetzt hast du 'nen Kratzer, und ich bin fein raus.

Ich steckte die Karte zurück an die Windschutzscheibe und sah mir das Lippenstift-Geschmiere an der Flanke des BMWs an. Ich musste grinsen. Wie hatte ich nur einen Moment glauben können, dass sie sich ›korrekt‹ verhalten würde!

COLT

Es muss das Weihnachten nach meinem fünfzehnten Geburtstag gewesen sein. Mit fünfzehn fühlte ich mich richtig erwachsen; ich entwickelte Selbstbewusstsein, was meinen Körperbau betraf. Damals war ich sehr viel selbstbewusster als heute, obwohl ich wohl sagen kann, dass ich auch jetzt noch nicht gerade dem Verfall anheim gefallen bin. Das war das Ergebnis des vielen Ruderns in der scheiß Savant-Zeit. Ich schätze, ich begann damals, sowohl körperlich als auch gefühlsmäßig abzuhärten.

In Paddington siechte ich als Ponostar irgendwie dahin. Es kam mir vor, als hätte ich irgendetwas abgeschlossen. Shamash fing an, mich den ›Prinzen‹ zu nennen.

»Leistet Prinz Vaslav Dave und seinem Dad beim Frühstücken-Gehen Gesellschaft oder erwartet er, dass irgendeine Nymphe kommt und ihm kernlose Trauben in den Mund fallen lässt?«

»Ich habe keine Lust, erst loszugehen und dann um einen albernen Getränkekasten zu kämpfen, damit ich was zum Sitzen habe, während irgendein blöder Köter meine Focaccia auffrisst.«

»Ein einziges Mal hat ein Hund ein Viertel deines Sandwiches gefressen. Ich dachte, du gehst gerne frühstücken.«

»Da gehen doch bloß wieder diese alten, prätenziösen Wichser hin.«

Jetzt antwortete David. »Jetzt wirft Vaslav Sydneys angeblich so schönen Menschen nicht nur vor, dass sie Wichser sind; jetzt sind sie also auch noch, oh Graus, *alt!*«

Shamash lachte. »Lass ihn. Er war wohl so lange auf seinem

Internat, dass er nicht mal mehr mitkriegt, dass das Wort alt aus dem Wortschatz der östlichen Vororte getilgt worden ist. *Wir sind nicht alt,* du undankbares Scheusal! Die hässlichen Blüten der Zeit werden schon bald auch auf deiner makellosen Haut zu blühen beginnen, Sohnemann.«

»Verdammt nochmal, warum verpisst ihr zwei euch nicht einfach?«

»Solche Worte in unseren heiligen vier Wänden, Vas!«, rief Shamash noch, bevor sie die Haustür hinter sich zuschlugen.

Ich observierte die verschiedenen Posen, in denen ich auf der Couch lag, während ich Chips oder Cornflakes aus einer Schüssel aß. Das hatte Shamashs Freunden noch immer den Kopf verdreht. Ich stellte für Gäste eine Ablenkung dar und das gefiel mir. Das unwiderstehliche Bild des aufgepumpten Heranwachsenden, der Cornflakes aß, Essen um des Essens Willen, der Hunger eines jungen Mannes im heiratsfähigen Alter. Nicht mehr der kleine Tollpatsch.

Allerdings launisch, wenngleich das auch eine antrainierte Pose sein mochte. So lag ich da, guckte D-Gen oder einen anderen Mist im Fernsehen und lachte mich schlapp. Ich telefonierte mit Owen. Wir ahmten Leute mit irrsinnigen Stimmen nach. Aber immer beäugte ich Shamashs Gäste, die aus dem einen oder anderen Grund eingeladen waren und sie alle wahrten ihre Distanz. In ihren Augen war ich noch immer ein Kind.

Nachdem die beiden vom Frühstück zurückgekommen waren, ging David zu sich nach Hause und Shamash und ich blieben allein zurück.

»Ich bin schon ewig nicht mehr in den Arm genommen worden. Weißt du, mein Kleiner fehlt mir.« Da muss es gewesen sein, dass er mich gefragt hat, ob ich über Ashley sprechen wollte; darüber, was eigentlich vorgefallen war. Zuerst sträubte ich mich irgendwie, stritt ab, dass überhaupt etwas gewesen sei, doch schließlich wurde Shamash ernst.

»Wir sprechen hier nicht von irgendeiner banalen kleinen Geschichte. Es wird nämlich mit der Zeit immer schlimmer und auch ein gutes Stück komplizierter. Ich trage nicht einen Deut weniger Schuld als du, rechtlich gesehen sogar mehr Schuld als du, also rede in Gottes Namen! Ich sehe einfach nicht, dass sich irgendetwas bessern würde, wenn du nicht ins Internat gehen würdest. Ich weiß nicht, ob du mich jetzt dafür bestrafst, dass ich dich mit all diesen Geheimnissen belastet habe. Ich weiß, es war schwer, aber so schlecht waren wir doch gar nicht, oder? Ich habe dir gegeben, was ich konnte, Vas. Was würde dich nur glücklich machen, Kind? Ich weiß es einfach nicht.«

Und da fing ich an zu weinen. Ihr wisst ja, wie das ist, wenn man versucht, etwas zu sagen, während man heult, man kann die Worte kaum aussprechen und wenn sie rauskommen, dann fühlt es sich an, als kämen sie aus einer anderen Dimension irgendwo im Inneren. Als wenn man ein Baby wäre. Ich versuchte zu sagen: »Es tut mir so Leid, Shamash. Ich war so ungezogen und ich weiß nicht, wie ich dir jemals weh tun konnte, dir, dem Einzigen auf der Welt, den ich liebe. Wahrscheinlich bin ich eben einfach schlecht, tief drinnen richtig schlecht, so wie Mum.« Ich hätte noch weiter gemacht, aber er kam zu mir, nahm mich in den Arm und wiegte mich hin und her wie ein Baby. Ich weinte und weinte und er hielt mich einfach und wiegte mich. Auch ihm standen die Tränen in den Augen, aber er war stärker. Er sah ernst aus. Auch er hatte gelitten. Wenn einem nacheinander viele schlimme Sachen passieren, kann man nicht jeder einzelnen die gleiche Menge an Tränen widmen.

Am Ende beruhigte ich mich und verfiel in ein Schluchzen und er sagte: »Schatz, du solltest sowas nicht sagen, dass deine Mum schlecht war. Sie hat dich zu mir geführt, sie hat dich aus ihren Armen in meine übergeben. Das ist in dieser rauen und schnellen Welt nichts Schlechtes. Erzähl mir, was passiert ist. Es fing in Amsterdam an, das weiß ich, also bitte sag die Wahrheit, Vas. Erweis mir diese Ehre, ja?«

Und so erzählte ich ihm dann alles, fast alles. Er sagte, es sei nicht meine Schuld gewesen, bla bla bla, aber natürlich kann man in diesem Alter kein ›Hab ich dir doch gesagt‹ vertragen. Man will selber Schuld an den Dingen sein, kommt aber nicht klar damit, wenn es dann wirklich so ist. Ich konnte den Gedanken nicht ertragen, in genau die Konstellation hineingestolpert zu sein, vor der er mich gewarnt hatte, also begann ich das Ganze kühler zu betrachten, von Mann zu Mann zu reden, von Johnny zu Martin:

»Ashley war eine Votze, Shamash. Ich will damit nicht sagen, dass er nicht sexy war – das war er in mancher Hinsicht.«

»Votze ist vielleicht das falsche Wort. Arschloch wäre wohl angemessener.«

»Vielleicht war er für dich ein Arschloch; für mich war er ein Wichser. Ich war das Arschloch. Wie konntest du auf so einen Typen bloss reinfallen?«, fragte ich Shamash, als wüsste er in solchen Angelegenheiten besser Bescheid. »Du hättest was Besseres kriegen können.«

»Wenn das jemand noch einmal zu mir sagt, dann schreie ich. Ich habe nun mal nichts ›Besseres‹ gekriegt und jetzt weiß ich es im übrigen selber. Aber ich bin nicht perfekt, auch ich mache große Fehler. Willst du, dass ich mir einen adretten Arzt oder Anwalt anlache, wie die in den amerikanischen Filmen – so ein Ken-Püppchen wie in *Parting Glances* vielleicht? So ist das Leben nicht, Vas. Ich hatte nicht gedacht, dass er sich an dich ranmachen würde oder zumindest dachte ich, dass es irgendeine kleine Vorwarnung geben würde. Ich kann nicht überall gleichzeitig sein und vielleicht musste ich erst sehen, was für ein Raubtier du werden würdest. Ich hab ihn nie gefragt, was er mit dir – was ihr gemacht habt. Willst du's mir sagen?«

»Er hat so gut wie alles gemacht. Nur eins nicht, Shamash: Er hat mich nie mit Kondom gefickt und er hat sich auch nie von mir ficken lassen.«

Jetzt fing Shamash an zu weinen. Dabei hatte er diesen zerstörten, entsetzten Gesichtsausdruck.

»Ashley hat mir gesagt, er hätte sich testen lassen und so weiter.«

Das war jetzt schwer für Shamash, denn er wollte nicht, dass ich mir unnötig Sorgen machte, HIV-positiv zu sein, aber er wollte das Teuflische, das ich getan hatte, wiederum auch nicht unterbewerten oder gutheißen. »So etwas darfst du dir nie wieder antun lassen! Herrgott, Vas, habe ich mich da denn in den letzten fünf Jahren nicht eindeutig ausgedrückt?«

»Ich wette, du hast es manchmal auch ohne Kondome gemacht.«

»Darum geht es hier im Moment nicht, oder sollte es jedenfalls nicht.«

»Aber wenn du's auch ohne gemacht hast, dann fühle ich mich besser. Das kotzt mich an bei den ganzen Schwulen – dass sie noch nicht mal zu sich selber ehrlich sind. Ich schätze, ich hatte bei der Sache ohnehin keine große Wahl; er hat mich da nämlich ausgetrickst, weil mir was über dich und mich rausgerutscht ist.«

»Und wie denkst du jetzt darüber?«

Ich war ein Teenager; also bestand meine Standard-Antwort in einem Achselzucken und in ›Weiß nich'‹. Wahrscheinlich wusste ich es wirklich nicht.

An diesem Tag schien Shamash älter. Das kam vom Weinen, aber da war auch noch etwas anderes: die Sorge und Angst. Und er hatte mit Recht Angst; nicht vor Vaslav, seinem kleinen Schatz, der ihn bis an sein Lebensende lieben würde, sondern vor Johnny, dem er bislang noch nicht einmal von Angesicht zu Angesicht gegenüber gestanden hatte. Johnny wusste bereits, in welchen Stellungen er am besten penetriert werden konnte. Schon führte er sich – mangels des Wahren – Dinge ein, es blieb mit den anderen Jungs nicht mehr beim Furzen und in den Umkleiden hatte er jegliche Peinlichkeit längst überschritten. Er war körperfixiert, spielte stundenlang vor dem Spiegel an sich herum und rieb sich sein Ding wund, weil er endlich zur Sache kommen wollte. Er war ja auch im Stich gelassen worden. Shamash und ich saßen beisammen wie zwei Sexsüchtige auf Entzug, Vater und Sohn, Junge und Mann, die einander liebten und brauchten – auf der anderen Seite er, Johnny, der mit seiner Reife und seinem Wissen alles Recht besaß, mehr Angst zu haben als ich.

Er beschloss, dass ich einen Bluttest machen sollte, um sicherzugehen, dass alles in Ordnung war. Erst sagte ich, dass ich das nicht wollte, aber am Schluss kamen wir überein. Unser Arzt, Andrew, war ein Freund von Shamash, aber wir mussten natürlich trotzdem eine Geschichte erfinden. Wir wollten nicht länger etwas mit Ashley zu tun haben und Shamash wusste auch nicht, wie Andrew die Wahrheit aufnehmen würde. Stattdessen verzapften wir eine Geschichte, derzufolge es mir ein Junge aus meiner Schule besorgt hatte und zwar ›richtig‹, allerdings ohne Kondom. Ich hörte, wie Andrew zu Shamash sagte: »Komm, die sind fünfzehn, es ist ihr erstes Mal. Willst du wirklich, dass er sich jetzt schon diese Sorgen macht? Ich kann es gar nicht fassen, dass er dir das überhaupt erzählt hat. Schwule und lesbische Kinder sind homosexuellen Eltern gegenüber für gewöhnlich genauso verschlossen wie heterosexuelle Kids.«

Dann ging ich allein zu Andrew hinein und er stellte mir ein paar Fragen. Er sprach von ›dem Fick‹, als wäre es nur ›fast ein Fick‹ gewesen. Ich erwiderte: »Pass mal auf, wir haben's komplett gemacht, er hat da drinnen abgespritzt und ich hab's später wieder ausgeschissen. So und nicht anders.«

»War da denn viel zum Ausscheißen?«, fragte er mich mit medizinischem Ton.

»Nee, nich' groß was. Dad hat gesagt, ich soll hier herkommen.« Ich versuchte, so abgeklärt wie möglich zu klingen.

»Na, ich glaube, über Safer Sex muss ich dir wohl keine Lektion verpassen. Dein Vater ist ein glühender Verfechter der Sache und ich bin sicher, auch bei dir ist alles in Ordnung. Du musst dich allerdings zwei Wochen gedulden, bis wir Gewissheit haben.«

In diesen zwei Wochen bin ich dann doch nervös geworden, aber der Test fiel negativ aus und mein letztes Tête-à-tête mit Ashley lag auch schon Monate zurück. Was sich allerdings fand, waren Zytomegalie-Viren, die an sich harmlos sind, aber für gewöhnlich nicht bei einem jungen, sexuell unbeleckten Schüler auftreten, der es zum ersten Mal mit einem vergleichbar unbeleckten Kumpel trieb. Ihr Erscheinen in meiner Krankenakte bildete einen weiteren Tropfen in der Quecksilbersäule unseres Todes-Barometers. Schönwetter schlug in gewittrig um.

Hätte irgendjemand ein nationales Trara um meine billige Ehre gemacht, wenn ich in meinem Sozialbau geblieben wäre? Ich hätte die Miete eingefahren, ohne mir auch nur einen Gedanken um meine Zerbrechlichkeit, meine Zartheit und Jugend zu machen. Für Mum war nie jemand dagewesen, als ihr Abstieg begann. Arme Mum, was für ein entsetzliches Leben sie doch hatte. Wenn man mich nicht von dort weggebracht hätte, dann hätte ich es nicht einmal als entsetzlich empfunden, nur als gewöhnlich. Ich schätze, das Leben der meisten Menschen ist scheiße, aber je reicher wir sind, desto berechtigter glauben wir uns, ein Schutzsystem um uns herum zu haben. Manchmal besteht das Problem darin, dass die Reichen sich in eben dem Netz verfangen, das sie selber ausgeworfen haben.

Shamash hat jahrelang für Aids-Organisationen gearbeitet, die Ärmel hochgekrempelt und Maßnahmen ergriffen, die ihn Geld gekostet haben. Doch dann wurde all dies wegen meiner ›komplizierten‹ Kindheit zunichte gemacht. Den ganzen Mist von wegen falschem Gedächtnis können wir vergessen; ich erinnere mich an alles. Rutsch mal'n Stück, Laura Palmer, du bist nicht die einzige, die ein Doppelleben geführt hat.

In Paddington konnte ich mich abends aus dem Haus stehlen, wenn ich wollte. Shamash wäre entsetzt gewesen, wenn er gewusst hätte, dass ich in manchen Nächten am Taylor Square umhergewandert bin. Allerdings musste ich mich vorsehen. Eine Menge Leute hätten mich identifizieren können. Nachts um drei Uhr trieben sich dort zumeist jedoch nur Desperados, Fixer, Besoffene und Stricher rum. Schon das bloße Unterwegssein berauschte mich. Ich brauchte sonst nichts weiter, nicht zu Anfang jedenfalls. Es muss kurz vor dem Wiederbeginn der Schule gewesen sein, als ich einen Typen kennen lernte, der auch nur ein oder zwei Jahre älter war als ich. Er nannte sich selbst Colt – ein eher rauer Typ aus einem westlichen Randbezirk. Auf seine verruchte, blondierte Art sah er gut aus und ich wurde irgendwie süchtig nach ihm. Er war ein Stricher und er führte mir durchaus angeberisch vor, wie er seine Männer anmachte: die Gleichgültigkeit und das Selbstbewusstsein, mit denen er auf die Autos zuschlenderte, die anhielten. Er zeigte mir, wie man sein Gesicht im Scheinwerferlicht so präsentieren konnte, dass man augenblicklich begehrenswert erschien.

»Sag immer, du bist achtzehn«, erklärte er mir, als wäre ich in der ›Ausbildung‹. Ich schätze, er sah das auch so. Er fand, dass ich piekfein klang. »Hast du nich' 'n paar reiche Verwandte, von denen du mal 'n bisschen Geld abzocken kannst? Wär' doch besser, als sich die ganze Nacht lang von diesen Arschlöchern durchknallen zu lassen. Du musst sie erst ficken und dann ausrauben, is' meine Meinung. Oder du machst die schnelle Strichernummer, damit sie dich möglichst schnell loswerden wollen, sobald ihr bei ihnen zu Hause angekommen seid. Ich hab bald genug Kohle zusammen, dass ich nach Surfers Paradise abhauen kann. Wahrscheinlich wimmelt's da oben nur so von Japsen. Hab zwar keinen Bock, mich von diesen verdammten Mondgesichtern durchbumsen zu lassen, aber zumindest haben die Kohle wie Heu und kleine Schwänze. Du legst dich einfach an den Strand und genießt die Sonne und den Stoff. Und genau das hab ich vor.«

Colt erregte mich, weil er wie Johnny war. Ich konnte mir nur schwer vorstellen, dass die Japaner Schlange stehen würden, damit sie endlich drankamen und ihm ihr Ding reinstecken konnten, aber die Naivität seines Traums faszinierte mich schon. Ich wollte unbedingt Sex mit ihm haben, aber er schien das nicht zu merken; Sex war vermutlich ohnehin das Letzte, wozu er Lust hatte. Mich törnte die Tatsache an, dass er schon dermaßen viel Sex gehabt hatte. Ich wollte mit meinem Finger und meinem Mund dahin, wo schon so viele wertlose andere vor mir gewesen waren – das war meine Fantasie. Ich stellte mir vor, dass er regelrecht dankbar sein würde, wenn ich ihm die Gelegenheit gäbe, mich zu ficken, nachdem er schon von all seinen Freiern gefickt wurde. Ich dachte, das wäre echt romantisch und auf eine total abgefuckte Weise cool.

Doch meine subtilen Annäherungsversuche prallten größtenteils unbemerkt an ihm ab. Es wurde immer deutlicher, dass ich nur an ihn rankommen würde, wenn wir einen Typen abschleppten und dann einen Dreier durchzogen. Und genau das machte ich dann auch eines Abends. Ich hatte schon Angst, als wir in den Commodore stiegen, aber Colt hatte ja ein Messer bei sich und schien zu wissen, was er tat. Ich machte mir Sorgen wegen meiner Unerfahrenheit; Sex gegen Geld und das mit jemandem, den ich noch nie gesehen hatte – da kam ich mir nun doch wie ein schüchterner Backfisch vor. Mir war nicht klar, dass es eben genau darum ging, dass gerade das meinen Wert ausmachte und dass es das war, was die Typen wollten: noch Elfe genug, um sich zu winden und so jung, dass keine Beleuchtung den leisesten Verfall verriet; perfekt, beinahe reif, eine Delikatesse. Erlesenes menschliches Schmuggelgut. Ich bin bereit für die Nahaufnahme, Mr. De Mille.

Der Dreier öffnete mir die Augen. Wir huschten ins Hyde Park Plaza und fuhren mit dem alten Typen (in den Vierzigern) zu seiner Suite im achten Stock hinauf. Er wollte, dass ich mit Colt zusammen kam. Das gefiel mir natürlich außerordentlich; endlich sollte ich meine Nummer mit Colt bekommen. Wir mussten seinen Anweisungen folgen, etwa: »Jetzt küsst du ihn, und jetzt wirst du immer geiler und legst dich aufs Bett. Jetzt mach seine Hose auf und blas ihm einen.« Und so ging es weiter. Er choreografierte eine Sexszene, bei der er nur zusehen wollte. Ich kam ziemlich in Fahrt dabei. Ich versuchte, den onanierenden Alten zu ignorieren, der uns zusah; ich merkte genau, dass ich Colt nicht annähernd so aufgeilte wie er mich. Für ihn war das Ganze eher eine alltägliche Verrichtung, ein Gang zum Klo, ein Sich-Erinnern, wo man seine

Schlüssel liegengelassen hat oder das Reparieren eines Haushaltsgerätes.

Während sich das alles also abspielte, fing der Alte plötzlich an, Fotos zu machen. Colt schien das zu stören, mich hingegen animierte es dazu, ein paar der Gesichter aufzusetzen, die mir in den Heften so gefallen hatten. Ich dachte nicht eine Sekunde daran, dass sie jemals entwickelt werden könnten und ich hatte keine Bedenken, dass sie Konsequenzen nach sich ziehen könnten. Der Alte sagte zu Colt, »Jetzt will ich, dass du den Kleinen fickst. Er hat einen engen, gierigen Arsch, der gefickt werden will, also fickst du ihn jetzt ordentlich.« Colt zog sich ein Kondom über und fickte mich, ohne mich überhaupt einmal richtig dabei anzusehen. Es tat etwas mehr weh als mit Ashley, hauptsächlich weil ich nicht ausreichend geschmiert war und das Ganze in einem ziemlichen Tempo abging. Der Alte gab mir Poppers und so konnte ich mir wenigstens vorstellen, dass Colt es genoss. Er gab Geräusche von sich, so als würde er gleich abspritzen, kam aber nicht. Der Alte stöhnte etwas, spritzte ab und rannte ins Bad.

Sobald er verschwunden war, nahm Colt den Film aus der Kamera und versteckte ihn in seiner Tasche. »Für das bisschen Geld kriegt der Arsch keine Andenken von uns.«

Colt gab mir vierzig von den achtzig Dollar, die er mit dem Alten ausgehandelt hatte. Dann gingen wir. Nach dieser Nacht sah ich Colt nie wieder. Vielleicht ist er nach Surfers Paradise gegangen, ich weiß es nicht. Aber die Fotos sah ich etwa zwei Jahre später wieder. Ich weiß nicht, wo die Anklage sie her hatte, und sie wurden als Beweismaterial – theoretisch – auch verworfen, aber sie gelangten doch in andere Hände. Und eins ist sicher: Die Medien haben sie als Beweismaterial keineswegs verworfen. »Wer, fragen wir, hielt nun die Kamera, die diese Bilder aufgenommen hat?«, fragte dieser Wichser im Verhandlungssaal, während Shamash mit solch einer Trauer und Verwirrung quer durch den Saal zu mir herübersah, dass dieser Augenblick mich noch immer in meinen schlimmsten Alpträumen heimsucht. Die Fotos wurden als Beweismaterial für die Existenz des Pornografie-Rings angesehen, den Shamash Gerüchten zufolge organisiert haben sollte. Ich habe keinen Zweifel, dass Colt sie für eine ordentliche Summe verscherbelt hat. Vielleicht hat er mich ja in der Zeitung gesehen – oder noch wahrscheinlicher im Fernsehen.

Ich konnte Johnny sein, nachts, wenn ich um die Häuser zog und dann wieder Vas in seinem wohlbehüteten Teenager-Heim in der Shadforth Street, der in der Küche mit Thelly plauderte:

»Thel, gefällt es Diane eigentlich an der Uni in Sydney?«

»Ja, das tut es und sie hat den Sprung von der staatlichen Schule dorthin auch ordentlich gemeistert. Deshalb weiß ich wirklich nicht, warum Martin meint, er müsse dich auf dieses ausgefallene Internat schicken, wo es doch in Woollahra eine Schule gibt, die absolut in Ordnung ist und nichts kostet.«

»Thelly, solltest du dich denn so freimütig über deinen Arbeitgeber äußern?«

»Arbeitgeber, das kannst du laut sagen. Wie würde er diesen Haushalt wohl ohne mich führen? Außerdem habe ich ihm das auch schon ins Gesicht gesagt. Vergiss nicht, ich hab zwei eigene Kinder großgezogen und Jack war nie eine große Hilfe, selbst wenn er mal da war. Im Grunde war es, als hätte ich drei Kinder, wenn er besoffen nach Hause kam. Dianne will in eine Wohngemeinschaft im inneren Westen ziehen und ich schätze, dann werde ich wohl alleine sein.«

»Ein großes Haus für eine Person.«

»Ich weiß. Ich würde es gerne verkaufen und in die Berge ziehen, aber das wäre dann zu weit, um noch hier herunter zu kommen. Die Fahrt von Homebush hierher reicht mir schon, besonders nachts. Na, wenigstens bist du groß und hässlich genug, um auf dich selbst aufzupassen.«

»Ich bin nicht hässlich.«

»Das ist ja Teil deines Problems. Wenn du nicht so selbstverliebt wärst, dann wärst du wahrscheinlich für uns auch nicht so ein harter Brocken.« Sie steckte mir immer ein Stück von dem zu, was sie gerade schnitt oder hackte – meistens ein Stück Schinken oder Käse. Diesmal schob sie mir eine Hühnergurgel rüber.

»Iiih«, rief ich.

»Als ich jung war, hab ich daraus immer Suppe gekocht. Damals haben wir nie etwas verkommen lassen. Heute kaufen die Leute bloß noch Hühnerbrust, oder sie schmeißen den Rest einfach in den Müll. Als ich anfing, in Paddington zu arbeiten, konnte man noch Vögel hören; heute hört man nur noch Autosirenen und diese Telefone, die sich die Leute neuerdings zulegen. Alles verändert sich so rapide; ich frage mich, was sich die Leute heutzutage bloß so Wichtiges zu sagen haben, dass es nicht warten kann. Dianne will auch so eins, obwohl sie noch Studentin ist. Ich habe ja nichts dagegen, wenn sie sich eins kauft, sobald die Dinger billiger sind, dann muss ich mir nachts nicht mehr so viel Sorgen machen, wenn sie unterwegs ist…«

Ich musste an meine eigenen nächtlichen Abenteuer denken. Wenn Thel wüsste.

»Ich denke mal, Martin zahlt einfach zu gut, als dass du den Job hier aufgeben könntest.«

»Du bist ein impertinentes kleines Gör, Vaslav, aber Recht hast du. Aber abgesehen davon, würdest du etwa die Berge von Spaghetti Bolognese kochen, die euch zwei am Leben halten? Wenn ich nicht hier bin, isst doch keiner von euch beiden genügend Gemüse! Du solltest lernen zu kochen. Ich werde fünfundfünfzig und irgendwann sollte ich mir schon mal über meine Rente Gedanken machen.«

»Du könntest ein Buch über alles schreiben, was du hier in der Shadforth Street miterlebt hast.«

»Das würde schon ein Buch ergeben, aber ich denke nicht, dass Martin da sonderlich erfreut drüber wäre. Und außerdem glaube ich, dass mein Vokabular für manche Dinge auch nicht ausreichen würde. Ich käme mir vor wie so ein Bediensteter des Königshauses, der mit der schmutzigen Wäsche an die Öffentlichkeit geht und 'ne Million dafür kassiert.«

»Na ja, es wären ja auch zwei Queens, über die du schreiben

müsstest, oder drei, wenn du das Gör dazurechnest.«

An diesem Tag gestand ich Thel also, dass ich schwul war. Sie hielt einen Moment inne und fuhr dann fort, das Huhn für das Abendbrot zu füllen.

Wenn Thel jemals darüber nachgedacht hatte, was sich möglicherweise abgespielt haben könnte, dann entschloss sie sich wohl, nicht zu genau nachzufragen. Mit Sicherheit hieß sie nicht alles gut, doch anderseits war sie auch nicht prüde. Sie legte das gleiche Maß an Missbilligung an den Tag, ob es nun um das Waschen von Weißem mit Buntwäsche ging oder um Davids Erzählungen von seinen Dreiern.

»David Bergdorf, ich habe hier jahrelang das Leben einer Nonne geführt und muss mir jetzt nicht die schmutzigen Details deines Lebens anhören. Wenn du mein Blut in Wallung bringen willst, dann erzähl mir lieber von einer fetten Ausbeute am Glücksspielautomaten oder einem zweihundertausend-Dollar-Gewinn beim Pferderennen.« Ashley hatte sie nie gemocht: »Sprich mich bloß nicht auf den an! Als der abgehauen ist, war das die beste Säuberungsaktion, die dieses Haus je erlebt hat. Der hat hier nie einen Finger gerührt und ist nach neun Monaten mit mehr Geld rausmarschiert, als ich in zwei Jahren verdiene. Entweder habe ich den falschen Beruf oder das falsche Geschlecht.«

»Oder du bist zu alt.« Sie warf mir einen tödlichen Blick zu und hielt dabei das Messer auf mich gerichtet. Mir war nicht wirklich bewusst gewesen, was ich da eigentlich gesagt hatte und so sah ich weg.

»Das hast du gesagt, Vas, nicht ich.«

Ich spüre noch immer, wie ich damals rot wurde. Vor Schamlosigkeit und Scham in einem.

Das neunte Schuljahr in Savant begann. Owen war noch immer mein Zimmergenosse und stand nun mehr und mehr auf Bands wie ›The Cult‹. Heute ist er ein richtiger Seattle-Freak und für die Schwuchtel, die er ist, ist sein Geschmack eigentlich viel zu machohaft. Vor ein paar Tagen habe ich ihn im

›Shift‹ gesehen. Er hasst diesen ganzen ›tuntigen Disko-Scheiß‹. Aber zu seinem Seattle-Grunge wird in den schwulen Clubs eben nun mal nicht getanzt, so wie er es gerne hätte. »Dann such dir halt 'ne kleine schmuddlige Courtney«, empfahl ich ihm. »Heirate die Schnalle und mach ihr ein Straßenkind, während ihr beide auf Heroin seid; das wär' doch so richtig cool, oder?«

»Ja, Vas, Hauptsache sie ist auch echt verkorkst und abgedreht, damit man ihr alles mögliche Zeug reinstecken kann, stimmt's? Wie Courntey das mit ihren Stilettos macht: Hey, Baby, du bist doch viel zu abgefuckt, du kannst mich doch nich' davon abhalten, dir diese Bierpulle hier reinzustecken... und dann sagt sie, verpiss dich und ich sage, eher fick ich dich und sie würde sich auch nich' wirklich groß dagegen wehren, wenn ich ihr irgendwelches Zeug in ihre rasierte kleine Muschi reinstecke und dann sag ich ihr noch, du bist doch nix weiter als 'ne kleine Drogentussi, mit deiner Tussifrisur und deinem Püppchengesicht.«

Es gab in diesem Schuljahr ein paar sexuelle Begegnungen mit anderen Jungs, aber es gelang mir, sie mit meinen verfeinerten Vorlieben zu schocken, besonders mit dem Ficken. Meine Generation scheint da nicht so drauf zu stehen wie die von Shamash; das ist so 'ne Sache damit, entweder du findest Geschmack dran, oder eben nicht. Ich fände Homosexualität als Form der Sexualität ziemlich unzulänglich, wenn es nicht auch zum Ficken käme, aber das ist meine persönliche Meinung, die allerdings zum Glück von genügend Brüdern geteilt wird; solange ich noch hübsch bin, dürfte ich also noch Jungs finden, mit denen ich es machen kann.

An den meisten Wochenenden in Savant ruderte ich auf dem Hawkesbury und an Wochentagen lernte ich nach der Schule. Manchmal kam Shamash an Samstagen und sah mir zu, um mich dann nachmittags mit nach Paddington zu nehmen. Auf dem Rückweg von Hornsby schlug ich so richtig bei McDonalds zu: Milchshake, zwei doppelte Cheeseburger und große Pommes. Shamash rümpfte über McDonalds immer die Nase und beschwerte sich über den Gestank im Auto, fraß mir dann aber doch immer die Hälfte meiner Pommes weg.

»Wieso holst du dir nicht deine eigenen Pommes, ständig frisst du sie mir weg, wo ich doch nach dem Rudern immer so'n Hunger habe!«

»Du weißt doch, dass ich McDonalds nicht mag, nur eben ab und zu mal die Pommes, und jetzt verwehrt mir mein grausames Kind eine kleine Stärkung, nachdem ich so lange gefahren bin, um es abzuholen.«

»Ja, ja, ich komme ja auch nicht in die Brasserie in Bayswater und klaue dir deine ›sautierten Hundeklöten‹ oder was die da sonst so haben, oder? Und außerdem muss ich die ganze Woche den Savant-Scheiß fressen. Mann, Shamash, beim Essen hört da nämlich die Vornehmheit auf, du solltest das Zeug wirklich mal probieren.«

»Hör mal, ich bin auch auf ein Internat gegangen.«

»Aber nicht in Savant.«

»Ich wette, unser Essen war genauso miserabel. In der Broschüre von Savant steht, dass sie ausgebildete Ernährungswissenschaftler haben, die die Verpflegung zusammenstellen. Sowas hatten wir nicht. Was glaubst du wohl, warum ich das Stipendium für die Akademie in London haben wollte? Woher sollte ich denn wissen, dass das Essen da noch miserabler ist?«

»Ach, das Tanzen hatte wohl gar nichts damit zu tun, nur das Essen, ja? Und was die Ernährungswissenschaftler in Savant angeht – das wage ich zu bezweifeln. Ich glaube eher, die pumpen die Scheiße aus den Klos wieder ab und servieren sie uns in Zimmertemperatur; eine sich vollständig selbst versorgende, umweltfreundliche Schule. Eigentlich sollte ich mir am besten gleich einen Schlauch vom Arsch in den Mund stecken und ihnen die Zubereitung ersparen.«

»Ach hör doch auf, Vas, das ist doch Unsinn.«

»Du hättest mal nach Brighton kommen sollen und mit Mum und mir Abendbrot essen: Pommes und Spiegeleier an einem guten Abend, fettig wie Sau und meine Mutti hätte auch gleich noch mit dir gefickt.«

»Hey, Vas, sprich nicht so von ihr, Freundchen, sie war deine Mum.«

»Eben. Deswegen kann ich ja wohl sagen, was ich will. Obwohl sie es nie gern von hinten gehabt hat, wenn ich mich recht erinnere.«

»Vaslav, hör auf!«

»Ey, verdammt, ich bin nich' mehr Vas, ich bin Johnny, JOHNNY, VERSTEHSTE?«

Shamash hasste es; er hasste es, wenn ich anfing zu jemandem zu werden, über den er keine Kontrolle mehr hatte, zu jemandem, der sich nur dann zeigte, wenn wir zwei alleine waren.

Er hasste es, doch ich fand es immer verlockender. Ich fing an, es ständig zu machen. Es erregte mich. Mit fünfzehn kam mir plötzlich in den Sinn, dass ich ein echt interessanter Typ war, voller Geheimnisse, die nur auf ihre Enthüllung warteten, ein Mr. Super-Wichtig. Ich schockte Shamash, indem ich völlig normal redete, wenn Thel im Raum war, um dann, sobald ich im Augenwinkel mitbekam, dass sie hinausgegangen war, seine nächste Frage als Johnny zu beantworten: »Alter, ich ess' nix zum Abendbrot.«

Es war wie eine Art Bestrafung für Shamash, der mich vor all den Jahren in ein Geheimnis gezwungen hatte und es war eine Form der Verführung, denn ich sagte damit, du bist nicht mein Dad, ich suche gar keinen Dad. Zuerst war es nur ein Spiel, doch mit der Zeit wurde es auch zu einem Mittel der Manipulation. Johnny war nicht zerbrechlich; er war die dunklere Hälfte und diese Hälfte zog mich an. Zu dieser Zeit verlangte mich nach Dunkelheit und Intrige und ich wollte auch immer noch Shamashs dunkle Seite zu sehen bekommen.

Er begann sich angesichts meines Verhaltens Sorgen zu machen, merkte aber wiederum, dass er gefahrlos nichts dagegen unternehmen konnte und so wurde er verkrampft. Er fragte mich, ob ich ihm weh tun wollte, doch dann mutierte ich immer sofort wieder zu Vas, umarmte ihn und sagte, dass ich das natürlich nicht wolle. Ich glaube auch nicht, dass es mir ums

›Wehtun‹ ging, es ging eher um Manipulation. Ich wollte die Sicherheit aus meinem Leben herausmanipulieren.

Ich glaube, ich wusste damals bereits, dass es nur noch eine Frage der Zeit war, ein Projekt sozusagen.

FEUERTOPF

Wieder wurde ich vorzeitig aus der Schule genommen. Diesmal machte Savant mehr Anstalten. Ich ließ bereits Anzeichen dafür erkennen, dass die gebührende Schulbildung nicht gerade oben auf meiner Prioritätenliste stand. Ich war sechzehn und fing an davon zu reden, von der Schule abzugehen und in einem Laden zu arbeiten. Shamash wollte davon nichts wissen. Es freute ihn, dass er es sich leisten konnte, mich auf seine Tourneen mitzunehmen und ich wollte den Teufel tun, so etwas auszuschlagen. Er sagte mir zu, dass ich für Potts arbeiten konnte, wenn wir von der Reise zurückkamen; unter dieser Voraussetzung sollte ich meine Schulausbildung fortsetzen.

Also hieß es wieder Europa und New York und London, sowie ein paar kurzfristig eingeschobene Auftritte in Rio; alles in allem fünf Wochen. In England war ich äußerst nervös. Und unartig. Das Koks dort war billiger und leichter zu haben. Shamash hatte selten welches in Australien, doch drüben schien unter den ganzen Lieblingen der Bohème nie Mangel zu herrschen. Ich fing an, mit Drogen zu experimentieren. Vas tat es insgeheim, aber Johnny zelebrierte seine Entdeckungen. Diese Reise und diese Droge sollten zu unserem eigentlichen Unglück werden.

Die Vorstellungen waren brillante, begeistert aufgenommene Ereignisse. Im mittleren Osten schwelte der Krieg, auf den Autobahnen des Vereinigten Königreichs sah man Panzer und Union Jacks flatterten patriotisch in den Fenstern der Sozialbauwohnungen, an denen wir mit unserem Wagen vorbeirauschten. Großbritanniens Antwort auf diesen Krieg hatte etwas Verzweifeltes und Klischeehaftes. Die Bühne war also vorbereitet – bildlich und wörtlich gesprochen –, und der Gott der Sünde konnte sich einen neuen Geliebten nehmen – mich, das ausgehungerte Exemplar weißen Sozialbau-Abschaums.

Armer Shamash, süßer armer Shamash, der so dringend Liebe brauchte. Er teilte ein Hotelzimmer mit mir, wir waren allein und er hatte längst keine wirkliche Kontrolle mehr über mich. An den meisten Abenden wurde er von seinen verschiedensten Gastgebern verwöhnt; Whisky und Koks, teure Hotelsuiten, ausgestattet mit Laura-Ashley-Stoffen – das Hirn aufgeputscht vom Kokainrausch, das Herz flatternd von Erfolg und Wohlbefinden und im Bett den knabenhaften, versauten Sohn. Meine Begierde schien in der Luft zu liegen, getragen von der drückenden, künstlich-warmen Zimmerluft.

Ich war so verdammt geil, ich hätte die Wände hochgehen können; ich hätte die österreichischen Blumenvorhänge ficken und auf den Bettüberwurf abspritzen können. Aber das brauchte ich letzten Endes gar nicht. Das Koks und der Whisky flüsterten Shamash andere Dinge ein, Dinge wie, »Ruhig, ruhig, mehr gibt's nicht, der Augenblick, das Fleisch, du hast getan, was du konntest. Schau ihn dir doch an, wie er nach dir giert, geradezu von Sinnen vor Lust. Es gibt nur noch eine Möglichkeit, einen Weg, ihn zu beruhigen und abzukühlen. Pssst, weise Stimme in deinem Kopf, pssst Verwirrung, es gibt nur noch eins, hol dir deine Belohnung, deinen Preis – das, was die beschert worden ist.«

»Versuch dir keine Sorgen zu machen...« Das singe ich mir in den schlimmen Nächten selber vor; und das hat er immer gesungen, als ich klein war. Je älter man wird, desto wilder werden die Schlaflieder. Heute verstehe ich, wie wir trotz unserer Liebe und Zärtlichkeit nach etwas anderem verlangen, das nicht so zärtlich ist, etwas, das teils Zärtlichkeit, teils Wildheit ist. Wir liebten einander, das steht außer Frage.

Die Liebe begann rasch und heftig. Ihre Spuren nahmen sich unschicklich aus auf dem prüden, englischen Bettzeug und wir besaßen nicht die Weitsicht, in unsere getrennten Betten zurückzukehren. Ohne Zweifel tratschten die Zimmermädchen.

Ich werde die Sache jetzt ein bisschen aufpeppen. Ja, ich geb Euch jetzt den Sex. Den gibt's zu kaufen und ich war wie gesagt ziemlich geil. Ich war eine Wichs-Fantasie, ein Knast-Köder. Vielleicht wärt Ihr ja auch in den Knast gewandert. Vielleicht war ich wie eine Nixe, eine Sirene oder einfach nur eine Nutte, der man nach dem Alkohol und den Drogen nicht widerstehen kann. Aber das wird jetzt nicht Vas niederschreiben, Johnny übernimmt jetzt. Das kann er nämlich, das kann er verdammt gut.

Was ich an den verdammten Amis und ihren Pornos hasse, sind ihre ständigen, konstruierten Schwachsinns-Dialoge; sie stöhnen wie Machos und labern mit monoton-männlicher Stimme über das, was sie gerade tun: *»Nimm dir meinen Arsch, Mann, fick ihn durch, ja, fick mein enges Loch.«* Egal, dass das Arschloch so weit ist wie Texas und gähnt wie der Grand Canyon. Owen sagt immer, bei solch einem Arsch muss man schon einen Knochen reinschmeißen, einen Hund hinterherschicken und den dann ficken, wenn man irgendetwas davon haben will.

Von einem Sechzehnjährigen hat man hingegen ohne Probleme etwas und darauf will ich jetzt hinaus. In den französischen Pornofilmen, den guten, sieht die Hälfte der Jungs nicht älter aus, als ich es war. In einigen davon hat man eher den Eindruck, dass die Jungs operiert werden, anstatt dass sie Sex haben. Sie werden gefickt und sie winseln wie Welpen oder stöhnen völlig unbeherrscht. Die sind nicht so gekünstelt wie die Amerikaner. Ich kann zwar die Hälfte von dem, was sie sagen, nicht verstehen, aber es klingt besser – sie lügen sich gegenseitig nichts vor. Wenn sie ein Arschloch sehen, in dem man einen Wagen parken kann, dann nehmen sie sich eben einen anderen Körperteil ihres Partners vor, seinen Schwanz zum Beispiel oder seine Eier. Wenn man einen abgerissenen Straßenstricher in einem Film hat, dann erwartet man nun mal, dass er ein paar Schrammen hat, da wird einem keine seidig-zarte Rosette vorgesetzt, da kriegt man den Kanal-Tunnel. Wenn man überzeugende katholische Schulknaben mit rosigen Wangen und wülstigem Damm will, dann muss man eben in eine katholische Knabenschule gehen. Bei der Anzahl von Priestern, die heutzutage angezeigt werden, hat man ohnehin den Eindruck, das wären die reinsten Casting-Agenturen.

Europäische Pornos sind ehrliche Pornos, noch dazu unprätenziös. Da machen die Arschlöcher den Job. Gott allein weiß, wie sie einige der anderen Sachen hinkriegen, die da ablaufen – Drogen, nehme ich mal an. Ich tippe auf Kokain – nach dem Teufelszeug könnte man eine ganze Fußballmannschaft rannehmen. Sex ist da ein ganz anderes Ballspiel, wenn man auf Droge ist, besonders auf Koks; und das hatte ich mir auf dem Weg nach London besorgt. Ich hatte es an jenem schicksalshaften Abend genommen, bei jenem ersten richtigen Mal. Shamash muss gewusst haben, dass ich high war, als er reinkam, aber was konnte er schon unternehmen?

Unser Sex war mehr französischer Porno als amerikanischer. (Ich sehe mich da lieber als einen der katholischen Schulknaben denn als überarbeiteten Straßenstricher, aber in meinem Herzen ist für beide ein Plätzchen reserviert.) Wenn mein Publikum schon fantasieren soll, dann kann ich wenigstens die Richtung der Fantasien steuern. Unser Sex war zudem eher wie *Endless Love*, der Film, was zugegebenermaßen ein kitschiger Vergleich ist, aber ich muss das betonen, damit nicht alle Homosexuellen auf ewig beschuldigt werden, beim Sex immer nur Konsumenten zu sein, die flüchtigen Äußerlichkeiten nachrennen und einander ausnutzen. Aber auf wen zum Teufel übt Schönheit denn keine Anziehungskraft aus? Owen meint, alle Arschlöcher riechen gleich, warum machen sich die Leute dann die Mühe, auf Gesichter zu achten? Meine Antwort lautet: Eben weil alle Arschlöcher gleich riechen.

Klar, wir Männer sind zuweilen Tiere, Anarchisten der Lust. Vielleicht machen wir den Heteros Angst, weil sie durch uns den Eindruck bekommen, alle Männer könnten so sein. Aber Shamash und Vaslav/Johnny liebten einander wirklich und wenn so etwas zwischen männlichen Homosexuellen passiert und sei es nur für einen Augenblick, dann lassen sie sich das nicht entgehen.

Shamash war dabei gezierter als der kleine Tollpatsch. Ihm stand der Verlust einer ganz anderen Art von Unschuld bevor. Er dachte an rechtliche Sanktionen, gesellschaftliche Konsequenzen und sein Scheitern als Vater. Mach schon, na los doch, flüsterte das Koks ihm ein. Achtung, Vorsicht, warnte die Stimme der Konvention. Doch das Koks-Geflüster war stärker. Johnny war stärker: Johnny, frisch geduscht und mit Gleitgel geschmiert, wie er sich lecker in den Spiegeltüren des Schlafzimmerschranks doppelte; das Hotel, gemütlich und plüschig, während draußen der Dezemberregen gegen die Fensterscheiben prasselte; die Holzmöbel, Duftschalen und meterweise überflüssige Stoffbahnen, die alle erdenklichen Oberflächen bedeckten – das alles schien liebevoll und anheimelnd und ganz und gar nicht im Einklang mit meinen Gelüsten. Shamashs Mantel (immer noch derselbe, den er damals an jenem Tag an der Victoria Station getragen hatte) war durchnässt. Shamash fröstelte, als er hereinkam und hängte den Mantel auf.

»Vas, du siehst ja ganz aufgeraut aus.«

»Bin ich auch«, erwiderte ich und stellte *Twin Peaks* leiser, das gerade im Fernsehen lief.

»Hast du die Heizdecke auf meinem Bett angemacht?«

»Vergessen, sorry, Shamash.«

»Du siehst viel zu sexy aus, ich knuddle dich jetzt lieber nicht.«

»Schade, hätte ich jetzt gar nichts dagegen.«

Er sah mich einen Moment an, zuerst verwirrt, dann erschöpft. Doch dann muss das Flüstern des Koks wieder eingesetzt haben und ein Wärmeschwall überkam ihn. Noch in voller Montur warf er sich auf mich und kitzelte mich durch, als wäre ich immer noch sein kleines Kind. Und ich stieß ein Lachen aus, das auch so klang, als wäre ich es noch. Einen Moment lang knuddelte er mich, als wäre ich sein Sohn. Und ich ließ es zu, so als wäre er mein Vater. Meine obszönen Intentionen ließen mich einen Augenblick lang im Stich; ich wollte wieder klein sein. Eine dreißig Sekunden währende Ewigkeit lang sehnte ich mich nach meiner Kindheit mit all ihren abgelegten Mysterien zurück: nach der kuscheligen Geborgenheit, den Kinderbüchern und der Verletzlichkeit. Doch das Verlangen verging ebenso rasch wie die Kindheit, die all das in sich geborgen hatte. Auch in meinem Kopf sang das Koks und wenn man dieses Singen hört, dann kann aus jeglicher körperlichen Nähe Sex werden. Shamash zog sich empört zurück, als sich meine Lippen von seiner Wange auf die Suche nach seinem Mund begaben. Aber ich brachte ihm mit eben dem Kuss zum Verstummen, den er abzuwehren versucht hatte. Er seufzte; ich glaube aus Resignation und Verzweiflung. Und ich mimte Scudder aus dem Film *Maurice*: »Jetzt kann uns nichts nie mehr trennen.« Ich sprach die Worte mit einem Somerset-Akzent, nicht mit Johnnys Sozialbau-Akzent.

In diesem Satz steckte Romantik, eine Romantik, die auch Shamash nicht entging. Ganz tief in seinem Herzen hatte ihn schon immer große opernhafte Leidenschaft zu verzaubern vermocht, Himmel und Erde im Kampf vereint, darüber Walküren-Stimmen zu einer schrillen Arie angeschwollen, die die Götter milde stimmte und das Tor zum Walhall öffnete. Er war diesem Konzept eher zugeneigt als meiner vulgären Varieté-Version des modernen Schwulseins mit geschminkten Gesichtern und Bühnengetrampel, mit Krawall-Liedern und der schwülen Atmosphäre hinter der Bühne, wo man getrost mit Sex rechnen durfte. Und von diesem Moment an glaubte er an meinen Satz aus Maurice; er bedeutete den Gang an Bord der *MS Impossible* mit Kurs auf Länder, die man auf keiner Karte verzeichnet fand. Von dem eisigen Sturm, der sich in der Ferne bereits zusammenbraute, ließen uns die Wildheit und das Feuer jener Nacht noch nichts spüren.

Nach dieser Kapitulation, nachdem wir beide unsere Schüchternheit nun endlich aufgegeben hatten, begann er, sich von seiner Rolle als Elternteil zu verabschieden. Er wurde zum

Liebhaber und zwar zu einem wilden. Wir mussten jedem Augenblick seine Einzigartigkeit verleihen, seine Ekstase, seine Heimlichkeit.

Geheimnisse. Davon hatten wir schon so viele, aber von diesem hatte ich immer geträumt. Ich hatte mich danach gesehnt, ihn als Mann zu sehen, nicht als Vater. Ich hatte verzweifelt darauf gehofft, dass er mir diesen Teil von sich offenbaren würde. Mir tat alles weh vor Glück, als ich ihn schließlich soweit gekriegt hatte. Sein allzu vertrautes Gesicht, sein Duft, sein zuweilen aufgesetztes Gebaren – so ungewöhnlich für einen Tänzer. Ich beobachtete, wie die Lust über die Melancholie in seinen Augen siegte, wie seine Zunge endlich der Aufforderung meines einladenden Mundes nachkam und seine entfesselte Kraft und Leidenschaft ihn dazu brachte, mich in die Arme zu schließen wie ein Baby, so wie auch Ashley es getan hatte. Endlich beherrschte er mich und unsere tropfenden Schwänze gingen aufeinander los wie scharfe Hunde in einem pornografischen Kasperle-Theater. Seine Hände wanderten an meinem Rücken hinunter. Sie fanden die Spalte meiner Arschbacken und er spürte, wie es dort von dem Gleitgel klebrig war:

»Vas, du dreckiges, kleines Luder, du hattest das also alles geplant!«

»Nicht Vas. Johnny! Ich hab das alles geplant, Mann!«

»Fang bloß nicht wieder mit dem Johnny-Scheiß an, sonst ist gleich Schluss und wir hören sofort auf.«

»Klar doch, Martin, könntest du jetzt vor allem auch, stimmt's? Darf ich mal herzlich lachen?«

Und Johnny hatte Recht. Er hörte nicht auf.

In dieser Nacht fickte mich Shamash dreimal. Irgendetwas wurde da exorziert. Ich funktionierte wie eine gut geölte Maschine; ich war mittlerweile eine gut geölte Maschine – alles klappte reibungslos, war so erstaunlich schnell wieder einsatzfähig.

Da war ich nun, ein süßes, verbotenes Betthupferl, bestens von Ashley eingeritten, von einem Lehrer benutzt und Komplize eines Strichers. Ich war ein Freak, daran konnte es nicht den leisesten Zweifel geben, aber Flittchen gibt's nun mal überall, männliche und weibliche. Die Leute lieben Sex-Freaks, Ficks mit Asozialen, schön versaute Jugend; blutjunge, gesetzlich verbriefte Notzucht, Knaben-Überraschungspakete. Wobei die Überraschung darin besteht, dass er dich da ranlässt, wo man eigentlich erwartet, dass er es noch schont, behütet und aufspart. Überraschung ist die neue Währung, die zu verhökern er bereit ist. Er verhökert sie ohne Ende. Ein Arschloch, das mehr abwirft, als ein Geldautomat an einem Samstagabend. Er ist dir in seinem Verführungsspiel immer zwei Schritte voraus. Eine unwiderstehliche Nymphe, ein Lust-Engel, vom Himmel herabgesandt, um denen, die es verdient haben, Freude zu spenden; oder eine Abscheulichkeit, um die moralisch Unterbelichteten in die Falle zu locken.

Ich hätte mit dem Ficken Karriere machen können; vielleicht habe ich das sogar. Ich hätte bis ins Unermessliche ausgeschlachtet werden können. Shamash hätte mich an irgendeinen Pariser Pornoproduzenten verkaufen können und ich hätte die letzten drei Jahre damit zugebracht, von Drogen benebelt in einen Pornofilm nach dem anderen zu spielen. Die hätten mir immer größere Sachen in den Arsch schieben können, bis ich wie so ein passiver Faustficker geendet wäre, der fast einen Darmvorfall erleidet, wenn der Unterarm wieder rauskommt. Davon gibt's Filme. Ich hab sie gesehen.

Aber so ist es nicht gekommen. Mein Sex, meine unkontrollierbare Libido, wurde von Shamash gehütet und geheim gehalten und (überwiegend) auch nur von ihm in Anspruch genommen. Er erlaubte mir, mich zu entpuppen und das zu werden, was ich wirklich war und das hütete er. Er fickte mich so hart, wie ich es wollte. Er ging bis an die Grenzen, um die ich ihn bat. Ja, wahrscheinlich winselte ich auch und unser Sex war durchhtränkt von Spucke, Gleitgel und Körpergeruch. Wir waren intim bis in alle Extreme. Er fickte mich und sagte: »Menschenskind, Kleiner, was machen wir hier eigentlich, das ist nicht gut, es ist zu gut um wahr zu sein.« Unsere ganze Reise fand unter einem einzigen Schleier von Sex statt, war eine einzige Umgestaltung unseres Verhältnisses. Es war zu gut, um wahr zu sein; wir konnten einfach nicht aufhören. Ich habe nicht einmal auch nur ans Aufhören gedacht und Shamash wusste, dass ich die Schwachstelle bildete, dass ich das Risiko verkörperte. Er musste mich einfach immer wieder ficken und mich wie einen Schubkarren auf meinen achtzehnten Geburtstag zuschieben. Ich wollte immer nur noch mehr Sex, mehr Liebe, mehr Berührungen und er schien stets bereit zu sein, mir das alles zu geben, mir, seinem verkorksten, monströsen Kind.

Dieser Wandel in unserem Verhältnis hielt mich nach unserer Rückkehr davon ab, weiterhin zum Taylor Square zu pilgern, wo ich hätte abgemurkst werden können. Er verlieh mir ein neues Selbstwertgefühl. Ganz plötzlich war ich wahrlich sehr erwachsen geworden. Ohne Sling und Harnisch kann man im Schlafzimmer nicht viel erwachsener werden. Und trotz allem waren wir beide doch auch wie Kinder. Wenn sich Liebende einander in dem Ausmaß offenbaren, wie wir es getan hatten, findet etwas Archaisches, etwas Erinnertes statt. Eine Art spirituelles goldenes Zeitalter.

»Das ist der Garten, Schatz, die Erinnerung an den Garten. Die Erde ist nur der Himmel, den man dunkel durch ein Stück Glas schimmern sieht.« Brigittes Erkenntnisse überfallen mich zu den unmöglichsten Zeiten; aber das Stück Glas wird erst noch dunkler werden müssen.

Ich dreh mir jetzt einen Joint. Ich hab jetzt wohl genug von dieser Episode erzählt. Ich hätte schon noch tiefer in die Eingeweide gehen können, den Blick noch näher draufhalten, wie das rosa Fleisch zurückgleitet und das harte Glied eindringt und wieder herausgleitet. Ich hätte Euch das Durchbumsen liefern können, wie es Euch die Pornos geben. Das vollständige Rausgleiten des Schwanzes, bevor er wieder in seiner ganzen Länge eintaucht. Schnelle, kurze, heftige Stöße, wie von einem Schwert, rein in das geschmolzene Gestein und wieder raus, ein Vorstoßen und Zurückreißen, das von dem leisen Wimmern des gequälten Gepfählten begleitet wird. Immer rein und raus geht das Schwert. Der Gral, die Qual, man hört sie in dem Wimmern. Aber das wäre eine Pornotechnik, die den Kameras und den Zuschauern zugute käme. Wenn ich ihn erstmal in mir drinhatte, dann wollte ich nie, dass er rausglitt, bevor er fertig war. Ich hätte rückwärts dagegen gedrückt, um sein Entziehen zu vereiteln.

Ich denke über meine Story nach und frage mich, ob ich sie verkaufen könnte mit der Maßgabe, dass sie sie genauso drucken, wie ich sie niederschreibe. Wir glauben ja gerne, dass wir die Kontrolle haben, dass wir unser Schicksal selber gestalten und die Zeichen erkennen, sobald sie sich zeigen. Den ganzen Kram von Brigitte eben. Aber ich frage mich dennoch.

Und während der sexy Drogenplüsch mich langsam einlullt, komme ich zu dem Entschluss, dass es doch noch nicht zu spät zum Ausgehen ist. Jedenfalls an den Ort, der mir vorschwebt.

COURTNEY

»Wir haben's nicht getrieben, er hat mich bloß geküsst und dann angefangen, an mir rumzufummeln, mehr nicht.«

»Du bist eine dreckige Schlampe, Mandy, du gehst doch mit jedem mit, Flittchen.«

Solche Wortwechsel kann man samstagabends deutlich von meinem Fenster aus hören und zwar so deutlich, dass ich nicht anders kann als teilzuhaben. Wenn die Leute auf Droge sind, liegt so eine Rohheit und Ehrlichkeit in ihrer Stimme. Ich kann sie durch meine Jalousie sehen; sie glauben, es handele sich um einen unbemerkten, privaten und hässlichen Augenblick ihrer Affäre, für mich aber ist es, als würde ich mir einen gruseligen Film ansehen, den ich einfach nicht abschalten kann.

Sie ist ein hübsches Mädchen mit einem herzförmigen sexy Gesicht und einer Frisur wie aus *Melrose Place.*

Wenn es ein Film wäre, hätte sie mich schon auf ihrer Seite. Wenn es um das Thema Untreue geht, bevorzuge ich immer die Vergebung. Ihr Kleid ist so ein winziges Satin-Teil mit Spaghettiträgern, die Schuhe so Plateau-Dinger mit Schnallen à la Joan Crawford. Er ein aufgepumpter Dunkelhäutiger, wahrscheinlich randvoll mit Steroiden und ich frage mich, ob er wohl gleich so einen typischen Anfall von Steroid-Tollwut kriegen wird. Ich höre schon das Kreischen, wenn er sie wie eine Lumpenpuppe durch die Gegend schleudert, bis sie kaputt geht.

»Du hast doch gesagt, ich soll 'ne E schmeißen, es ist eben einfach passiert. Mensch, Stav, kannst du's nicht einfach dabei belassen? Ich hab immer noch Lust – komm, gehen wir nach

Hause, mich interessiert doch kein anderer. Ich liebe doch meinen großen griechischen Sexgott.«

Sie versucht, ihn zu beschwichtigen; ihre langen roten Nägel kneten seinen Bizeps und erinnern ihn an andere köstliche Momente, als er sich zu sehr in ihrer Weichheit verloren hatte, um die Schärfe ihrer Fingernägel überhaupt wahrzunehmen. Sie reibt den Satin ihres Kleides gegen seinen Oberschenkel. Einen Moment lang glaube ich, dass sie es schafft, ihn zu besänftigen – sie weiß, wenn es ihr gelingt, seine Lust zu wecken, dann hat sie schon so gut wie gewonnen. Ich habe Mitgefühl für dieses Mädchen, dieses arme Hetero-Mädchen, dem in seinem Leben kein Platz für eigene Erkundungen gewährt wird. Für die beiden ist Liebe ein strukturiertes Herrschaftssystem, das selbst durch Ekstase nicht aufzuweichen ist. Ihr Ruf steht auf dem Spiel. Er schubst sie von sich. »Ich will nicht, dass jemand mein Mädchen anfasst, verstanden? Aber wenn du 'ne Nutte sein willst, lass ich dich eben einfach hier stehen, das wird dir 'ne Lehre sein, Schlampe.«

Jetzt höre ich den Türöffner seines Wagens piepen, ein Mazda RX7 oder sowas. Er steigt ein, lässt den Motor an und heizt davon, vorbei an anderen Opfern dieser Samstagnacht, vorbei an Flaschen, Kotze, Nadeln, Kondomen und Hundescheiße, die alle ihr Plätzchen in den Straßen von Darlinghurst behaupten.

Während der Wagen in die Ferne davonrauscht, bleibt mir ihr Gewimmer vor meiner Haustür. Soll ich sie reinbitten oder den Gefahren der Nacht überlassen und darauf warten, dass ein Bild von ihr erscheint, wie sie in einem Müll-Container liegt oder nackt und zusammengetreten in einer der vielen kleinen Seitenstraßen hier in der Gegend, die wie geschaffen sind für Vergewaltigung und Mord? Ich stelle mir vor, wie ich ihr Kleid blutverschmiert in meiner Mülltonne finde oder wie es von irgendeiner Bestie als Knebel benutzt wird, während sie mit zusammengepressten Knien schlotternd in ihrem Spitzenschlüpfer dasitzt und versucht, die Stelle zu verbergen, die ihr heute Abend schon einmal solchen Ärger eingebracht hat. Ich fertige eine Phantomzeichnung des Monsters an, das diesen perfekt aussehenden, begrenzt haltbaren Gebrauchsartikel zu Fastfood und Müll macht. Eine böse Überraschung für die Sozialarbeiter morgen früh oder ein fahlgesichtiges Zeugnis der Gefahren von knappen Kleidchen, Drogen und den Nightclubs auf der Oxford Street. Stop schreie ich mich selber an. Ich mache die Wohnungstür auf und sie bekommt einen Schreck.

»Ich hab das alles eben mitgehört. Willst du auf 'ne Tasse Tee reinkommen? Du kannst da doch nicht einfach so rumsitzen, sonst nimmt dich noch der Erstbeste mit.« Ich versuche, noch schwuchteliger zu klingen als normal, damit sie nicht denkt, ich wäre ein Sexualmörder.

»Oh Gott, tut mir Leid. Man denkt gar nicht daran, dass hier Leute wohnen, ist mir echt peinlich.«

»Unsinn. Mich haben auch schon tausend Leute angegrabbelt, wenn ich 'ne E genommen habe. Dein Typ klingt wie 'n richtiges Arschloch.«

»Ach, manchmal ist er richtig süß, er ist bloß immer so besitzergreifend, wenn er gesoffen hat.«

»Hör mal, Schatz, wer seine Freundin mitten in der Nacht hier auf der Straße sitzenlässt, der ist es nicht wert. Soll ich dir 'n Taxi rufen?«

»Nee, schon gut, der kommt wieder – is' nicht das erste Mal.«

»Lustiges Spielchen«, erwidere ich. »Gewinnt da eigentlich auch mal einer?«

»Manchmal.«

Und so sitze ich morgens um halb drei im Sarong im Wohnzimmer – mit dieser hübschen Tussi, die zu niedlich ist, als dass man sie nicht mögen könnte, die ich andererseits aber auch kaum als Seelenverwandte bezeichnen würde. Ich mache also Tee und baue einen zweiten Joint, wer kommt da reingeschneit? Essie und Macca (meine Kurzformen für Estelle und *Marie Claire*). Ich brauche nicht zu erwähnen, dass sie ihre Spitznamen nicht leiden können, aber scheißegal, wenn die meinen, zu jeder Tages- und Nachtzeit hier aufkreuzen zu können, dann kann ich sie ja wohl nennen wie es mir passt.

»Wir haben Licht bei dir gesehen, als wir vorbeigefahren sind und wir würden natürlich nur äußerst ungern etwas verpassen.«

Sie kommen rein. *Marie Claire* trägt einen engen silbernen Hosenanzug; sie hat Engelsflügel auf den Rücken geschnallt und eine Taucherbrille baumelt ihr um den Hals. Und Estelle schockt sogar mich mit ihrem (wie sie es nennt) ›Barbie-Outfit‹. Ihre Haare sind dauergewellt und kreischrosa gefärbt. Auf dem Kopf trägt sie rosa Baby-Plastikhöschen mit weißer Spitze; durch jede Beinöffnung hat sie einen ihrer pinken Pferdeschwänze gezogen. Des Weiteren trägt sie ein bauchfreies Barbie-T-Shirt (wahrscheinlich für ein sechsjähriges Kind gedacht), das glitzert (ihre sogenannten Prinzessinnen-Pailletten), einen blitzeblanken Barbie-Schulranzen und taubenblaue Plateaustiefel mit rosa Schnallen, auf die sie eigenhändig ›Barbie-Muschi‹ gestickt hat.

Sie kommen gerade aus dem ›Kafae Phuc‹, wo sie ein neues Stück mit dem Titel ›Girlie Bitz‹ aufgeführt haben, das angeblich gemischte Reaktionen beim Publikum hervorgerufen hat. »Das typische Vorstadt-Heten-Samstagnacht-Publikum«, meint *Marie Claire.*

Ich stelle den beiden Mandy vor, die sich inzwischen wieder etwas gefangen hat und versuche darüber hinaus mich so zu benehmen, als würde ich sie kennen, damit sie es sich nicht so zu Herzen nimmt, wie eine Nutte auf der Straße sitzen gelassen worden zu sein.

Aus irgendeinem Grund fange ich an, Mandy gegenüber Beschützer-Gefühle zu entwickeln und als ich bemerke, dass sie auch noch so eine CC-Handtasche bei sich hat, schlage ich ganz beiläufig ein Kissen auf und decke das unmögliche Täschchen mit einem anderen Kissen zu. Ich weiß, wie fies die beiden Mädels werden können, insbesondere, wenn sie diverse Cocktails intus haben und Gott weiß wieviel Acid. Die Mädels schmeißen sich an sie ran und bringen ihre Avon-Beraterinnen-Stimmen zum Einsatz. Ich merke, dass Mandy mehr als nur etwas eingeschüchtert ist.

»So ein hübsches kleines Kleid, Mandy, hasssst du dassss von Ssssportsgirl oder Portmanssss?«

»Von Portmans«, antwortet Mandy und weiß nicht so recht, ob Portmans nun besser oder schlechter ist als Sportsgirl.

Ich funkele die Mädels an und mein Blick sagt, ›Reißt euch bloß zusammen‹. »Mandy hat gerade 'nen kleinen Streit mit ihrem Freund hinter sich.«

»Mit meinem Mann, besser gesagt«, korrigiert sie, so als verleihe diese Tatsache ihrer Beziehung automatisch gleich tonnenweise mehr Sicherheit und Geborgenheit. Und ich denke, Mein Gott, die kann doch unmöglich älter als zwanzig sein. »Wir wollten eigentlich unsere ersten sechs Monate zusammen feiern, aber ich hab das ganze wohl gründlich vermasselt wegen der E, die ich genommen habe.«

»Sei nicht albern, Mandy, er hat sich wie ein Arschloch aufgeführt«, sage ich.

»Er wird eben bloß schnell eifersüchtig, er ist halt unsicher. Viele Typen zeigen so ihre Unsicherheit, ich hätte ihn eben nicht so enttäuschen dürfen, ich hab nun mal Scheiße gebaut und das nicht wieder glattgebügelt.«

»Nun mach aber mal halblang, Mandy«, kreischt *Marie Claire.* »Du bist doch noch ein Kind, du solltest überhaupt nichts glattzubügeln haben, noch nicht mal seine verdammten Hemden. Frauen sollten tun dürfen, wozu sie Bock haben und solche Wichser-Typen sollten bloß dann von Frauen befriedigt werden, wenn die auch dazu Lust haben.« Jetzt flattert *Marie Claire* übertrieben aufgeregt mit ihren Flügeln. »Und selbst dann sollten diese Idioten darum betteln, wie – ein kleiner Köter um sein Fresschen.«

»Fressschen, Fressschen«, trällert Estelle, streicht sich über ihre Locken und macht eine große rosa Blase mit ihrem Kaugummi. Sie zerknallt und ich rieche das künstliche Fruchtaroma quer durch das ganze Zimmer.

Macca ist selbst noch jünger als Mandy. Mandy starrt sie an, als käme sie von einem anderen Planeten. Aber Macca fährt fort, »Alle penetrierenden Beziehungen schließen automatisch

Missbrauch ein, ein Penis kann nun mal nur plündern.«

Estelle, die die ganze Zeit zu irgendeiner geheimen Musik in ihrem Kopf geschaukelt und bislang kaum ein Wort gesagt hat, sitzt auf der Couch und fängt jetzt plötzlich an zu zischen. Gerade hat sie das Goldkettchen und die Lederriemen der Handtasche entdeckt, die ich doch verstecken wollte und fingert nun verächtlich daran herum.

»Guck mal, *Marie Claire*, eine Chanel-Tasche. Die lieben wir doch, nicht wahr, Muschi?« Macca sieht zu der Tasche rüber und verzieht das Gesicht.

»Die machen sich wunderbar neben einer Leiche.« Mandy wird langsam unruhig, doch genau in diesem Augenblick hörten wir das Röhren des RX7, wie er durch die Straßen kreuzt und sein verlorenes Accessoire sucht.

»Das wird Stavros sein«, sagt sie und reißt Essie die Tasche aus der Hand, die ihrerseits Mandys Hand festhält und auf ihren Ring starrt. »*Marie Claire*, guck doch mal der Ring, schön, nicht wahr?«

»Ja ja, schon möglich«, sagt Macca, ohne sich überhaupt umzudrehen. Sie ist vollauf damit beschäftigt, aus dem Fenster zu spähen, um zu sehen, was der laute schwarze Wagen da wohl bringen mag. Mandy befreit ihre Hand und weiß in ihrer Naivität immer noch nicht so recht, ob sie sich nun geschmeichelt oder beleidigt fühlen soll.

Dann öffnet Mandy die Tür, damit Stavros sie sehen kann. Er steigt aus dem Wagen und kommt über die Straße geschlendert, einen verdatterten Ausdruck in seinem dümmlichen Gesicht. Sie benimmt sich, als sei vorhin nicht das Geringste vorgefallen, wie eine brave kleine Ehefrau ohne eigene Bedürfnisse.

Sie marschieren zusammen zum Auto zurück und er murmelt, »Was sind das denn für komische Schnepfen?« Ich höre gerade noch, wie sie ihm antwortete: »Ich weiß nicht mehr, wie sie heißen, aber eine heißt *Vanity Fair* oder so. Ich glaub, das sind Lesben.«

Sie ist ein bisschen wie ich – kümmert sich nicht weiter um

den Preis. Sie wollte was und hatte keine Lust, ihre E zu vergeuden. Wer weiß, wie lange sie sich noch so behandeln lässt? Vielleicht ist genau das ihr Spiel: Er verzieht sich beleidigt und kommt zu ihr zurück, wenn seine Wut nachlässt. Jetzt wird sie ihn mit ihrem zarten kleinen Mund stillen können, mit diesem Mund, der keine eigene Stimme hat aber dennoch bisweilen laut und vulgär werden kann, was ihr gar nicht steht; das sind dann Momente, die uns alle gefährden, jedenfalls zumindest mich. Eine genetische Schwäche, die dafür sorgt, dass viele Leute uns haben wollen, uns aber keiner behalten will. Ich frage mich, ob Leute wie wir jemals ihre Bedürfnisse unter Kontrolle bekommen. Wie dem auch immer sein mag, ich habe jetzt erstmal die zwei Darlinghurst-Debütantinnen am Hals, bis ihre Drogen nachlassen oder ich einschlafe.

»Wo hast du die denn in ihrem kleinen ›Fick mich‹-Kleidchen aufgegabelt?«, fragt mich Macca.

»Der Klapperstorch hat sie an meiner Tür abgegeben. Die beiden werden jetzt wahrscheinlich ganz kuschelig und fickerig vom E sein; ihren kleinen Streit haben sie ja nun hinter sich. Sie liebt ihn nun mal«, sage ich und ahme ihren Tonfall nach.

Essie fängt an *Ich will ihn lieben, ehren und ihm dienen...* zu singen.

»Welche blöde Tussi würde sich in Gottes Namen schon darauf einlassen, ›ihm zu dienen‹? Dieses kleine hässliche Entlein schon mal gar nicht, soviel ist sicher«, sagt *Marie Claire* und befiehlt Essie, ihr ein Glas Wasser zu holen, während sie selbst meine CDs nach Strawpeople durchforstet.

Ich ziehe nochmal an dem Joint und wünschte, ich hätte für mich etwas aus dem Abend gemacht. Essie hat ihren Ranzen auf dem Fußboden ausgeschüttet. Sie hat zwei Barbie-Puppen darin, ein paar Tampons, Hustentropfen und mehrere Outfits für die Puppen, die von abenteuerlicher Outdoor-Kleidung bis hin zu glamourösen Hollywood-Abendkleidern reichen. Die überlegt hin und her, was ihre Puppe um vier Uhr morgens am besten tragen soll. Macca versucht, die Schnur zu entwirren, mit der sie ihre Flügel flattern lassen kann. »Scheiß Dinger, diese Engelsflügel – nebenbei gesagt haben die mich achtzig Dollar gekostet.«

JABBADABBADUU

Für mich ist Sydney wie ein Gefängnis. Ich kann nie wirklich glauben, dass ich hier bin. Warum bleibe ich? Wo könnte ich sonst hin? Für Potts Tickets und Programmhefte zu verkaufen und Gruppenreservierungen entgegenzunehmen ist nicht gerade eine sonderlich wertvolle Erfahrung auf dem Arbeitsmarkt. Wenn ich Kellner wäre, würde ich in irgendeinem Ferienort arbeiten. Aber ich bin ein Häftling. Auf einer Insel würde ich es gerade mal fünf Minuten aushalten; ich würde mich zu Tode langweilen. Ich brauche im Moment nun mal die steinernen Straßenschluchten, die Fickschuppen und den Schmutz. Ich hasse die Stadt, weil ich mich selber hasse; ich kann nicht mit ihr und doch nicht ohne sie leben.

Heute komme ich langsam runter: von Speed, Acid, vom Alkohol und irgendeinem dubiosen Beruhigungsmittel, das mir ein zweifelhafter Bekannter eingetrichtert hat. Als David vorbeikam, habe ich gemerkt, wie enttäuscht er war, mich noch um elf Uhr mit einem Kater im Bett vorzufinden. Egal, ich zähle nicht mehr zu seinen Angelegenheiten und kann verdammt gut ohne andere Leute und deren Urteil auskommen. Ich kann nur mir selbst die Schuld geben, an allem, wie es scheint, obwohl ich Shamash danach nie wieder betrogen habe, zumindest nicht absichtlich.

Letzte Nacht hatte ich gleich mit mehreren Typen Sex. Ich saß in der Cafeteria einer Sauna und sah durch den gläsernen Fußboden auf das darunter liegende Schwimmbecken hinab. Ich beobachtete die nackten Schwimmer; es war wie ein zum Leben erwachtes Bild von David Hockney. Ich war ziemlich fertig und neben der Kappe und wenn man sich so fühlt, glaubt man immer, dass die anderen auch so drauf sind. Auch wenn ich zugeknallt bin, gelingt es mir (meistens), Safer Sex zu machen und doch staune ich immer wieder, wie viele Leute es nur zu gerne auf die gute alte Art machen würden. Du musst schon ziemlich geistesgegenwärtig sein, sonst verschwindet dein Schwanz mir nichts, dir nichts in irgendeinem gierigen Arschloch. Umgekehrt musst du aber auch aufpassen, dass dir kein eingeschmierter Schwanz ohne Kondom hinten reinkommt. Es ist der reinste Dschungel!

Irgendwann habe ich schließlich einen Typen gefistet. Ich hab das noch nie vorher gemacht. Es war einer von den ganz harten Fällen. Ich ging in eine Kabine, wo er sich schon mit der Poppersflasche im Anschlag aufgebaut hatte. Irgendwie kam die Nummer mit ihm gut in Gang, wenngleich ich eigentlich nur halbherzig bei der Sache war und ihm zwei Finger reinsteckte; doch eh ich mich's versah, hatte sich der Typ ganz geschickt zurechtgewunden und wummm! Plötzlich war meine ganze Faust drin. Er zuckte kaum mit der Wimper und ich musste so bei mir grinsen und an Owen und seinen Spruch mit dem Hund und den Knochen denken. Was mich besonders erstaunte, als ich meinen Unterarm erstmal bei ihm drin hatte, war das Gefühl, wieviel Platz da eigentlich war. Es war wie eine riesige Kammer, wie so ein schwarzes Loch bei *Star Trek* – ein Raum-Zeit-Kontinuum. Das Ganze hat mich vor allem auf klinisch-medizinische Weise fasziniert.

Er schnüffelte sein Poppers und meine Faust war für ihn das Instrument, das ihn im Kopf seinen eigenen Film fahren ließ; er war irgendwo ganz anders, surfte in einem parallelen Universum. Ich musste daran denken, wie extrem die Sexualität dieses Menschen war, was für einen schlappen Fick sein Arschloch hergeben würde – wie wenn man eine Salami in einen Korridor wirft. Und während ich da drinnen so meine Faust hin- und herdrehte, dachte ich, der hat sich das Ficken selber versaut, er hat seinen Körper verändert und sich in einem

Maße gedehnt, dass ein geschmeidiger, sanfter Fick gar nicht mehr in Frage käme. Ich drehte an dem riesigen Stahlring, der in seiner Brustwarze steckte und erst dann begann er zu stöhnen. Von den Drogen musste ich lachen; ich dachte, hier bin ich nun, den Arm fast bis zum Ellenbogen versenkt und in einer derart mächtigen Position, dass ich ihn wahrscheinlich sogar umbringen, ihn von innen nach außen krempeln könnte, doch die einzige Reaktion, die ich von ihm kriege, kommt erst, wenn ich seine gepiercten Titten anfasse.

Ich hatte Angst um den Typen, Angst vor der Verletzlichkeit, der er sich aussetzte. Er wollte die Faust, nicht mich, wahrscheinlich wäre ihm jede Faust recht gewesen. Eine Faust und Poppers, das war seine Eintrittskarte ins Nirwana. Ich zog meinen Arm zurück, weil meine Faszination nachließ. Ich merkte, dass das nichts Sexuelles für mich war, es war eher wie eine Operation. Es war sowas, was Ren und Stimpy machen würden, wenn sie nicht gerade im Kinderprogramm zu sehen waren. Drogen sind schon seltsam; sie verwandeln Augenblicke surrealer Offenbarung, Momente äußerster Erniedrigung und Verdorbenheit in irgendeinen abgefahrenen Comic-Strip. Jabbadabbaduu!

So saß ich da, versunken in das Blau unter mir, Dantes Inferno. Da unten kochte ein Sumpf von geölten Muskeln, Haut und Knochen, eine Erwachsenen-Party, wo Fleisch unaufhörlich Fleisch umschlang so wie bei *Alien*, um ineinander einzudringen und dann wieder neue Form anzunehmen, während es sein schreckliches Treiben unentwegt fortsetzte. Ich dachte darüber nach, wie sehr ich diese Sauna liebte, wie ich die Sicherheit in der Sauna liebte, wie ich für immer in ihrer Dunkelheit bleiben könnte.

Ich war auf dem Trip, dachte, wie sehr mir dieses Paralleluniversum gefiel, das die Droge in meinem Kopf öffnet – wie ich es für real halte, was es ja in dem Moment auch war. Manchmal kann ich einfach nur dasitzen und mich richtig geil fühlen. Wie ein kleines Kind oder ein Superheld in einem Action-Comic. Einen Moment fühlt sich mein Schwanz dann noch an, als ob er jemand anderem gehört, im nächsten Moment ist er dann wieder regelrecht meine Seele. Wenn das passiert und ich mir vorstelle, dass ihn dann jemand zu heftig bläst, bilde ich mir ein, ich würde direkt durch einen Tunnel in den Himmel, in die Hölle oder an einen anderen abgefahrenen Ort fallen. Dann ist es wieder ein anderes Gefühl, zum Beispiel bei Acid, wenn man richtig zugedröhnt ist und von irgendeinem potenziellen Partner angelabert wird, wenn es um Sex geht nach dem Motto, ›Worauf hast'n Bock‹ oder ›Fickst du gerne‹ und man dasitzt, während der andere an deinem Schwanz rumspielt, du aber an nichts anderes denken kannst als an innovatives Cocktailglas-Design oder neue Achsenkopplungsysteme von Wohn- oder Lastwagenanhängern.

So war es jedenfalls gestern Abend. Ich saß da einfach nur in den ätherischen Dämpfen der Sauna rum und dachte an nichts, außer halt an Schaufeln und Spaten, Autos und Züge, Kobolde und Blumen. Bis irgendein Typ anfängt, mir einen runterzuholen. Es machte mir nicht sonderlich viel aus und ich ließ ihn gewähren, weil es sich so anfühlte, als ob er Gleitgel in der Hand hatte und das ist nun mal ein nettes und angenehmes Gefühl, so als würde dir ein kleiner Baby-Engel die Seele lutschen. Nach einer Weile fühlte es sich dann aber doch etwas klebrig an, so wie wenn das Gleitgel nicht reicht und ich dachte ohnehin schon daran abzuziehen. Ich schob seine Hand weg und wie ich sie mir so in dem Dunst ansehe, merke ich, dass sie voller Blut ist. Das war kein Gleitgeil, das war Blut! Ich rastete total aus. Es war so, als ob man mit einer riesigen Spinne oder Schlange auf der Brust aufwacht. »Bist du verrückt oder was?«, schrie ich ihn an. Er aber grinste bloß idiotisch. Ich rannte zu den Duschen. Erst da kam mir der Gedanke, dass es vielleicht mein Blut war und nicht seins.

Ich versuche also, unter der Dusche, die jeder einsehen kann, nicht die Nerven zu verlieren. Ich schiebe mir die Vorhaut zurück, um nachzusehen, ob ich darunter eine Verletzung habe, ob ich überhaupt irgendwo verletzt bin, an den Eiern oder am Oberschenkel. Im Kopf sage ich zu mir, »Immer schön ruhig bleiben, Alter«, doch ein Teil von mir will einfach nur losheulen, weil ich so einen Schrecken bekommen habe. Andere Typen gucken zu mir rüber, was darauf schließen lässt, dass ich ernstlich beunruhigt wirken muss und ich frage mich, ob wohl irgendjemand das Blut gesehen hat. Ich finde keine Wunde und frage mich schon, ob da überhaupt Blut gewesen ist. Alles ist weg, in den Abfluss gespült. Ich sehe mich nach dem Typen aus der Sauna um. In Luft aufgelöst. Ich zittere vor Kälte und Angst. Wenn da Blut war, warum ist er dann nicht auch zu den Duschen gegangen, um es abzuspülen? Es gibt außer diesen hier keine anderen Duschen, die er benutzen könnte. Ich hasse solche seltsamen Vorfälle, wenn mich dann auch noch die Leute anglotzen, als wäre ich ein Monstrum. Die Jungs sehen nun mal nicht gerne Blut in der Sauna.

Heute hasse ich Saunen; ich hasse es, dass sie immer da sein werden und mich zu sexuellen Kontakten verführen, manchmal zu gutem, manchmal zu schlechtem Sex. Ich hasse die Tatsache, dass ich mich in dieser Hinsicht nicht unter Kontrolle habe, dass ich unfähig bin, jemand Neues zu lieben und selbst wenn ich es könnte, es würde doch nur zu all den anderen schlimmen Sachen hinzukommen. Hätte Shamash mich vor all dem bewahrt? Wer weiß. Wir mögen uns selber Angst einjagen, wir Schwuchteln, aber wir sind, was wir sind und wir haben nun mal ein paar ganz außergewöhnliche Erlebnisse bei unserem endlosen Streben nach dem, was wir suchen – was immer das auch sein mag, vorübergehendes Vergessen oder ewige Ruhe.

Nach London und der dortigen Szene war es schwer, wieder zur Schule zu gehen. In diesem Jahr fand ich mich obergeil; alles war langweilig, Kinderkram, wenn man mich fragte. Sogar Owen fand, dass ich ein bisschen sehr von mir überzeugt war. Ich war wie ein verwöhntes Gör, wie eine Tochter aus Texas. Die Jungs guckten *Capital City* und träumten von ihrem unternehmerischen Potenzial, das sich nun bald entfalten sollte. Selbst mir gefiel die Sendung, doch meistens wollten Owen und ich uns bloß zukiffen und dann auf unserem Zimmer Musik hören. Unsere Geschmäcker überlappten ein klein wenig, so dass wir die CDs spielten, die uns beiden zusagten: Stone Roses, The Orb – und manchmal ließ er auch Madonna gelten, die wir aber nur hörten, wenn wir eine richtig tuntige Nummer von ›Justify My Love‹ abziehen wollten. Owen genehmigte allerdings niemals die Pet Shop Boys oder Kylie. Wenn ich die einlegte, rastete er aus. Ich rang ihn dann nieder, damit er nicht an den Ghettoblaster rankam und ich sang ihm direkt ins Gesicht, »Better the devil you know, bla bla«. Er tat so, als leide er körperliche Qualen, nur wenn er schon ihre Stimme hörte. Oder ich tanzte im Zimmer herum und sang Lieder von den Pet Shop Boys mit; mein Lieblingslied war ›Being Boring‹ und was immer man auch gegen mich vorbringen konnte, langweilig war ich nie.

Irgendwann hämmerten die anderen Jungs gegen die Wand. »Usher, du verdammte Schwuchtel, halt die Klappe.« In diesem Jahr wurden die Beschimpfungen schlimmer. Ein paar Mal wurde ich sogar zusammengeschlagen. »Dein Vater ist eine schwule Sau und du auch.« ›Schwuchtelchen‹ nannten sie mich. Und ich bestritt es damals auch gar nicht mehr. Im Gegenteil, ich inszenierte es und verhielt mich total tuntig, wenn sie mich anmachten: »Usher, wie bist du eigentlich überhaupt zur Welt gekommen? Du bist aus einem Arschloch gekrochen.« Ich ließ die Arbeit schleifen und kiffte mich zu, wann es nur ging.

Und dadurch kam es dann auch zu einer anderen üblen Geschichte – der schlimmsten. Eines Tages ging ich alleine in den Park in der Nähe, um einen zu kiffen. An einem Ende stand ein öffentliches Toilettenhäuschen. Ich glaube nicht, dass es mich da mit festem Vorsatz hinzog, aber ich schielte doch immer aus den Augenwinkeln hin, um zu sehen, ob jemand sich da rumtrieb. Diesmal war ein Kerl da. Das Gras hatte mich echt aufgegeilt und so schlenderte ich hinüber, um den Typen näher in Augenschein zu nehmen. Ich trug den schuleigenen Trainingsanzug. Der sollte mein Vorwand sein, falls man mich erwischte. Ich joggte eben, »Training, Sir, für den Schulwettkampf.« ›Schwulwettkampf‹ wäre in diesem Fall wohl eher hingekommen. Der Typ auf dem Klo war ziemlich grob und tätowiert, was ich toll fand, aber er sah nicht besonders gut aus. Ich dachte, es würde bloß ein Quickie werden, was ja auch der Fall war, nur dass er absolut spitz darauf war, mich zu ficken. Ich sagte nein, nur Blasen. Aber er ließ sich nicht so leicht davon abbringen und versuchte zweimal, gewaltsam in mich einzudringen. Beim zweiten Mal schaffte er es auch. Ich stieß ihn von mir und rannte zu unserem Block zurück. So kam ich an diesem Abend also wirklich noch zum Joggen.

Am folgenden Abend wollte ich wieder einen rauchen gehen und ein Mitschüler, Stewart, sagte, dass er mitkommen wolle. Ich vermutete, dass auch er irgendwelche Schweinereien im Hinterkopf hatte. In diesem Alter muss man sich nun mal besaufen oder zukiffen, damit man für den Fall, dass etwas passiert, später das Gefühl hat, nicht die volle Verantwortung zu tragen. Er war nicht einer von den üblichen Kiffern, weshalb ich ihm eben eine versteckte Absicht unterstellte. Der Typ gefiel mir gar nicht so besonders, aber ich wusste ja, dass ich geiler werden würde, wenn ich erstmal einen geraucht hatte.

Und ich war dann auch geiler. Er ließ mich seinen ›legendären‹ Schwanz blasen und es gelang mir sogar, ihn dazu zu überreden, das gleiche bei mir zu machen. Der Trick war, darauf zu achten, dass der andere nicht abspritzte. Wenn er erstmal gekommen war, hattest du keine Chance mehr. ›ENDE DES SPIELS‹, sagt dir dein innerer Timer. Also brachte ich sie bis ganz kurz vorm Kommen und drückte sie dann vor mir in die Knie. Und spätestens dann wussten sie, dass auch sie etwas beisteuern mussten, wenn sie mehr wollten.

Am Ende holten wir uns gegenseitig einen runter. Ich merkte Stewart an, dass ihm das Blasen wohl doch eine Nummer zu weit ging. Hinterher fragte er leise: »Stimmt es, dass du mit deinem Dad Sex hast?« Damals dachte ich noch, dass Sarkasmus unter den Idioten in der Schule en vogue war. »Klar«, grinste ich. »Ständig.« Vielleicht sorgte das Gras dafür, dass mein Sarkasmus irgendwie ernst rüberkam, vielleicht war Stewart aber einfach auch nur ein bisschen unterbelichtet. Rückblickend glaube ich Letzteres, doch stellte natürlich seine Beteiligung an dem kleinen Vorfall auch ein gewisses Trauma für ihn dar.

Zwei Tage darauf verspürte ich beachtliche Beschwerden beim Pissen und ein Brennen im Arsch. Ich bat die Hausmutter darum, einen Arzt aufsuchen zu dürfen. Ich hatte gar nicht wirklich den Verdacht, mir eine Geschlechtskrankheit zugezogen zu haben, dachte aber, dass wenn es doch so sein würde, Ärzte so etwas wie einen Schwur abgelegt hatten, was bedeutete, dass sie die Angelegenheit vertraulich zu behandeln hatten. Zu dieser Zeit hatte ich noch nie mit wirklich unangenehmen Folgen von Sexualkontakten zu tun gehabt und war dementsprechend sträflich naiv, als ich in der Klinik ankam. Überdies fand ich, dass der Arzt bei meinen vergangenen Besuchen ziemlich in Ordnung gewesen war. Ein umgeknickter Fuß zieht allerdings auch nicht dieselbe Art von Untersuchung nach sich wie ein wunder Arsch und ein entzündeter Harnleiter.

Es war Tripper und ich hatte ihn an allen drei Stellen. Dieser dreckige Westküsten-Wichser musste randvoll davon gewesen sein. Auch Stewart suchte heimlich denselben Arzt auf, der den Tripper bei ihm aber nur an zwei Stellen diagnostizierte. Wir hätten uns zusammentun und irgendeine Geschichte verzapfen sollen, irgendetwas erfinden. Denn der Arzt in der Klinik von Savant war nicht so aufgeschlossen wie einige andere in Darlinghurst.

Ich sagte, ich hätte es mir bei einem Mädchen geholt, was natürlich bescheuert war, wo ich es doch auch im Hintern hatte. Dann sagte ich, es käme von einem anderen Jungen in der Schule. »Du hast also Analverkehr gehabt, ist das richtig?«, verhörte mich der Arzt. Ich wusste nicht, ob er sich dessen wirklich sicher war oder ob er nur versuchte, mich dahingehend einzuschüchtern, dass ich es gestand. Letzten Endes bekam er sein Geständnis; mir waren die Lügen ausgegangen. Ich konnte nicht schnell genug denken und sagte, dass ich nicht darüber sprechen wollte und dass es ihn nichts anging. Ich glaube, schon das alleine genügte ihm, um sexuellen Missbrauch in Erwägung zu ziehen. Stewart tischte ihm allerdings die komplette Geschichte auf, stritt aber nachdrücklich ab, mich gefickt zu haben. Blieb also die Frage, wer es getan hatte. Stewart sagte wahrscheinlich sowas wie: »In der Schule glauben einige, dass er mit seinem Vater Sex hat«, oder: »Er hat mir selber gesagt, dass er mit seinem Vater Sex hat«, irgendwas in dieser Richtung. Danach wurde das Ganze ziemlich abenteuerlich. Ich selber erfuhr alle Einzelheiten auch erst vor Gericht.

Der Arzt setzte sich mit meinem Hausarzt, Shamashs Freund Andrew, in Verbindung und besprach die Angelegenheit mit ihm. Andrew wäre wahrscheinlich nie in diese Geschichte verwickelt worden, wenn nicht noch ein unglücklicher Umstand eingetreten wäre. In derselben Woche hatte Shamash rein zufällig und ohne jeglichen Kontakt mit mir gehabt zu haben, genau dieselben Beschwerden an den Tag gelegt. Und er hatte Andrew aufgesucht, um sich behandeln zu lassen.

Als ich das nächste Wochenende nach Hause fuhr, war Shamash äußerst kühl: »Wir müssen ein Weilchen damit aufhören, Kleiner.« Wir spielten beide dasselbe Spiel. Andrew hatte Shamash nichts von mir erzählt und er erzählte auch dem Arzt in Savant nichts von Shamash, doch alle notwendigen Informationen waren ja in unseren Krankenakten vermerkt. Sowohl Shamashs als auch meine Krankenakte wurden auf Anfrage zur Verfügung gestellt. Und da stand alles schwarz auf weiß. Der Presse zufolge war die Hälfte aller schwulen Persönlichkeiten der Stadt angeblich in den Porno-Ring verwickelt. Ich war zu vage und zu unentschlossen geblieben, als es darum ging zu erklären, wo ich mir meinen Tripper eingefangen hatte.

Shamash bekannte sich für schuldig, als sich die Indizienbeweise vieler Jahre gegen ihn häuften. Meine Aussage, so kurz sie auch war, sorgte dafür, dass alles noch vertrackter aussah, so als hätte ich all die Jahre unter einer Art Hypnose gestanden. Ich erschien wie eine Mischung aus Linda Lovelace und einem

Pawlowschen Hund. »Am besten, du sagst so wenig wie möglich«, empfahl Shamashs Anwalt.

Während der zwei Monate zwischen der Verhaftung und der Anklageverlesung telefonierte ich heimlich mit Shamash. Wenn ich nicht in der Schule war, wohnte ich bei Owen. Owens Mutter war eine der drei ›vorübergehenden Pflegepersonen‹, die angeboten hatten, sich meiner anzunehmen. Auch Thel und David hatten sich angeboten und ich hätte beiden den Vorzug gegeben, doch das Gericht erachtete die Familie von Owen für am wenigsten befangen. Owens Mutter war ziemlich durch den Wind, zumal sie sich gut mit Shamash verstanden hatte.

Shamash blieb gegen Kaution in der Shadforth Street wohnen, bis die Journalisten es für ihn dort unerträglich machten und bis die angewiderten Nachbarn und der leere Theatersaal ihm vor Augen führten, dass Sydney ihm nicht länger zu Füßen lag. Die Aids-Organisationen, die er unterstützt hatte, wollten nichts mehr mit ihm zu schaffen haben und so nahm er sich unter einem falschen Namen ein Zimmer im Sebel und blieb dort, bis man ihm auf die Schliche kam und ihn hinauswarf. Gefühlsmäßig ging es jetzt immer weiter bergab mit ihm. Er versuchte mich telefonisch zu erreichen, aber wenn ich bei Owen zu Hause nicht selbst ranging, legte er einfach auf. Man hatte ihn unter Verdacht, mir nachzustellen.

Eines Samstags, zwei Wochen vor der Verhandlung, kündigten Owen und ich an, dass wir in die Stadt gehen wollten. Es war mir gelungen, am vorhergehenden Donnerstag mit Shamash zu sprechen, daher wusste ich, dass er im Hyde Park Plaza war. Ich vertraute Owen an, dass ich ihn dort treffen wollte und dass Owen im Park auf mich warten sollte.

»Alter, du bist echt komisch. Wenn er dich gefickt hat, dann solltest du dich doch wohl besser von ihm fern halten, meinst du nicht?«

»Das verstehst du nicht, Owen. Ich liebe ihn, ich bin alles, was er hat.«

»Schon klar, nur wenn er dich lieben würde, dann würde er

dich nicht ficken, nicht seinen eigenen Sohn. Du wirst nach all dem den Kopf tierisch voller Scheiße haben, Vas, du wirst durchknallen.«

»Das glaubst du also, du Votze, ja?«

»Hey, Alter, ich glaube gar nichts. Ich hab deinen Alten immer gemocht. Ich krieg das alles eben bloß nicht auf die Reihe. Wie lange fickt er dich schon? Ekelhaft. Ich meine, er sieht nicht schlecht aus und so, aber er ist dein Dad, verdammt nochmal. Wenn mein Alter mich anmachen würde, würde ich absolut ausrasten. Kotz!«

»Owen, ich will nicht, dass er in den Knast kommt, aber ich kann nichts machen. Ich will ihn bloß sehen, ein letztes Mal.«

Unser Treffen war wie großes Kino, schätze ich mal, wie so eine tragische Kriegsromanze, in der der Held dem Tode geweiht ist. Wahrscheinlich gefiel ich mir in der Rolle der Frau, die bereit war, jegliche Konvention und Moral über Bord zu werfen und nochmal mit ihm ins Bett zu gehen, bevor er starb. Ich dachte, wir hätten uns noch einmal lieben und umarmen, miteinander weinen und uns verzweifelt festhalten können. Aber natürlich kam es nicht so. Keine letzte Zigarette, kein abfahrender Zug, keine Abschiedsblicke.

Welch Ironie, dass es nochmal das Hyde Park Plaza sein sollte. Ich ging getarnt unter einem von Owens Baseballcaps, hatte es allerdings richtig rum auf, nicht so, wie Owen sie immer trug. Ich konnte gar nicht schnell genug in den Aufzug gelangen. Dann stand ich vor Shamashs Zimmer und er öffnete die Tür. Er war sturzbetrunken und sein Gesicht war rot und tränenverschmiert. Kaum hatte er mich gesehen, brach er auch schon zusammen. »Oh Gott, Vas, was habe ich nur getan? Ich will tot sein, ich trinke einfach so lange, bis ich sterbe.«

Das Zimmer sah chaotisch aus, wie eine Art Lager und das ›Bitte nicht stören‹-Schild hatte wahrscheinlich seit seiner Ankunft draußen an der Tür gehangen.

»Ich muss mich schuldig bekennen, Vas, es führt kein Weg dran vorbei. Ich wünschte, es gäbe die Todesstrafe noch. Wenn man mich doch bloß hängen könnte!«

»Hör auf, hör auf«, winselte ich schluchzend. »Ich werde aussagen, dass ich die Kontrolle verloren habe, dass ich drogenabhängig war. Ich sage alles, was dir helfen kann.«

Er fing sich für einen Augenblick, obwohl er noch immer schwankte. Er sah mich mit seinem typischen Ausdruck von Verwirrung an, diesem Unglauben, der fast schon an Verachtung grenzte.

»Bist du wahnsinnig, Vaslav? Johnny? Oder wer auch immer du bist? Was du sagst, macht nicht den geringsten Unterschied, selbst wenn du aussagen würdest, dass du mich vergewaltigt hast. Mein Leben ist im Arsch, Vas. Ich bin am Arsch, am Arsch, am Arsch! Ich bin ein einziges Stück Dreck, ein Sarkom im Gesicht der Schwulen und eine Schande für alle Väter und die gesamte verdammte Menschheit! Hau ab, Vas, versuch wenigstens du, etwas aus deinem Leben zu machen. Für mich gibt's nichts mehr zu bereden, ich trinke nur noch, damit ich endlich nicht mehr denken muss.«

Ich versuchte ihn zu halten, doch er schüttelte mich ab.

»Nein, Vas, kein Umarmen mehr, keine Liebe mehr und auch kein Sex, nichts mehr, verstehst du, gar nichts mehr.«

Und dann brach er zusammen und weinte, so als würde er jeden Augenblick sterben. Jetzt ließ er es doch zu, dass ich ihn hielt und wir weinten beide, bis plötzlich jemand gegen die Tür hämmerte.

»Mr. Usher, wir glauben, dass der Junge hier in Gefahr ist. Sie wissen, dass ein Unterlassungsurteil gegen Sie ausgesprochen wurde, das Ihnen zur Zeit jeden Kontakt mit ihrem Sohn verbietet. Wenn so etwas noch einmal vorkommt, müssen wir den Jungen in Schutzhaft nehmen und Sie verlieren ihre Kautionsberechtigung. Sie verstehen?«

Shamash weinte noch immer, aber lachte jetzt irgendwie auch dabei. »Jawohl, Herr Wachtmeister, ich vergaß, wie gefährlich ich bin, was für ein verabscheuungswürdiger Kleiner-Jungen-Schreck.«

Ein Hotelangestellter war gekommen und hatte die Polizei verständigt. Selbstverständlich wurde Shamash nach diesem

Vorfall auch aus dem Plaza rausgeworfen. Danach kam er schließlich irgendwo in den Blue Mountains unter, in einem Motel in Leura, glaube ich. Irgendwo, wo man ihn nicht erkannte und wo er bis zur Verhandlung bleiben konnte.

Die Polizei brachte Owen und mich zu Owens Haus zurück, aber nicht bevor ein Journalist, der irgendwie von dem Vorfall Wind bekommen hatte, ein Foto von mir schoss, wie ich das Hotel mit den Bullen verließ. Jeder kennt dieses Foto – mein Gesicht ganz fleckig und aggro-mäßig, während ich ihnen den Mittelfinger gebe. Es hat irgendeinen Preis gewonnen und landete auf dem CD-Cover einer Band, die ich hasse und auf dem Umschlag eines Buches über Kindesmissbrauch. Jeder kann es überall draufknallen, solange er nur für die Rechte der Zeitung löhnt. Es verhalf irgendeinem Arschloch zu Ruhm und wurde zu meiner Nemesis. Heute versucht David das ganze lockerer zu sehen und nennt es mein ›Jackie O‹-Bild; ich aber kann selbst heute das Bild noch nicht auf die leichte Schulter nehmen, denn jener Tag war – vielleicht – der schlimmste Tag meines Lebens.

Thelly musste vor Gericht Dinge offenbaren, die ihr das Herz brachen. Sie hielt der brutalen Befragung, der sie unterzogen wurde, nicht Stand:

»Also Mrs. Dawson, Sie haben es also nie als merkwürdig empfunden, dass Vaslav weiterhin bei seinem Vater schlief, selbst als er irgendwann ein Teenager war?«

»Sie hatten einander außerordentlich gern. Beide hatten eine recht tragische Vergangenheit.«

»Das mag ja sein, Mrs. Dawson, aber dennoch: ein fünfzehnjähriger Junge, der jedes Jahr aus der Schule genommen wird, um ins Ausland zu reisen – Hätten Sie das mit Ihren Kindern gemacht, als sie in dem Alter waren?«

»Wenn ich das Geld gehabt hätte, hätte ich es, mit Verlaub, wohl getan.«

Ich denke, Thel hat nichts begriffen. Sie hat mit Sicherheit nicht gewusst, dass Shamash und ich Geliebte waren, aber in ihrem Gesicht konnte ich sehen, dass sie, selbst als sie erfuhr, dass Shamash und ich die ›schlimmen Sachen‹ miteinander gemacht hatten, versuchte, so zu klingen, als sei auch das verzeihlich. Wenn jemand wirklich angewidert reagiert hätte, dann wäre sie diejenige gewesen, der ich am leichtesten hätte nachsehen können, aber sie tat es nicht. Sie wusste, dass mit dem Fall irgendetwas nicht stimmte. Und sie wusste auch noch etwas anderes.

Es wurde immer schlimmer für Thel. Sie sagte, dass ich immer schon den Eindruck gemacht hätte, einmal schwul zu werden, dass ich zum ›Drama‹ neigte wie mein Vater. Doch egal, was sie auch sagte, die Lage schien sich für Shamash nur zu verschlimmern. Er saß im Gerichtssaal einfach nur reglos da, mit aschfahlem Gesicht. Er sah so erbärmlich aus; Ich sah ihn an und dachte, er würde an seinem gebrochenen Herzen zugrunde gehen. Er aber sah mich im Gerichtssaal nicht einmal an.

Shamash gestand, dass er sich an seinem eigenen Sohn vergangen hatte – in diesem Stadium hätte er sich selbst als Massenmörder bekannt. Am letzten Verhandlungstag sagte er: »Ich würde gerne etwas erklären … ach nein … es hat ja keinen Sinn … es ist ein monströses Verbrechen.« Und als er das sagte, sah er mich zum ersten Mal an.

ERLEDIGT

Heute hat mich Shamash angerufen. Er klang total fertig.

»Hey, Vas, erinnerst du dich noch an den Abend, als wir in Brixton im *›Fridge‹* waren? Weißt du noch, wie die dich da nicht reinlassen wollten, weil sie nicht glaubten, dass du schon achtzehn warst?«

»War ich ja auch nicht. Du hast gesagt, ich wäre einer von deinen Tänzern und dass alle ›deine‹ Tänzer über achtzehn seien.«

»Und der Türsteher sagte, wenn wir wirklich Tänzer seien, dann sollten wir ihnen doch 'ne Show liefern; und dann holten sie noch andere Türsteher dazu und ich sagte, wir würden was aus *Hatstand and Codpiece* vortanzen, direkt aus Adelaide.«

»Direkt aus Ade-was?«, hatte der Türsteher gefragt. Ich musste lachen. »Und ich durfte den Hutständer spielen, weil ich nicht tanzen konnte.«

»Du konntest tanzen, du hast es bloß nie versucht. Erinnerst du dich noch an mein keltisches Sprichwort? *Gib nie einem Mann ein Schwert in die Hand, wenn er nicht tanzen kann.*«

Es wurde still in der Leitung, bis ich schließlich wieder etwas sagte.

»Shamash, glaubst du, alles wird irgendwann wieder gut sein?« Er sagte lange nichts.

»Ich weiß nicht, Schatz.«

»Ich liebe dich immer noch genauso. Du weißt, dass David und ich immer für dich da sein werden – Shamash, ich schreibe das alles auf.«

»Du schreibst ein Buch?«

»Im Moment mache ich das erstmal nur für mich. Brigitte meint allerdings, es wäre 'ne Menge Geld wert, wenn man es veröffentlicht.«

»Das wär's vermutlich auch. Du solltest ein Buch schreiben.«

»Oder ich verkaufe die Story einfach an *Who*.«

»Um Himmels Willen, tu das bloß nicht. Die kriegen wir hier drinnen.«

»Na gut, dann mache ich ein Buch draus. Vielleicht können wir es vorstellen, wenn du draußen bist.«

»So lange wirst du doch wohl nicht zum Schreiben brauchen, oder?«

»Du kommst bald raus.«

»Nimm bloß kein Blatt vor den Mund. Nur nicht *Who*, alles, nur das nicht. Schreib ein Buch. Oder ist es das Geld? Willst du mehr Geld? Dann rede ich mit dem Anwalt.«

»Ich will nicht mehr Geld, lieber schreibe ich das Buch.«

»Ja, Vas, ein Buch ist besser. Bleib dran und mach die Sache gründlich. Vielleicht kannst du's dann ja erst mal mir zeigen. Was die Zeitschriften mit sowas machen, gefällt mir nicht. Hey, ich muss jetzt auflegen, hier drängelt jemand, der telefonieren will. Vielleicht kommst du mich ja bald mal besuchen.«

»Soll ich?«

»Ja, ganz bald.«

Shamash ist jetzt achtunddreißig und wenn er Glück hat, kommt er vielleicht nach seinem Vierzigsten raus, obwohl man mir gesagt hat, dass ich mich nicht darauf verlassen soll. Vielleicht muss er doch noch warten, bis er fünfundvierzig ist. Er sieht ohnehin schon wie fünfundvierzig aus, jedenfalls im Gesicht. Sein Körper ist fit, er kann dort trainieren. Ich glaube, das ist mittlerweile das einzige, wofür er sich noch interessiert. Aber selbst das tut er aus Gewohnheit, aus einer Art mechanischem Bedürfnis heraus, sich selber zu beweisen, dass er übrigens noch am Leben ist. Ich vermute auch, dass er Drogen nimmt. Anscheinend können die da drinnen Heroin kriegen. Ich schätze, wenn ich Shamash wäre und das bisschen Zukunft hätte, das er noch für sich sieht, dann würde ich es wohl auch nehmen. Heroin ist perfekt, perfekt, wenn man an nichts anderes rankommt. Es erstaunt mich immer wieder selbst, dass ich selber nicht mehr als ein- oder zweimal in Versuchung geraten bin. Ich habe mich immer gefragt, ob ich nicht so ein Baby war, das mit der Sucht nach dem Zeug schon auf die Welt gekommen ist, doch ich vermute, Mum hat wohl erst damit angefangen, nachdem sie mich gekriegt hatte.

Ich rief Owen an. Sagte ihm, dass ich Lust hatte, was trinken zu gehen. Das Geld hatte ich. Es gibt Zeiten, da muss ein Junge ficken gehen und jetzt war es wiedermal so weit. Owen trieb es gerade mit Riz, einem ziemlich wilden Typen, also schleppte er den auch noch mit. Riz ist so einer von der Sorte, die mich echt tierisch ankotzt. Er ist einer von diesen selbstgefälligen Radikalen, die in Cafés oder Bars reinspazieren, sich das Handy von irgendjemandem schnappen und so tun, als telefonierten sie damit. Es war echt peinlich und überhaupt nicht das, worauf ich im Moment auch nur im entferntesten Bock hatte. Er schnappte sich also so ein Handy und sagte: »Hallo, ich bin ein dicker, fetter Kapitalistenwichser und Sie sprechen gerade mit mir über meinen verlängerten Penis.«

Natürlich muss ich nicht dazu sagen, dass die Typen, die ihr Handy vor sich auf dem Tisch liegen haben, sowas gar nicht komisch finden. Die haben auch nicht den geringsten Respekt vor solchen Idioten wie Riz. Wir hätten in die Newtown gehen sollen, wo die Leute immer noch in Telefonzellen gingen. Dann wären wir wahrscheinlich auch nicht aus zwei Cafés rausgeflogen. Ich war der, der die Getränke bezahlte. Owen tat weiterhin so, als wären die Mätzchen von Riz cool und witzig, dabei stammt Owen ja selber aus einer wohlhabenden Familie. Während Riz die Leute verarschte, sagte ich zu ihm: »Der einzige Grund, warum du dir diesen Armen-Tourismus mit diesem Typen überhaupt leisten kannst, ist, weil deine Familie stinkreich ist. Dein Typ ist ein Vollidiot.«

»Na wenigstens benutzt er keine Enthaarungscreme und schlürft Cocktails wie ein Mädchen.«

»Er könnte sich gar keine Cocktails leisten, wenn ich sie ihm nicht ausgeben würde – er ist völlig fertig, ein armer Schlucker.«

»Ja, vielen Dank auch, Mr. Gesund-und-Ausgeglichen. Und entschuldige, wenn ich jetzt lieber nach Hause gehe und mit meinem Alten ficke.«

Ich schlug ihm ins Gesicht, es war eher eine Ohrfeige als ein richtiger Schlag. Ich wusste, dass ich ihn entweder verprügeln oder in Tränen ausbrechen würde, also rannte ich raus und ließ die beiden mit der Rechnung zurück, von der ich wusste, dass sie sie nicht bezahlen konnten. Ich fühlte mich richtig scheiße und dachte, »Dir bleibt wirklich nur, das verdammte Buch zu schreiben. Das ist alles, was du hast, das und ein paar hirnamputierte Freunde, die glauben, dass deine Kindheit nichts als ein ausgeklügelter Kunstgriff ist.«

Etwa eine halbe Stunde später stand Owen mit Blumen vor der Tür, die er im Supermarkt um die Ecke geklaut hatte. Er nahm mich in den Arm und sagte, es täte ihm Leid. Dann saßen wir beide da, tranken den Rest Wodka, den ich noch im Kühlschrank hatte und kifften. Wir spielten das Fantasiespiel, das wir immer in der Schule gespielt hatten. Es hieß Herzstillstand. Wir versuchten einander einzureden, dass unser Herzschlag sich verlangsamte, bis wir es tatsächlich glaubten. Wenn wir breit waren, kriegten wir dann immer tierisch Schiss. Ich erzählte ihm von Mandy und ihrem dunkelhäutigen Stecher und Estelles und Maccas Reaktion.

»Diese Estelle, die is' echt stulle, Alter, die is' doch ohne Hirn zur Welt gekommen.«

Ich kicherte. »Wahrscheinlich hat sie dafür eben *Marie Claire*.«

»Na vielen Dank, da hätte ich lieber ein eigenes Hirn. Ich würde mich nicht drauf verlassen wollen, dass unsere Macca die Welt rettet.«

»Na, die werden wir selber wohl auch kaum retten, oder?«, murmelte ich in die versiffte alte Bong hinein.

»Dafür sind wir auch nicht hier, das überlass mal lieber den

Handy-Heinzen und –Tussis.«

»Wenn die die Welt retten, ist das vielleicht so wie meine Rettung durch Shamash.«

»Wie hat der dich denn bitteschön gerettet? Er hat dich in die Scheiße reingeritten.«

Ich antwortete nichts darauf.

Wir hörten uns die Stone Roses an und es war wie in der guten alten Zeit. Wie Owen so dalag, sagte er: »Weißt du, als wir auf der Schule waren, wenn ich da zu dir nach Hause gekommen bin, hab ich oft an deinen Vater gedacht, an Sex mit ihm, meine ich; ich denke mal, ich hätte es auch mit ihm getrieben.«

»Owen, es gibt da ein paar Dinge, die du besser wissen solltest. Nummer eins: Er ist nicht wirklich mein Vater.«

Owen starrte mich ungläubig an. »Wie meinst'n das jetzt?«

Und wieder lief ich davon.

Nach der Verhandlung wohnte ich bei Thelly, bis die Schule wieder losging. David wurde als Vormund für ungeeignet befunden und Rosie nahm Thels Angebot mit Erleichterung auf. Wie ich; denn das bedeutete, dass ich in Homebush wohnen konnte, wo ich nicht so einen hohen ›Bekanntheitsgrad‹ hatte. Shamash zu sehen, war mir bis zu meinem achtzehnten Geburtstag untersagt, stattdessen wurde ich praktisch genötigt, einen Psychologen aufzusuchen. Sogar Thel hielt dies für eine gute Idee. Der Mann glich einem Geier, er war aalglatt, schlau und äußerst verkommen. Als er mir die Beruhigungsmittel gab, als Johnny sich einschaltete, um Vas davor zu schützen, sich vor dem Doktor emotional bloßzustellen, tja, da kamen der Junge und der Alte einander sozusagen näher. Als ich ihm von meinen sexuellen Heldentaten erzählte, von meiner berüchtigten Libido und als ich ihm das alles aus Johnnys Sicht erzählte, nämlich als lüsterne Geschichten, die einem das Wasser im Mund zusammenlaufen ließen, als Telefonsex nach dem Motto, »Na komm schon, willste nich' auch mal 'n bisschen mit dem Frischfleisch spielen, an dem andere schon jahrelang rumgefummelt haben?«, als ich das also tat, schienen Freud und Jung kurzerhand aus dem Fenster davonzufliegen.

Langsam begann sich der Charakter der Therapie zu ändern; sie wurde gelassener und taktiler. Damals machte mir das nicht mal was aus. Angesichts der Perversion dieses ganzen Verhaltens-Zirkus' konnte ich nur lachen. Es kam mir schlichtweg unmöglich vor, dass so etwas überhaupt möglich sein konnte. Ich schätze mal, ich dachte, »Mach einfach nur, was die wollen, versuch selber 'n bisschen Spaß dran zu haben, sei einfach 'ne korrekte Hure.« Thel konnte ich nichts davon erzählen. Ich wollte sie nicht noch mehr belasten, als sie es ohnehin schon war. Außerdem war es für mich ein Leichtes, mit Leuten Sex zu haben, wenn sie danach verlangten. Sex zu haben fiel mir leichter, als keinen zu haben. Ich finde es immer noch leichter, Sex zu haben, als keinen zu haben, nur dass ich heute die Bedingungen stelle.

Als die Ferien vorbei waren, sollte ich wieder zur Schule gehen, diesmal auf die nächstgelegene Schule. Ich sagte Thel, dass ich das nicht wollte und sie sagte, dass sie mich nicht zwingen könne. Ich erklärte ihr, dass ich mir letztendlich irgendwo einen Job suchen wollte. David hatte Shamashs Vollmacht, was wiederum Rosie ärgerte. Er hatte den Auftrag, aus den Mieteinnahmen von der Shadforth Street für mich aufzukommen. Es wurden Vorkehrungen für mein Studium getroffen, doch so weit kam es nie; das Geld dafür habe ich längst auf den Kopf gekloppt. Ich habe immer das Geld gehabt, das ich brauchte. Ich versuche, nicht zu viel in Anspruch zu nehmen, bloß soviel, wie ich für diese Bude hier brauche. Wenn eine Vorstellung läuft, arbeite ich.

Ich schätze, es hat mir gefallen, eine Weile in Homebush zu wohnen. Thel arbeitete in irgendeinem Laden für Geschenkartikel in Burwood, nachdem wir Paddington verlassen hatten. Es machte ihr nie etwas aus, wenn ich bloß so herumlungerte, Videos glotzte und mich zukiffte. Manchmal stupste sie mich ein wenig an: »Vas, warum suchst du dir nicht einen Job, ein, zwei Tage die Woche? Wenn du magst, spreche ich mal mit Dorothea bei uns im Laden. Sie sucht jemanden, der im Lager Kisten auspackt.«

»Ich arbeite in keinem Geschenkeladen für ältere Damen.«

»Dann eben in einem Café. Sieh dich doch mal in der Newtown um, da machen gerade viele Cafés auf. Dianne erzählt doch ständig davon.«

Nach einer Weile langweilte mich das Kiffen und die ›Therapie‹. Ich nahm die Bahn zur Newtown und betrat auf gut Glück ein schickes Café namens Vesuvius. Da kam ich wenigstens ein wenig in die Szene rein; es war ganz okay. In der Newtown sind die Leute lockerer. Auf unserer Seite der Stadt schenken dir die Leute gerade mal zwei Sekunden lang ein Lächeln oder auch nur einen Blick; und in noch kürzerer Zeit haben sie schon abgecheckt, ob du ihre Zeit wert bist oder nicht. In der Newtown nehmen sie sich einfach ein bisschen mehr Zeit für einen.

Thel hatte sich klasse verhalten, doch mir wurde langsam klar, dass ich tun und lassen konnte, was ich wollte, ja selbst, dass ich ausziehen konnte, wenn mir danach war. Sie hatte ihre Kinoabende und Vereinsveranstaltungen und ich wollte mehr in der Innenstadt unternehmen. Das Gesetz war durch mit mir, hatte mich verwertet und verwurstet und Shamash war im Grunde der einzige, der sich je um meine Ausbildung gekümmert hatte. Ich selbst habe nie viel auf mich gesetzt.

Ich zog in eine WG mit Hippies und Neo-Punks. Mit deren radikalen politischen Ansichten hatte ich nichts am Hut, aber wenn du in so einem Haus wohnst, schließt du dich einfach der Meinung an und kiffst noch einen. Ich denke, die waren meistens sowieso mehr an meinem Gras interessiert als an ihrer Anarchie und Revolution. Sie waren alle älter als ich.

Schließlich kellnerte ich im Vesuvius; es lief okay. Nach etwa sechs Monaten wurde ich beschuldigt, zehn Dollar aus der Trinkgeldkasse geklaut zu haben. Es war die absolute Unverschämtheit. Ich habe das Geld nicht gestohlen; wenn ich Geld gewollt hätte, dann hätte ich es mir leicht besorgen können; am Ende bot ich denen sogar zehn Dollar von mir an, wenn sie mir schon nicht glauben wollten, aber ich flog trotzdem. Der Chef, Gareth, das Arschloch, stellte seinen besten Freund ein. Ich glaube, daraufhin bin ich richtig zusammengeklappt. Es war absolut schrecklich. Ich kam mir wieder wie ein kleines Kind vor, ohne Mum, ohne Dad, ganz allein. Ich lief heulend und zitternd die gesamte King Street entlang. Ich konnte einfach nicht stehen bleiben und die Leute starrten mich an. Ich wollte mich am liebsten vor einen Bus werfen oder sowas. Da kam mir Destiny, das Goth-Mädel aus unserer WG, entgegen. Sie legte ihren Arm um mich und brachte mich nach Hause, aber das half auch nichts. Ich hatte das Gefühl, in eine Depression verfallen zu sein, die bis an mein Lebensende dauern würde, das Gefühl, dass man mich in irgendeine Art Heim bringen müsste, eine Anstalt oder sowas.

Und zu der Zeit fing ich richtig mit den Beruhigungsmitteln an. Ich rief David an und fragte ihn, ob ich bei ihm wohnen könnte. Er sagte ja und ich packte meine Koffer und ›kehrte heim‹, wo auch immer das nun sein mochte.

Die Depression hielt mehrere Monate an. Und das war die Zeit, wo ich Schluss machen wollte, die Zeit, in der David mich gerettet hat. Wenn er nicht gewesen wäre, hätte ich mich umgebracht. Da muss man sich schon über einen Psychiater wundern, der einem Achtzehnjährigen, der gerade erst gesetzlich zur Waise erklärt wurde und von dem ganzen Szenario ziemlich traumatisiert war, ›leichte Beruhigungsmittel‹ verschreibt. David sollte eigentlich zwei Tage in Melbourne sein, kam aber früher zurück und holte mich zu sich.

Es ist schon komisch, aber als ich diese ganzen Pillen geschluckt habe, bekam ich den Zusammenbruch gar nicht so mit. Ich war nur traurig und niedergeschlagen. Ich sah keinen Ausweg und weil er mich gerettet hat, habe ich jetzt auch noch zusätzlich Schuldgefühle für das, was ich ihm da alles zugemutet habe. Ich wollte das alles eigentlich gar nicht. Und Shamash? Was hätte ich ihm wohl mit meinem Selbstmord angetan? Daran darf ich gar nicht denken; ich schäme mich heute viel zu sehr. Es stellt sich heraus, dass das Leben mit mir noch nicht fertig ist, dass ich, gut oder schlecht, verantwortlich oder nicht, noch da bin, wenigstens eine Weile noch.

Und das führt mich hierher, wo ich seitdem bin: Nahezu agoraphobisch in meiner Dreizimmerwohnung in Darlinghurst, dieselben Umstände also, in denen sich meine Mutter befunden hatte, als sie so alt war wie ich jetzt. Der Kreis hat sich geschlossen. Selbst Plateauschuhe sind wieder in. Ich höre ihr eindringliches Klonk-klonk vor meinem Fenster und ich muss an all die neuen Nutten da draußen denken. All die Nutten, die mit ihren beschwerten Füßen ihrem Ruin entgegenstolpern. Ich muss daran denken, was für ein Glück ich habe, dass ich nicht von der Geschmeidigkeit, der Enge, dem Marktwert meines Arschlochs abhängig bin, um mir Essen und Obdach zu finanzieren. Ich muss nicht die Schwänze von alten Säcken blasen oder mir zweimal am Tag die Nadel setzen. Für mich ist gesorgt. Ich werde ausgehalten. Ich bin ein Glückspilz.

DREI

NEUIGKEITEN

Die Kunstszene von Sydney betrauert heute das Ableben von Martin Calvin Usher, einem der großen Künstler und Veranstalter der Stadt. Der ehemalige Direktor der Potts En Pointe Dance Company und weithin bekanntes Sprachrohr der Schwulengemeinde von Sydney verstarb gestern in der Haftanstalt von Goldstone.

Der Anstaltsleiter, Mr. Arthur Pembroke, bestätigte, dass eine gründliche Untersuchung der Begleitumstände des Todes in die Wege geleitet würde, obgleich zum gegenwärtigen Zeitpunkt kein Grund zur Annahme eines unnatürlichen Todes bestehe. Er beendete seine gestrigen Aussagen der Polizei gegenüber mit den Worten: »Mr. Usher litt in den Monaten vor seinem Tod unter schweren Depressionen und hatte sich bereits von den meisten Aktivitäten innerhalb der Haftanstalt zurückgezogen. Er war ein freundlicher und beim Gefängnispersonal beliebter Insasse und wir alle sind von seinem plötzlichen Tod äußerst betroffen und schockiert.« Die Gefängnisleitung hat beschlossen, keine weiteren Kommentare verlauten zu lassen, bevor die Untersuchungen zur Festellung der Todesursache sowie eine mögliche Anhörung zu den näheren Umständen des Vorfalls abgeschlossen sind. Die Familie des Toten hat sich für eine Trauerfeier im engsten Kreis in einer namentlich nicht genannten Kirche entschlossen; aus dem Familienkreis sind zudem bislang keine Kommentare abgegeben worden. Martin Usher wird uns als großzügiger Mensch und künstlerischer Visionär im Gedächtnis bleiben. Seine jährlichen Wohltätigkeitsveranstaltungen unter dem Motto KICKBACK brachten im Laufe der achtziger Jahre mehr als

700.000 Dollar für die Aidshilfe ein. Sein Andenken wird in vielen weiteren Vorstellungen in Sydneys weit über die Grenzen der Stadt hinaus beliebtem Wylde Street Theatre weiterleben.

Ushers Geschäftspartner und künstlerischer Mitarbeiter David Bergdorf sagte vor seinem Haus in Elizabeth Bay: »Wir waren seit fast zwanzig Jahren die besten Freunde. Da es die Presse war, die sich vor drei Jahren gegen ihn verschworen und seinen Ruin herbeigeführt hat, werde ich Ihnen heute verständlicherweise nicht mit Anekdoten oder persönlichen Gefühlen aufwarten.« Gegen Tränen ankämpfend, fügte er hinzu: »Ich glaube, die Zeit wird kommen, da die Bevölkerung von Sydney den Mann Martin Usher verstehen und seinen tragischen und frühen Tod aufrichtig betrauern wird. Er war ein anständiger Mensch, trotz aller Ereignisse, die über ihn hereingebrochen sind und ihn in einem anderen Licht haben erscheinen lassen. Mehr habe ich nicht zu sagen.«

PORT JACKSON DAILY, 14/11/94

Ich bewege mich nicht vom Fußboden weg. Eine exotisch aussehende Kultur-Reporterin auf ABC steht vor dem Wylde Street Theatre und blickt in Richtung Wooloomooloo. Im Hintergrund sieht man die Brücke und die Oper. Sie redet über Sydneys künstlerische Vergangenheit, ihre Skandale und Missverständnisse.

Sie war gerade fertig mit einem Beitrag über irgendeine Hexe namens Rosaleen Norton, deren Gemälde verbannt wurden, weil man sie der Teufelsanbetung verdächtigte, während sie in Wahrheit eine Heidin war, deren Darstellungen Pan und keineswegs den Beelzebub zeigten. Dann sprach die Reporterin über Brett Whiteleys Heroinabhängigkeit und kommentierte Filmmaterial, das zeigte, wie Wendy Whiteley am Zoll wegen Drogen oder sowas festgenommen wird. Danach ging es um irgendeinen dänischen Architekten, der die Oper entworfen und sich mit den Bauleuten angelegt hatte, weil die das Budget für das Projekt kürzten, so dass er kurzerhand wieder nach Dänemark abzog. Die Sendung heißt Attributes und Shamashs Geschichte sollte der heutige Beitrag im ›Feature‹ sein:

Es ist angedeutet worden, dass eine Truppe vergleichbar der von Potts En Pointe in der gegenwärtigen Finanzierungslage mit beträchtlichem Gegenwind zu kämpfen hätte, wenn sie sich heute zu etablieren versuchte. Als Martin Usher und David Bergdorf das Projekt erstmals gemeinsam in Angriff genommen hatten, erschwerten ihnen zahlreiche Hindernisse den Weg; doch wie unser TDT-Interview vom Juni 1981 zeigt, ließen sich die beiden nicht so leicht entmutigen.

Sie trugen feine Rüschenhemden und Shamash sah aus, als hätte er Kajal aufgelegt; mit ihren gegelten Haaren und aufwändig geschnittenen, teuren Anzügen sahen die beiden eher wie Spandau Ballet aus denn wie zwei Unternehmer, die über Finanzierungskonzepte und behördliche Genehmigungen verhandelten. Das war nur wenige Monate, bevor Shamash nach England gekommen und mich geholt hatte. Er war auch der erste, der sprach.

Wir haben schon beobachtet, wie die Behörden von Woolloomoolloo mit den Planern langsam auf Du und Du gehen. Regelmäßig sind Genehmigungen auch für Projekte erteilt worden, die weitaus weniger Unterstützung von der Allgemeinheit bekommen haben als unseres. Die Behörden haben nahezu den gesamten Außenbezirk ruiniert. Es wird sogar gemunkelt, dass bestimmte Leute abgesägt worden sind, um die Projektplanung ungehindert fortsetzen zu können. Wir versuchen nichts weiter, als eine kleine Lizenz zum Ausschank von Alkohol zu bekommen, damit wir in der Pause und vor der Vorstellung Getränke anbieten können. (Hier schaltet sich ein niedlicher, schelmisch aussehender David ein. Er hatte damals viel mehr Haare.)

Es ist ziemlich wahrscheinlich, dass wir nach der Juanita Nielson-Affäre mit dieser Show unser Leben aufs Spiel setzen.

(Beide lachen kurz, dann wird wieder die Reporterin eingeblendet.)

Nun ja, Usher und Bergdorf hatten nicht immer Grund zum Lachen. Während die Achtziger voranschritten, bekam die Schwulenszene von Sydney mit voller Wucht die Verschlimmerung der Aids-Krise zu spüren. Zudem verlor Usher beide Eltern bei dem Absturz der berüchtigten ›Millionaire's Club‹-Maschine auf ihrem Flug nach Antarctica. Allein aufgrund der Hartnäckigkeit und Innovationsfreude der beiden jungen Männer überstand Sydneys führende Company für modernen Tanz den Überlebenskampf in der ›schnelllebigen und gnadenlosen Arena der darstellenden Künste‹, um die Worte von Bühnenkritikerin Felicity Duplaix zu zitieren.

Ushers Leben war von Tragödien überfrachtet und während sich einer der größten Medienskandale der Nation in aller Stille hinter den verschlossenen Türen seines atemberaubenden Hauses in Paddington zusammenbraute, schienen die Vorstellungen besser und besser zu werden. (Jetzt sprach die Reporterin mit Felicity Duplaix, der namhaften Kritikerin und Herausgeberin der Zeitschrift *Stage d'Or.*)

Unter den Tänzern war Martin einer unserer besten. Ich habe sowohl hier in Sydney als auch im Ausland zahllose Auftritte von ihm gesehen und das Wylde Street Theatre ist in Sydney die beste Bühne für Gegenwartstanz vom Kaliber der Potts En Pointe-Company. Ich denke, ein Großteil von Ushers Seelenqualen wurde in seinem Tanz sichtbar und vielleicht braucht ja Genialität, wenn man so sagen kann, ein moralisch weiter gestecktes Terrain, um sich zu entfalten. In Martins Bewegungen steckte eine Unbändigkeit und Anarchie, die ich seither auf australischen Bühnen nicht wieder gesehen habe. Seine anderen außergewöhnlichen Talente lagen natürlich in Choreographie und Management. Nur sehr wenige Leute besaßen seine Fähigkeit, Geldmittel aufzutreiben. Er war eine außergewöhnliche Figur, ein äußerst freundlicher und großzügiger Mensch. Wie die Mehrheit der Kunstwelt Sydneys bin auch ich von seinem Tod zutiefst berührt.

»Er hat dich nie besonders leiden können, Felicity«, murmelte ich bei mir. »Er hat dich immer Felicity Duplicity genannt. Dein Vorwort des Herausgebers in der *Stage d'Or* hat er David mit rauchig-belegter Stimme vorgelesen.« Und wieder fing ich an zu weinen.

Ich schaltete auf Durchzug und nahm die Wörter nur noch als abstrakte Geräusche ohne Bedeutung auf, die mir im Kopf herumschwammen – ›in aller Stille hinter den verschlossenen Türen ... zusammenbraute‹. Das Programm sprang von kurzen Ausschnitten verschiedener Vorstellungen zum Mardi Gras und dann weiter zu der Veranstaltung, auf der David und Shamash 1989 der Premier's Award verliehen wurde. Dann folgte ihnen die Kamera an den Tisch des Darling Harbour-Tagungszentrums, wo ich neben Ashley saß, der, wie ich, die beiden küsste.

Die Kamera war auf mich gerichtet, wie ich Shamash küsste. Dann wurde das Bild eingefroren und herangezoomt. Das Filmmaterial war schon mal nicht von der allerbesten Qualität; je mehr sie also heranzoomten, desto grobkörniger und beklemmender wurde das Bild. Es war, als gaben sie den Zuschauern die Gelegenheit, mein Gesicht nach ersten Anzeichen des Verfalls abzusuchen, der sich da bereits ›hinter verschlossenen Türen zusammenbraute.‹ Ja sogar ich hielt schon nach solchen Anzeichen Ausschau, als sie plötzlich das Standbild durcheinander schüttelten wie ein Familienfoto, dass unachtsam von seinem stolzen Plätzchen auf der Vitrine gestoßen wird. Der Effekt jagte mir einen Schrecken ein. Zur gleichen Zeit trampelte jemand gegen meine Wohnungstür und brüllte irgendwelche unverständlichen Schimpfworte. Ich versteinerte und ließ die Fernsehversion meines eigenen Lebens vor meinen Augen vorüberziehen. Ich konnte nicht abschalten, obwohl ich wusste, dass es mich aufwühlen würde. Die Reporterin stand jetzt vor der Haftanstalt in Goldstone; ihr roter Lippenstift und ihre schicken Klamotten wirkten vor diesem Scheißbunker völlig deplaziert.

Usher bekannte sich vier der gegen ihn vorgebrachten Anklagepunkte für schuldig und seit nunmehr drei Jahren war diese karge Strafanstalt am äußeren westlichen Rand von Sydney sein alleiniger Wohnort. Ein düsteres Mahnmal des von der Gesellschaft am meisten gefürchteten und am wenigsten tolerierten Vergehens. Viele Fragen in Bezug auf das Ausmaß, in dem Vaslav Usher von seinem Vater missbraucht wurde, bleiben unbeantwortet und Mutmaßungen über angebliche Kinderpornografie-Zirkel, an deren Spitze Martin Usher gestanden haben soll, haben sich als weitestgehend unbegründet erwiesen.

In der Presse tauchen von Zeit zu Zeit immer wieder Fragen im Zusammenhang mit dem Schutzalter bei gleichgeschlechtlichen Sexualkontakten auf; eins aber steht außer Frage: Das Inzesttabu bleibt bestehen und sexueller Kindesmissbrauch bildet die letzte Grenze moralischer Vergehen. (Plötzlich steht die Reporterin auf der Oxford Street und ist von Leuten umgeben, die genauso trendy sind wie sie selbst.) *Hier auf der Oxford Street, dem Schauplatz des weltberühmten Schwullesbischen Mardi Gras von Sydney, scheinen die Ansichten hierzu ein wenig lockerer zu sein. Mehrere Familienrechtler meinen sogar, dass in Fällen wie dem von Martin und Vaslav Usher eine Reihe von Lösungen denkbar wäre.* (Sie wendet sich einem elegant gekleideten Juristen zu, der seinen Senf dazu abgibt.) *In einem Fall, der weniger im Licht der Öffentlichkeit steht, hätte es vielleicht die Möglichkeit gegeben, einen Vergleich zwischen Usher und seinem Sohn herbeizuführen. Den wirklichen Schaden in dem vorliegenden Fall hat der Grad der Öffentlichkeit angerichtet. Viele Familien weisen verborgene Dynamiken auf, die sich nicht ohne weiteres erklären lassen und häufig mit dem Gesetz kollidieren. Wir versuchen, mit solchen Familien zusammenzuarbeiten, wo es nur geht. Oft bietet sich eine Gelegenheit, einige Aspekte des angerichteten Schadens wieder zu kitten oder zumindest die Beteiligten untereinander zu versöhnen. In Wahrheit besteht bei vielen Verbrechen dieser Na-*

tur die einzige Chance, den eingetretenen Schaden zu minimieren, in diskreter, nicht-öffentlicher Beratung und privater Vermittlung zwischen den beteiligten Parteien. Weder Usher noch seinem Sohn wurde auch nur die geringste Möglichkeit hierzu eingeräumt; vielmehr wurde Vaslav Usher nach der Urteilsverkündung nicht einmal mehr gestattet, vor Vollendung des achtzehnten Lebensjahres seinen Vater zu besuchen. Ich brauche nicht zu betonen, dass es meiner Ansicht nach noch lange dauern wird, bevor die Presse sich aufrichtig mit dem Leben derer auseinandersetzt, auf die sie sich stürzt, wenn es um so brenzligen Themen wie Pädophilie und Inzest geht. Ich halte das moralische Klima momentan für viel zu panisch und aufgeheizt, als dass jemand laufen gelassen würde; wenn die Presse tatsächlich ein humanitäres Interesse an den Opfern von Verbrechen hätte, dann hätte sie Vaslav nicht seiner gegenwärtigen Situation ausgesetzt. (Jetzt sieht der Rechtsanwalt sie an. Sie lächelt und nickt auf eine Art und Weise, die uns verständlich macht, dass sie natürlich niemals zu solchen Journalisten gehören würde. Wieder Schnitt: Taylor Square.)

Freunde und Verwandte von Usher haben sich geweigert, hier öffentlich Stellung zu nehmen, aber diejenigen, die Vaslav Usher kennen, sagen, dass er den Verlust seines Vaters zutiefst betrauert.

Und jetzt kamen ›diejenigen‹. Mich überrollte eine Welle von Verrat und Hass; diese zwei Hexen, die da im Café 191 draußen sitzen und eine Mischung aus Trauerkluft und Bondage tragen. Estelle war von *Marie Claire* wie üblich in den Hintergrund gedrängt worden (Scheiß auf den Kursivdruck, die Kuh braucht das nicht.) Sie sah in die Kamera.

Wir kennen Vaslav eigentlich noch gar nicht so lange, sechs Monte vielleicht. Er ist ein sehr feinfühliger und netter Typ, aber man spürt doch immer diese Verletzung in ihm – der Schmerz von dem, was mit ihm passiert ist. Wir kennen sei-

nen Vater nicht, aber er hat ihn immer sehr gemocht. Ich glaube, die beiden waren in einer Weise verbündet, die selbst für die immer weiter gefasste Definition von ›Schwuler Liebe‹ eine Herausforderung darstellt, jedenfalls haben sie mit Sicherheit die bürgerlichen Gefühlsregungen der meisten Nachrichtenmagazine transzendiert, wenn Sie wissen, was ich meine. (Die Reporterin nickt, als verstünde sie wirklich, was Marie Claire meint.) *Es ist sehr schwierig, sich als Künstler zu etablieren, wenn man schwul oder lesbisch ist. Estelle und ich haben gelernt, dass man es als Künstler mit vielen Leuten zu tun bekommt, die über den Tellerrand der moralischen Paradigmen, die von den amerikanischen Sitcoms bestimmt werden, nicht hinwegsehen können. Und als lesbische Thespisjüngerinnen des Millenniums finden wir das zum kotzen.*

Estelle machte ein röchelndes Geräusch in dem bitteren Rest ihres Drinks und die Kamera fuhr auf den Strohhalm, der die trübe Neige ihres nicht zu identifizierenden Fruchtsaftgetränks einsog. Es sah so aus, als wäre mein und Martins Leben gerade durch den Strohhalm in Estelles Mund geschlürft worden. Dann kam wieder ein Schnitt von der Reporterin zu der Moderatorin im Studio.

Leb wohl, Martin Usher und willkommen, ihr lesbischen Thespisjüngerinnen des Millenniums! Bis zu welchem Grad leistet die Kunst eigentlich eine Neudefinition von Moral? Ist es ethisch legitim, mittels darstellender Ausdruckskunst die verschiedenen Formen existierender Moral zu reflektieren? Nächste Woche widmet sich Artributes den heiklen Fragen, die dieses Thema begleiten.

Ich lag einfach nur da und war erschöpft. Ich wette, die Mädels haben ABC im Vorfeld gründlich angeschwindelt, um in der Sendung zu Wort zu kommen. Ich wünschte, sie wären herausgeschnitten worden. Diese idiotischen Ziegen würden echt alles tun, um auf sich aufmerksam zu machen. Brigitte rief mich an und sagte, ich solle zu ihr kommen und einfach ein paar Tage bei ihr bleiben.

Ich erlaube mir immer noch nicht, den Tod und seine Scheußlichkeit hinzunehmen. Vom Gefängnis ist Shamashs Tod als Selbstmord hingenommen worden, doch ist dieser ›Selbstmord‹ von unangenehmen Fragen umgeben. Die schwerwiegendste und schrecklichste davon ist der Umstand, dass ihm etwas eingeführt worden ist und zwar rektal. Wenn der Leichenbeschauer nicht eine achtlose Bemerkung gemacht hätte, als David und ich uns die Leiche ansahen, dann wäre auch diese Information zurückgehalten worden.

Shamash hätte sowas nicht gemacht; er hätte sich keine Flasche mit Haar-Conditioner hinten reingeschoben, um sich dann aufzuhängen. Wer würde sowas in Gottes Namen auch tun? David musste mir Sedativa verabreichen, als wir wieder zu Hause waren. Vor Kummer und Wut war mir unendlich übel.

Es macht mir nicht aus, vor Brigitte zu weinen. Sie weiß genau, welche Art von Schuldgefühlen und Angst ich habe:

»Ja, Schatz, das Grauen ist etwas Reales, nur ist es das nicht mehr für Martin. Für ihn ist alles Schreckliche jetzt vorbei und, Süßer, das kannst du dir jetzt unmöglich alles alleine aufladen. Du kannst nicht derjenige sein, der für den Rest seines Lebens diese ganze Schuld noch zusätzlich zu seiner eigenen mit sich herumträgt. Mein Herz, so wie es aussieht, hast du in diesem Leben weit mehr als deinen Anteil abbekommen, aber dafür ist ja das Leben da. Es ist ein Marktplatz des Grauens, ein Theaterstück, in dem wir jede Form von Dynamik und Betrug erkunden müssen; es gibt keine Hölle, Vas, das hier ist die Hölle. Du befindest dich jetzt in der Hölle und Schritt für Schritt wirst du wieder aus ihr emporsteigen. Du musst das um deiner Mum willen tun, denn sie selbst hatte nie die Chance dazu; und für Martin, der dich geliebt hat und für mich und David und Thel.

Weißt du, Schatz, wir sind doch alle eigentlich nur Kartenhäuser und wenn wir einstürzen, reißen wir alle anderen mit uns. Du vergibst Martin, er vergibt dir; ansonsten zählt doch niemand. Das Gesetz mag über uns richten, aber ich bezweifle, dass Gott das tun wird, er überlässt uns hier unten ganz uns selbst. Wie müssen einander vergeben und in diesem Sinne spielen wir dann auch die Rolle von Gott. Stell dir vor du bist alt und hast eine Vergangenheit, die dich zu jemand Besonderem und Berüchtigtem macht – dieser verruchte Vaslav Usher, Erbe des dekadentesten Vermögens von Sydneys Bohème. Du wirst berühmter sein als Rosaleen Norton.

Weißt du, Vas, wir brauchen auch dunklere Helden. Im Geheimen bewundern die Leute solche Helden womöglich am meisten. Du solltest dein Leben ästhetisieren, so wie Shamash es auch mit seinem getan hat. Der Apfel ist erst zur Hälfte verzehrt – beiß rein, Schatz.«

PETHIDIN

»Trauer und Tod sind aus der Sünde geboren und verschlingen die Sünde«, erklärt mir Brigitte. Das ist ein Zitat des Hl. Johannes Chrysostomos. Sie holt sich immer Verstärkung, sogar bei Leuten, die schon fünfhundert Jahre tot sind.

Ich frage mich, ob sich überhaupt irgendjemand vorstellen kann, wie es sich eigentlich anfühlt, in meiner Lage zu sein. Ich vermute, manche schon. Verrat ist endlos und die Sünde ist in der Wahl ihrer Opfer so willkürlich wie das HIV-Virus in der Auswahl seiner Infizierten. Ich bin total am Ende. Ich komme mir vor wie der Brennpunkt einer gewaltigen kosmischen Aufführung einer moralischen Geschichte, die nun wieder ruht. Es ist, als ob ich irgendeinen immer wiederkehrenden Mythos oder eine biblische Schilderung durchlebe, doch weiß ich einen Scheißdreck von der Bibel und besitze auch nicht Brigittes interpretatorische Fähigkeiten. Nun zieh dich mal schön aus der Scheiße, Johnny Boy.

Ich frage mich, ob ich auf Brigitte hören soll. Ich weiß nicht, ob sie wirklich Botschaften von der anderen Seite bekommt – von der anderen Seite der dunklen Glasscherbe, die mittlerweile pechschwarz geworden ist. Ich habe öfter versucht, sie zu visualisieren, wenn ich in der Wanne lag oder zugekifft war. Dann konnte ich manchmal Bewegungen in dem beschlagenen Badezimmerspiegel oder durch den milchig-durchsichtigen Duschvorhang schimmern sehen. Brigitte hat mir beigebracht, dass ich, wenn ich mich auf bestimmte Dinge konzentriere und meine andere Gehirnhälfte benutze, kurze Blicke von der ›anderen Seite‹ erhaschen kann.

Eine Weile lang sah ich ein Aufblitzen, Schatten – Möglichkeiten. Ich konnte sie nicht benennen oder sie so klar erkennen, wie das Brigitte gelingt, aber es schien doch, als ob an dieser Vorstellung etwas dran war. Jetzt fühle ich mich in mir eingeschlossen und in eine menschliche Dimension hineingezwungen, in der ich geistige und körperliche Todesqualen aushalten muss und zwar auf eine bestimmte Zeit hinaus, die, wie ich weiß, länger dauern wird, als ich es ertragen kann. Deshalb habe ich mich auch solange selbst geschaukelt und das Kopfkissen umarmt. Und dann kommt es wieder wie eine Attacke: Der Gedanke daran, was Shamash durchmachen musste, was – wer auch immer – ihn durchzumachen gezwungen hat. Und ich ertrage die Vorstellung nicht, dass ein paar von denen ihm eine Flasche hinten reingeschoben und ihn sich dann aufhängen lassen haben. Ich ertrage den Gedanken nicht, was für eine Angst er gehabt, was für Qualen er erduldet haben muss, den Gedanken an seine verlorene Würde. Das ganze ist wie ein Szenario, das ich immer und wieder durchmachen muss und jedesmal weine und schaukle ich dabei; es ist wie eine plötzliche Übelkeit oder ein Anfall, wenn ich mir sein Gesicht vorstelle. Wie er weint und schreit. Wie er irgendwo dieses grenzenlose Grauen durchmacht, ohne mich. Als wäre ich ihm da irgendeine Hilfe gewesen – träum nur immer schön weiter, Vaslav!

Vielleicht war er auch über mich hinweggekommen. Vielleicht hatte ich ihn erschöpft, ihm seinen Willen genommen. Er mag sich gefragt haben, wie er mich wohl jemals loswerden könnte, als wäre ich ein wirklich schlimmer Fehler gewesen, den er begangen hatte. Und ich war ein schlimmer Fehler für ihn. In den dreizehn Jahren hat er von mir niemals genug Gutes gehabt. Denn so viele Jahre waren es bis zu seinem Tod. Ich frage mich, ob ich eine Bestie bin. Brigitte versucht, mich mit ihren Worten ›zurückzuholen‹, mir zu erklären, dass ich geliebt werde. Aber ich weiß nicht, ob das stimmt. Ich weiß nicht, wer mich lieben könnte. Niemand liebt dich, wenn du dich selbst nicht liebst, das weiß ja jeder Idiot. Wenn ich das alles überlebe, dann frage ich mich, wem das was genützt haben kann. Genau das muss ich immer denken: Wozu bin ich nütze? Wozu bin ich gut? Wer wird mich je wirklich wollen und wie soll das gehen?

Ich habe das Gefühl, in einen Alptraum hineingeboren worden zu sein. Ich sehe mich als Siebenjährigen an der Victoria Station, der hofft, dass seine Mum wieder aufwacht – der weiß, dass sie nicht mehr aufwachen wird. Der weiß, dass etwas Schlimmes kommt und spürt, wie sein Leben immer schwerer und schwerer wird. Ich wollte nie jemandem wehtun, wirklich nicht. Ashley hat mir wehgetan. Er hätte nicht mit mir rummachen sollen. Er hätte mich in Ruhe lassen sollen, selbst wenn er gesehen hat, wie ich war. Es ist, als ob alle diese Leute in mich eingedrungen sind und mit Teilen von mir rumgemacht haben und jetzt funktioniere ich nicht mehr richtig. Als wäre ich jemand, der nicht mehr ganz richtig im Kopf ist. Und wenn ich das denke, dann bekomme ich richtige Angst, weil ich denke, dass ich keine Chance habe, so wie die anderen.

Und dieser Johnny ist den Sozialbau nicht wert, in dem er sich rumtreibt. Er sagt so Zeug wie, »Bloß wir beide, Alter, wir zwei gegen die ganzen anderen Arschlöcher«, aber er ist nicht real und er hat mir bislang auch nie gut getan. Ich muss versuchen, Brigitte zu glauben; denn auch wenn sie sich irren sollte, so ist sie doch älter als ich. Sie weiß mehr als ich und vielleicht ist genau sie die Hilfe, die ich brauche. Ich schätze auch, dass ich sie liebe. Im Moment brauche ich allerdings eine Valium, obwohl ich weiß, dass ich das Zeug nicht nehmen sollte, wenn ich auf Prozac bin. Als ob mich das groß stören würde. Ich bin echt ziemlich am Arsch.

Morgen ist die Trauerfeier in irgend so einer anglikanischen Kirche in Mosman. Rosie meint, es sei die Gemeinde der Familie, doch ich erinnere mich nicht daran, je dort gewesen zu sein. Aber ich streite mich nicht mit ihr; ich kann sie gerade eigentlich überhaupt nicht ertragen. David hat mit ihr die Trauerfeier arrangiert und ich habe tierische Angst hinzugehen. Scheißende Angst. Ich möchte einfach verschwinden, aber es geht mir geistig und körperlich noch nicht gut genug, irgendwo anders hinzugehen. Ich wünschte, ich könnte einfach sterben. Alles ist kaputt und durcheinander und gärt in meinem Kopf. Vaslav, Vaslav, wer ist das eigentlich? Nichts ist in Ordnung, nichts ist gut und ich werde noch sehr lange nicht gut schlafen können.

MISS ANNE THROPES SCHMUTZKOLUMNE DER STADT

Die alte Petze war mal wieder auf allen Vieren und hat das Gras wachsen hören, meine Lieben und nein: diesmal ist sie nicht in die Knie gegangen, um einen Schwanz zu blasen, ihr Ferkel. Momentan ist das da draußen der reinste Urwald und beileibe kein lustiger, seit Martin Usher tot ist. Er war schon ein ziemlich geiler Kerl, doch hat Eure Petze nie das erlesene Vergnügen gehabt, mit ihm einen versauten ›Pas de deux‹ hinzulegen. Ganz anders als der Sohnemann, der Schrecken des Toolshed und die Queen der Kings Street. Dem ist selbst ein Taxi nach Kensington nicht schnell genug, doch müssen wir der Jugend ihre Eile schon verzeihen. Nein, er ist selber ein ziemlich leckeres Schnittchen und dazu noch einen Hauch trashiger als sein Herr Papa. Er feiert gerne, wie sein Alter und vielleicht hab ich ja doch noch mal Glück mit dem Söhnchen. Usher, die zweite Generation!

Jedenfalls munkelt man nun, dass es vielleicht doch kein Selbstmord war, wie es zuerst hieß. Vielleicht wurde er nämlich doch ›gekillt‹. (Lieber Herausgeber, bitte kürzen Sie das jetzt bloß nicht, ich bin doch nur eine arme kleine Dreckschleuder, die versucht, in dieser Pestbeule von Stadt ihren Lebensunterhalt zu bestreiten und jedes bisschen Publicity ist besser als nichts. Ich werde dieses Käseblatt auch mit Händen und Füßen vor Gericht verteidigen – Ehrenwort!) Wie dem auch sei: Solche Unfeinheiten im Knast überraschen die Dreckschleuder keineswegs, der es da drinnen selber mal an die Eingeweide gegangen ist und Kinder, danach war sie ganz schön wund! ›Kennt Euren Feind‹, Brüder und Schwestern, der lauert da draußen nämlich immer noch und ich wäre überhaupt nicht überrascht, wenn wir es hier mit einem ›Tod in Gewahrsam‹ zu tun hätten, wenn Ihr Lieben versteht, was ich meine. Eine ziemlich schmutzige Geschichte, die von Usher und schwer, sich die Stadt jetzt ohne ihn vorzustellen, aber immerhin eine weitere Kerze, die bei der Totenwache für Miss Ann Thrope brennen wird. Er war es, der den Scheck für das Übergangswohnheim für gefallene Schwestern wie mich unterzeichnet hat, die vom Lande kommen und nichts weiter als ihren Arsch haben, um damit hausieren zu gehen. Wenn ich eine Schwester der perpetuellen Indugenz wäre, würde ich die Kanonisierung von Mr. Usher in Erwägung ziehen.

Ach ja und jetzt haltet Euch fest, Ihr losen Luderschwestern, sechs neue Ab-Fab-Episoden soll's im nächsten Jahr geben; bleibt bloß zu hoffen, dass sie sich nicht mit Melrose Place überschneiden. Wie mir zu Ohren gekommen ist, kriegt die alte Schlampe Kimberley nächste Woche was ziemlich Fieses reingedrückt. Ach, wie ich meinen Dienstag liebe, der ist genauso ein Luder wie ich. Küsschen, Küsschen, Ihr seid der fieseste Abschaum, aber ich liebe Euch trotzdem.

CITY RHYTHM, 18/11/94

Diese Woche hat mein Telefon nicht mehr still gestanden und ich habe die Lautstärke abgedreht. Leute, mit denen ich seit Ewigkeiten nicht gesprochen habe, rufen plötzlich an und hinterlassen Nachrichten. Sherry Brown vom Q.U.I.M. hat sowohl mit Brigitte als auch mit mir gesprochen. Shamashs Tod hat allseits die Wetteinsätze erhöht. Sie sagt, Who habe 25.000 Dollar geboten und meint, wir könnten auch 32.500 rausschlagen. Sherry scheint mitfühlend zu sein und fragt mich, ob ich dem gewachsen sein werde. Woher soll ich das bitteschön wissen?

»Das bedeutet Fotos, Schatz, wahrscheinlich sogar einen ganzen Nachmittag bloß für die Aufnahmen. Das wird 'ne Ochsentour, aber wenn du die Exklusivrechte jetzt verkaufst, dann kannst du dein Buch immer noch schreiben, wenn sich das ganze wieder gelegt hat. Die wollen das Foto, auf dem du den Fotografen den Finger zeigst, für ihr Titelbild nehmen – du weißt schon, das, das den Award gewonnen hat.« Ich sagte nein, wenn die ein Bild wollen, dann muss es ein neueres sein. Ich hasse dieses Foto. Ich will es nie wieder sehen.

Ich bin zum Arzt gegangen, um mir mehr Schlaftabletten verschreiben zu lassen. Im Wartezimmer war eine Frau, die Moselwein aus einer Literpackung trank. Ihr Gesicht war krebsrot und ganz verzerrt von den vielen Jahren des Trinkens. Ich hatte sie schon oft auf der Oxford Street gesehen. Ich habe sie sogar immer gegrüßt, aber inzwischen hat sie derart abgebaut, dass ich bezweifle, dass sie überhaupt noch mit irgendjemandem Kontakt hat. Sie saß einfach nur da und stöhnte. Ab und an sagte sie: »Ich will mein Pethidin oder Panedein Forte.« Plötzlich erschien Oprah auf dem Fernsehschirm und sie war vollkommen gebannt, wie hypnotisiert. Oprah lief auf drei Bildschirmen an der Wand; da ging die Frau direkt auf sie zu, als wäre da wirklich die leibhaftige Oprah. »Ich bin's Oprah. Ich komm dich besuchen, Liebes. Du bist auch schwarz, wie ich.«

Bei ihrem bloßen Anblick schaukelte sie hin und her, als wäre Oprah das Wiegenlied der Notleidenden, ein moderner Messias. Sie verschüttete etwas von ihrem Wein und die Sprechstundenhilfe sagte: »Shirl, du musst schon sitzenbleiben und dich benehmen, wenn du Fernsehen gucken willst.« Es schien sie aufzubringen, dass jemand ihre Audienz mit der Allmächtigen störte. Sie sah auf ihren leeren Platz zurück und bemerkte eine junge Asiatin auf dem benachbarten Stuhl. Plötzlich fing sie an zu brüllen und hielt allen Anwesenden im Raum eine regelrechte Verdammungspredigt.

»Ich werde euch mal verraten, wer in diesem Land das ganze Geld einstreicht: dreckige Asiaten-Schlampen. Unsereins kriegt gar nichts, ihr Votzen, ihr dreckigen Huren sackt alles ein.«

Die Sprechstundenhilfe wurde unruhig, konnte sich aber

durchringen zu sagen: »Shirl, es ist wohl besser, du gehst jetzt.«

Die Sprechstundenhilfe ist eine junge Griechin; soviel konnte Shirl selbst in ihrem fortgeschrittenen Trunkenheitsstadium noch erkennen. »Dreckige, hässliche Griechenhure, ihr seid doch alle der fieseste Abschaum, die hässlichsten Schlampen der Welt…«

Sie drehte sich und kreiselte herum, während sie ihre Beschimpfungstirade runterspulte.

Die Sprechstundenhilfe wusste nicht, was sie tun sollte und nicht einer der Patienten im Wartezimmer machte Anstalten, etwas zu sagen. Shirl triumphierte und kümmerte sich gar nicht um den Urin, der ihre Trainingshosen durchnässte. Stattdessen steuerte sie auf die geschlossene Tür zum Sprechzimmer zu.

»Ich will mein Pethidin. Ich will bloß mein Rezept. Ihr verdammten Ärzte habt euren Job, ich weiß, wo in diesem Land das ganze Geld bleibt, bei euch nämlich, ihr Arschlöcher…«

Die Ärzte kamen nach und nach aus ihren Behandlungszimmern heraus und vermittelten ihr geduldig, dass es Zeit für sie war zu verschwinden. Im Wartezimmer tat jeder so, als lese er seine Zeitschrift, die Safer Sex-Broschüre, ja selbst die eigene Versicherungskarte, nur um Shirl nicht ansehen zu müssen. Alle schämten sich und ich konnte kaum meine Tränen zurückhalten. Ich hatte ohnehin schon solche Angst gehabt, vor die Tür zu gehen und dann auch noch das!

Ich musste raus; ich konnte mich nicht mal dazu bringen zu warten, bis ich aufgerufen wurde; da würde ich wohl weiter Brigittes Baldrianpillen nehmen müssen, was etwa mit einem Krebspatienten vergleichbar war, der gegen seinen Hirntumor eine Aspirin einnimmt. Ich war mir sicher, dass ich in der Hölle war, was dazu führte, dass ich mich fragte, welche Greuel wohl die Aboriginee-Frau befallen haben mochten. Mitten in ihrer Tirade fühle ich mich einen Augenblick lang sogar Teil davon. Ich stellte mir vor, mit ihr zu tanzen, während wir das Wartezimmer mit unseren Tränen, unserem Urin, mit rassistischen Parolen und Tütenwein tränkten. Mir wurde klar, dass sie, wie ich, im Grunde nur einen Menschen hasste. Sich selbst. Es schien, dass es außer Oprah keinen Gott gab, keine Zuflucht als die Flasche, die Heilige Schrift; und der Himmel war nichts weiter als ein phosphoreszierendes Leuchten, das hinter der Glasscheibe des Fernsehbildschirms gefangen war.

Heute habe ich mit Owen gesprochen. »Mann, Alter, das mit dem Tod von deinem Alten is' echt 'ne harte Nummer – echt der volle Alptraum. Hey, Vas, was ich damals gesagt habe, das tut mir echt Leid, du weißt schon, dass du wegen dieser ganzen Scheiße durchgeknallt bist und so weiter. Ich hab das nich' so gemeint, Alter, verstehst du?«

Zum ersten Mal seit wer weiß wann brach ich beinahe in lautes Gelächter aus. Der heutige Tag entwickelte sich zu einem regelrechten Karneval der Ironie und des Grauens.

»Owen«, sagte ich, »du hattest völlig Recht damit. Mein Kopf ist bis obenhin voll mit Scheiße – mir platzt die Birne von der ganzen Scheiße, die da drin ist.«

»Hey, Vas, du willst doch wohl nicht abtreten nach der Sache in der Newtown, oder?«

»Abtreten?«

»Alter, du weißt schon, wie Kurt Cobain, lieber ausgebrannt als abgekackt.«

»Owen, ich weiß nicht, was ich jetzt machen werde; einmal will ich mich umbringen und im nächsten Moment denke ich an die Dreißigtausend, die ich für die Story kriegen kann. Wenn ich wirklich soviel aus der Sache rausholen kann, dann verpiss ich mich aus Australien.«

»Mach bloß keinen Scheiß.«

»Owen, wir haben doch immer Scheiße gemacht, wir sind seit unserer Kindheit immer nur die bescheuertsten und unverantwortlichsten Wege gegangen. Ich habe – wie auch du – durchgehend die Kontrolle über meine Dummheiten verloren – deswegen sind wir ja wohl auch Freunde, oder?«

Er lachte sein Beavis und Butthead-Lachen. »Stimmt ja, ich vergaß. Übrigens hab ich gestern Estelle und *Marie Claire* gesehen; ich hab denen gesagt, in welcher Kirche die Trauerfeier stattfindet.«

»Scheiße, das hast du nicht, oder?«

»Ich dachte die Mädels sind Freundinnen von dir.«

»›Die Mädels‹ haben mit allen Journalisten der Stadt geplaudert – nicht mal, dass sie irgendetwas wüssten, das einzige, was die wollen, is'n bisschen Werbung für ihre Schamlippen-Show.«

»Sie klangen aber richtig betroffen.«

»Owen, die waren bei *Artributes*, haben aber noch nicht mal bei mir angerufen. Außer natürlich, sie waren diejenigen, die meine Wohnungstür eingetreten und einen Scheißhaufen auf der Treppe hinterlassen haben – ein wirklich erlesenes Kondolenzgeschenk war das!«

»Das hat jemand gemacht?«

»Ja und deshalb bin ich auch bei Brigitte, weil ich nämlich Schiss habe.«

»Aber wer macht denn sowas?«

»Ich weiß es nicht. Wahrscheinlich hat es noch nicht mal was mit Shamash zu tun, ein paar Idioten aus Darlinghurst wahrscheinlich, aber ich fühle mich im Moment trotzdem total verletzlich.«

Die Beerdigung steht vor der Tür und ich mache mir Sorgen, wie ich das alles wohl verkraften werde. Ich hoffe nur, dass die Presse nicht herausgekriegt hat, wo die Trauerfeier stattfindet. David und Rosie haben nur hundert Leute eingeladen, aber viele von denen werden im Anschluss mit zu David nach Hause gehen und sein Haus wird beobachtet, das weiß ich. Die haben noch nicht ihr Foto von Vaslav, dem Vampir, die Bilder von der gesellschaftlich angesehenen, trauernden Familie und die Magazine bieten fette Kohle für ein paar Hochglanzbilder. ›Sydneys skandalöser Salonlöwen-Selbstmord‹ – ich seh es direkt schon vor mir. Die drucken alles, wenn ich ihnen nicht bald etwas liefere.

Ich saß mit Brigitte in ihrem Wohnzimmer und sie spielte

total ruhige, keltische Musik. Sie sagte, man muss einen Raum in sich finden, in dem Frieden herrscht. Sie zündete Kerzen und Duftöl-Schalen an – war also anscheinend wieder mal mit den Vorbereitungen eines ihrer feierlichen Rituale beschäftigt. Lavinia und Trismegistus (die Katzen) rieben sich an mir und reckten mir ihre Hintern ins Gesicht. Einen Augenblick lang kam ich mir vor wie verzaubert und ich sah Shamash, wie er wirklich war, in meinem Kopf lief ein Film über ihn ab, wie er in seinem alten Volvo vorfuhr, ungefähr eine Meile vom Bordstein entfernt parkte und voll bepackt mit Einkaufstüten in das Paddingtoner Haus rannte. Ich sah uns zu einem unbestimmten Zeitpunkt unserer Beziehung am Strand, wo wir einfach nur redeten. Dann spürte ich, wie er mich umarmte, nachdem irgendetwas Schlimmes in der Schule vorgefallen war und gerade als ich das alles vor mir sah, sagte Brigitte: »Das sind die Dinge, an denen du dich festhalten musst, Schatz, das sind die guten Dinge. Aus den schlechten Dingen lernt man, aber die guten hält man fest.«

Ich hatte das seltsame Gefühl, dass sie wusste, was ich dachte; aber wahrscheinlich war es dank ihrer brillanten Intuition einfach bloß Zufall gewesen. Einen Moment lang schien ihr ganzes Wohnzimmer Zeit und Raum entrückt zu sein, dabei war ich noch nicht mal zugekifft. Das Licht all der Kerzen und Lampen verschmolz zu etwas Ätherischem; ich verspürte eine winzige Ahnung davon, wie alles sein könnte, dass da vielleicht wirklich ein Himmel ist oder zumindest etwas Besseres als dieser ständige Scheiß hier.

»Auf eine Art ist die Welt nicht einmal wirklich, sondern imaginär – ein Buch mit Geschichten«, sagte sie.

»Echt, Grimms Märchen.«

»Genau. Die Welt ist wie eine Schule voller Kinder und wie in der richtigen Schule haben oft die Unterdrücker die Macht; aber auch sie erleben ihren Fall, weil jedes Glück sich einmal wandelt. Martin wurde genauso auf dem Scheiterhaufen verbrannt wie all die tausend Hexen vor ein paar hundert Jahren. Die Wahrheit können wir nur in den Knochen finden, die übrig geblieben sind, Schatz. Eine Hexenjagd ist eine Hexenjagd. Die Menschen vergessen, dass sie selber sterben müssen, wenn sie erstmal übergeschnappt sind, sie vergessen, dass sie noch keine Götter sind und sie vergessen so grundlegende Dinge wie Vergebung. Was hat Martin dir denn je angetan, das nicht von dir oder jemand anderem vergeben werden könnte?«

»Nichts«, sagte ich.

Ich schätze, ich mache mir um mich selbst Sorgen. Ich bin der einzige, dem hier wirklich vergeben werden muss und Shamash ist gestorben, ohne mich wissen zu lassen, ob er mir vergeben hat. Ich musste an Rosie denken und was sie tun würde, wenn sie erfuhr, dass ich nicht sein Sohn bin. Ich fragte mich, ob ich dann immer noch erben würde, aber ich denke, selbst wenn ich nicht als nächster Verwandter berücksichtigt werden würde, könnte ich eine sehr gemeine Unterhaltsklage vom Zaun brechen. Doch dann bekam ich angesichts solcher Gedanken ein schlechtes Gewissen – Gedanken an Geld zu diesem Zeitpunkt!

ETWAS VON DIR

Und weil ich nun ein Märtyrer der Liebe bin,
mag's Götzendienste nach sich ziehn,
wenn dieses Zeugnis hier in fremde Hände fällt;
so wie aus Demut es geschah,
dass alles ich gewährte, was eine Seele geben kann,
so liegt auch Kühnheit jetzt darin,
da Du schon nichts von mir bewahrst,
etwas von Dir zu Grab zu tragen

John Donne

Am Tag der Trauerfeier war es regnerisch und für die Jahreszeit ungewöhnlich kalt, doch war das Wetter nichts im Vergleich zu den eisigen Gefühlen, die im Anschluss zum Vorschein kamen. Ich stieg mit David und Brigitte in einen der Trauerwagen. Sie trug ein lilagoldenes Kleid (Lila für Freiheit und Gold für den Geist) und mit ihrem Turban sah sie aus wie Winnie Mandela. Ich trug den Fliegeranzug, den David für mich gekauft hatte. Ich kam mir darin besonders komisch vor, weil ich sonst nie einen Anzug trage. Als wir an der Kirche ankamen, war Owen schon da; auch er trug einen Anzug, einen den ich noch nie gesehen hatte und den er am liebsten wohl auch nicht besessen hätte. Die Hosen waren zu kurz und er war braun. Der Modefreak in mir krümmte sich, aber mein wahres Ich war tief berührt von der Mühe, die er sich offensichtlich gegeben hatte. Ein ganzer Haufen von der Potts-Truppe war da und dann fuhr ein Taxi mit Estelle und *Marie Claire* vor. Wie ich es erwartet hatte, waren sie schwarz gekleidet, hatten die Gesichter verschleiert und trugen schwarzen Lippenstift und genagelte Stiefel. Estelle hielt einen Strauß Lilien im Arm und sah aus, als ob sie gleich mit dem Tod vermählt werden sollte. *Marie Claire* machte einen Bogen um Owen (der der einzige unter den Anwesenden war, den sie kannte) und fing an sich darüber aufzuregen, dass kein Bus in diese Gegend von Mosman fuhr und wie die beiden am Zoo gelandet waren, wo sie das Handy von ›so einem Stino‹ benutzen mussten, um ein Taxi zu rufen.

»Den hätt'ste mal sehen müssen, der hat seine Kids um sich rum versammelt, dachte wahrscheinlich, wir fressen die auf oder sowas. Da hab ich mit meinem süßesten Flötenstimmchen gesagt: ›Wir Mädels haben da ein kleines Problem und wir müssen ein Taxi rufen; wären Sie vielleicht so nett, uns mal kurz Ihren winzigen karzinogenen Apparat benutzen zu lassen?‹ Da hat er gesagt, da drüben wäre doch eine öffentliche Telefonzelle und Estelle meinte – ohne mit der Wimper zu zucken – ›Es geht um einen Todesfall und außerdem benutzen wir keine öffentlichen Telefone.‹ Das hat anscheinend gezogen.« Der arme Owen; man konnte ihm ansehen, dass er mit den beiden nicht in Verbindung gebracht werden wollte.

Dann kam sie zu mir rüber und sagte, dass es ihr wirklich furchtbar Leid täte, bla bla bla und wenn ich irgendetwas bräuchte, sie wäre da. Ich antwortete: »Schon klar – wenn es nicht gerade mit irgendwelchen Fernsehauftritten kollidiert.«

»Ach das, ja. Wir haben gerade mitgehört, wie die Interviewerin mit ihrem Anwalt sprach. Ich dachte, die hätten das ganze vielleicht voreingenommen dargestellt oder so, da hab ich gesagt, dass wir befreundet sind.«

Ich hatte die Anspannung zwischen David und Rosie während der vergangenen Tage gespürt; aber ich hatte mich gegen jede Einmischung entschieden. David fand, dass Martin seine Trauerfeier in der Gemeindekirche in Darlinghurst bekommen sollte. Rosie hatte sich diese Kirche gerade einmal angesehen und meinte dann, sie sehe aus wie ein hingezimmerte Aidskranken-Werkstatt. »In sowas kann er unmöglich seine Trauerfeier bekommen.«

David versuchte ihr zu erklären, dass es genau das gewesen wäre, was Shamash gewollt hätte. Er hatte für die Mission dort gearbeitet und es war seine Gemeinde. David zufolge wurde Rosie ungeduldig und sagte: »Wo war seine Gemeinde denn, als er in Schwierigkeiten war? Ich habe jedenfalls keine Heerscharen von Schwulen gesehen, die aus den verdammten Wohn-Werkstätten, in die das Geld unserer Eltern geflossen ist, zu seiner Verteidigung geeilt kamen; außer Ecstasy und Frauenkleidern ist den meisten von denen doch sowieso alles schnuppe; aber wenn sie dann mal einen Bluttest für ihre Versicherung machen sollen, veranstalten sie gleich ein riesiges Theater. Das hier ist jetzt eine Familienangelegenheit. Unsere Eltern wurden vom Gemeindepfarrer von St. Oswald beerdigt, Martin ist dort getauft und dort sollte ihm auch das letzte Geleit gegeben werden.«

David ergab sich, sah in den Himmel und sagte: »Shamash, du wirst der Nordküste wohl niemals entkommen. Ich hab's versucht, mein Schatz.« Und das schien der Anfang von allem gewesen zu sein. Rosie sah während der Beerdigung müde und mürrisch aus. David wurde zunehmend tuntiger. In seiner Rede während des Gottesdienstes strapazierte er das Wort ›Community‹ mehrfach. Er nahm häufig auf Martins zwei Familien Bezug, auf seine Schwester und seine Eltern und auf seine ›Community‹. Die Spannung war so groß, dass irgendetwas platzen musste. Der Pfarrer rührte vorsichtig in den Ereignissen der letzten drei Jahre herum. Sein Gesichtsausdruck ließ eindeutig erkennen, wie schwierig die Vorbereitung dieser Predigt gewesen sein musste, damit er seinerseits immer unparteiisch wirkte. David hatte eine großartige Lobrede verfasst, die er während des Gottesdienstes vorlas. Viele von uns trieb sie die Tränen in die Augen:

Für Martin

Es ist schwer, mir meinen Freund – so wie ich ihn kannte – noch einmal vor mein geistige Auge zu rufen.

Er erscheint mir immer noch als jemand Perfektes, der Welt jedoch ist er in den filigranen Kleidern der Schmach vorgeführt worden.

Die, die ihn geliebt haben, sehen diese hauchdünnen Schmachkleider nicht, ja sie glauben nicht einmal, dass sie existieren. Also werde ich Dich jetzt entkleiden, Martin, wie ich es in den ganzen früheren Jahren getan habe und vielleicht sehen wir alle einmal noch dein vielfarbiges Gewand.

Ich erinnere mich an Dich im Jahre 1976 mit unverbrauchtem Gesicht, ein Hansdampf in allen Gassen, gerade frisch von der Akademie. Wie exotisch Du warst, kaum zwanzig und doch schon ein weit gereister Vater. Wir romantisch das alles anmutete und es ist noch gar nicht so lange her.

Ich träume von der Shadforth Street, den Partys dort und der Wärme. Ich dachte, Du würdest immer dort bleiben. Es schien so konkret, so real, doch wie alle Wolken, an die wir unsere Herzen geheftet haben, segelte auch diese davon und außer Sichtweite. Wir hätten es damals mehr schätzen sollen, hätten noch herzlicher lachen, uns fester umarmen sollen. Wir hätten wissen müssen, wann das Leben am besten war, aber wir wagten, noch mehr zu erhoffen. Wir waren habgierige Männer, gierig nach Liebe und Spaß. Und dennoch: Ohne diese Gier hätten wir nie das erreicht, was wir hatten. Ich weiß, wir würden es wieder tun.

Ich hatte immer gedacht, Du würdest mich überleben, hatte eigennützig gehofft, Du würdest es tun. Weißt Du, die Hälfte von Dir hatten wir ja schon verloren – um eine Hälfte von Dir haben wir schon getrauert. Wir sind es gewöhnt, Dich zu vermissen.

Was ist mit all der Hoffnung geschehen? Mit Deinem Lächeln, mit dem Du nie gegeizt hast, mit Deiner Güte – die zu Hause begann? Was mit Deiner Stimme auf dem Anruf-

beantworter und Deinen Fingern, die unsere Nacken fest umfassten, wenn du uns küsstest – Küsse, die sich anfühlten, als ob sie zu exotischen Früchten heranreifen würden?

Wie konnte es geschehen, dass Du so verachtet, so angegriffen wurdest von Menschen, die Dich niemals gekannt hatten? Und warum haben diejenigen, den Du angeblich den größten Schaden zugefügt haben sollst, Dir niemals etwas Böses gewünscht? Sie haben Dich niemals verlassen, selbst als die Zeitungen Deiner überdrüssig wurden und die Welt Dich hinter Schloss und Riegel zurückließ. Wir haben in unseren Köpfen ein besonderes, ein trauriges Reich für Dich erschaffen, einen Ort, an dem wir versuchen, etwas von dem Grauen zu teilen, das Du erlebt hast und ein Stück der Schuld mitzutragen. Der größte Schmerz ist vielleicht unser Wissen, dass wir letztendlich unfähig gewesen sind, genau das zu tun.

Wir sind auf offenem Meer, Shamash und niemand ist am Steuer. Du hast uns getragen, geliebt und verblüfft und wir werden ohne jeden Zweifel auf diesem Narrenschiff weitersegeln, bis wir über den Rand dieser flachen Welt stürzen. Und dort, unter den tosenden Wassermassen der Ewigkeit, werden wir Dich wiedersehen. Vielleicht werden wir dann eine gewogenere Gerechtigkeit, einen erhabeneren Geist und glückliche Freiheit vorfinden. Sollte das der Fall sein, so werde ich Dir begeistert folgen.

Zu Davids großer Überraschung erlaubte ihm der Pfarrer, nach seiner Lobrede ›Fantasy‹ von Earth Wind and Fire zu spielen. Während des Stücks liefen David die Tränen über das Gesicht und mir auch. Es war eines von Martins Lieblingsliedern. Von Zeit zu Zeit hatte er es zu Hause gespielt und immer versucht, die hohen Töne am Ende zu treffen. Er schaffte es nie und es war bei uns zu Hause zu einer Art ›Family Joke‹ geworden. Sowohl David als auch ich sangen mit, zumindest versuchten wir es. Ein paar seiner Musical-Freunde schlossen sich uns an und schluchzten die letzten Takte des Liedes. Ich schätze, es war wohl ein wenig peinlich, aber es geschah nun einfach mal so.

Ansonsten gehöre ich eigentlich nicht zu denen, die in der Öffentlichkeit singen.

Die hässlichen Szenen kamen danach. Rosie war äußerst elend zumute. Außer ihrem Mann blieb ihr nun keine Verwandtschaft mehr. Sie hatte eine Art trauerbedingten, heftigen Wortwechsel mit David, den ich nicht mitbekam, doch dann kam sie herüber zu mir und Brigitte, die neben mir stand. Ich verkrampfte mich, machte aber dennoch den Versuch, ›Hi, Rosie‹ zu sagen. Aber sie kam nicht, um uns zu grüßen. Stattdessen zerrte sie mich beiseite und wirkte äußerst gequält.

»Vaslav, ich weiß nicht, ob ich dich wiedersehen kann. Seit du in unsere Familie kamst, hatten wir nichts als Kummer und Schmerz. Ich weiß nicht, woran dir die Schuld zuzuschreiben ist und im Augenblick ist es mir auch egal, aber das, was mir jetzt bleibt, fühlt sich nicht mehr wie eine Familie an; und wenn Familie eine solch unglückselige Angelegenheit ist, dann komme ich wohl besser ohne sie zurecht.«

Ich war sprachlos. Thel musste mitgehört haben, denn sie kam jetzt zu uns herüber. »Rosie, nicht, Liebes. Du bist sehr traurig und was du da sagst, ist im Augenblick nicht fair. Es gibt eine ganze Menge Dinge, die du nicht weißt, mein Mädchen und um sie zu erfahren, wirst du den Kontakt zu Vas brauchen. Es würde Martin das Herz brechen, wenn er hören müsste, was du da sagst – das Herz brechen, hörst du!« Thel fing an zu weinen und nestelte in ihrer Handtasche nach einem Taschentuch. Rosie ging benommen auf ihren Ehemann zu.

Brigitte kam zu mir und schloss mich in die Arme. Wir sahen einander an. »Das wirst du ihr verzeihen müssen, Schatz. Ihr seid beide im Moment sehr traurige Seelen.« Ich schniefte und sagte: »Wir konnten einander noch nie so besonders gut leiden, außerdem sehe ich sie sowieso nie – will ich auch gar nicht.« David schaute zu mir herüber und sah die Tränen in meinem Gesicht. Auch er ahnte, was Rosie mir gesagt hatte. Er nahm mein Gesicht in beide Hände und küsste es. »Hör nicht auf sie, Vas. Sie ist völlig außer sich und sie ist nicht Shamash. Ich glaube, in ihrem tiefsten Inneren beneidet sie ihn darum, dass er so sehr geliebt wurde. Rosie hat sich immer so bemühen müssen, aber Martin schaffte es ohne Aufwand. Sie weiß im Moment einfach nicht, was sie sagt.«

Rosie und ihr Mann gingen, obwohl David versuchte, sie mit zu sich zu nehmen. Es schien, als habe sie dem Leben ihres Bruders nun den Rücken gekehrt. Thelly und Dianne kamen herüber. »Du hast ja immer noch uns als Familie, Vaslav, ich möchte, dass du das weißt. Du kannst jederzeit bei mir in Homebush wohnen.« Thel umarmte mich. »Ich ziehe demnächst nach Katoomba rauf. Di und ich haben uns Häuser angesehen und wir glauben, dass eines unserer Angebote angenommen werden wird. Ich habe keine Lust, in der Nähe des olympischen Dorfes zu wohnen, wenn das alles erst einmal soweit ist. Für diesen ganzen Unsinn bin ich zu alt. Du könntest dann zu mir raufkommen, um Darlinghurst mal zu entfliehen, würde dir das gefallen?«

»Ja, Thelly, das würde es.«

»Ich weiß noch, wie gern du immer mit der Liliputbahn durch die malerische Landschaft da raufgefahren bist, wie du deinem Vater immer in den Ohren gelegen hast, dass er dich mitnimmt, nachdem du einmal mit mir und Dianne da oben warst. Martin hat immer gesagt, dass er nach diesem Trip keine Minute mehr Ruhe hatte. Weißt du, ich glaube er wäre womöglich noch schneller ausgebrannt, wenn er dich nicht gehabt hätte. Das stimmt, Vas; bevor er dich zurückgeholt hatte, war er viel zu wild, du hast ihm Ruhe gegeben und viel dazu beigetragen, dass er erwachsener wurde. Du hast ihm all das Ansehen gegeben, von dem er nie geglaubt hätte, dass er es je haben könnte. Weißt du, seine Familie hat seinen Lebensstil ja nie wirklich akzeptiert. Ich weiß nun mal mehr über ihn und dich, als du vielleicht denkst. Ich habe deinen ersten Pass gesehen und Martin ein paar Fragen gestellt; ich glaube, du hast ihn vor einem Leben in Melancholie und Zerstörung bewahrt. Es ist wichtig, Schatz, dass du das auch so siehst. Vergiss nicht, du bist der Junge, der bei dem Unfall nicht ertrunken ist – dann ertrink also auch jetzt nicht.« Sie zwinkerte mit einem Auge und ich fragte mich, wie viel Shamash ihr wohl erzählt haben mochte. Ich wollte sie das bald fragen. Sie strich mir über die Haare, Dianne gab mir einen Kuss und weg waren sie, auf zu der fernen, grauen Nordküste.

Es begann wie aus Eimern zu schütten und alles mutete trübe an. Die Leute standen noch immer mit verlaufendem Mascara herum, bis wir uns endlich zu David aufmachten. Es gab keinen Gottesdienst im Krematorium und nur etwa dreißig Leute kamen mit uns. Es gelang mir, Estelle und Macca abzuwimmeln; ich ließ sie tratschend an der Bushaltestelle zurück, während wir in unserer ›perlmuttfarbenen‹ Limousine durch den Regen pflügten. Estelle hatte eine der Lilien behalten und schlug *Marie Claire* jetzt damit in einem bestimmten Rhythmus ins Gesicht. Ich konnte sehen, wie sie das aufregte. Sie riss sie Estelle aus der Hand und schleuderte sie ins Gebüsch. Als sie in der Ferne verblasste, konnte ich gerade noch an ihren Lippen erkennen, wie sie zu Estelle ›fuck off‹ sagte.

Ich versteckte mich unter Shamashs weitem, schwarzen Mantel. Ich konnte ihn immer noch darin riechen, ganz bestimmt. Auf den wenigen Fotos, die von uns gemacht wurden, als wir aus dem Wagen hechteten, wird mein Gesicht nicht zu sehen sein. Im Haus hellte sich meine Stimmung für einen Augenblick auf. Fast lächelte ich sogar. Diese Arschlöcher würden nicht noch ein Foto von mir mit verweintem Gesicht kriegen. Wir betranken uns alle mit Martini, zwar nicht gerade mein Lieblingsgetränk aber wenigstens schnell wirksam. Es schien nichts anderes zu trinken da zu sein, außer Thellys Sherry. David sagt, dass die Party, der wir alle am liebsten beiwohnen würden, unser eigener Leichenschmaus ist. Ich denke, Thels Worte hatten mir geholfen, die Drinks im übrigen auch.

Schließlich bat ich Owen zu kommen und bei mir zu übernachten. Auch er trank Sherry, weil er fand, dass die Martinis wie Schlangengift schmeckten. Ich musste ihn einfach verscheißern, Owen, den Sherry-Nuckler in seinem kackbraunen Anzug.

»Wenn ich ins Gras beiße, besorg ich dir vorher noch was anderes zum Anziehen.«

»Was ist denn hiermit nicht in Ordnung?«

»Ein kackbrauner Anzug, der dir vielleicht vor zehn Jahren mal gepasst hat? Nichts!«

»Du bist eine Votze, Usher.«

»Und du bist ein Arschloch, Henley.«

»Handpuppe Usher.«

»Fickgesicht Henley.«

Wir wanderten durch Elizabeth Bay, während die Erwachsenen sich um uns Sorgen machten. David sagt, ich käme nach meinem Vater: »Drei Martinis und er ist der König der Welt.«

Als wir an der Straße ankamen, sagte Owen: »Hey, Alter, du wirst mal reich, oder?«

»Schätze schon.«

»Und was machst du dann?«

»Weiß nicht, mich verpissen.«

Ich kickte eine leere Bierflasche in eine wartende Hartschaum-Burgerbox von McDonalds. »Tor«, schrie ich, als das Paket gegen die Wand krachte und die Flasche gefährlich in tausend Scherben zersplitterte.

Owen sagte: »Hey, gut gepunktet, dafür gibt's rechts und links 'ne Nadel.«

Ich warf ihm einen finsteren Blick zu.

»Als Strafe meinst du wohl.« Ich sah mich um in dem Neon und Nieselregen; es war wie in *Blade Runner.* »Das mag ich am Zentrum von Sydney. Eine stinkende Jauchegrube, wo keiner sich um irgendwelchen Dreck schert – hier herrscht ständige Amnestie in Bezug auf Umweltschutz und Moral. Du kannst schießen, scheißen und bumsen wo du willst. Wenn dir dieses Leben nicht gefällt, Owen, dann kannst du dir jederzeit ein anderes suchen. Shamash hat das gemacht, sich einfach abgeseilt. Ich spüre manchmal, dass es ihm gut geht. Klingt das abgedreht?«

»Ja, is' schon abgedreht, aber ich kapier's trotzdem, er war in Ordnung, dein Alter.«

»Ja, ich denke mal auch; er war in Ordnung.«

WARMER REGEN

Als meine Story in der Novemberausgabe von *ismag* erschien, wurde daraus die bislang bestverkaufte Nummer des Magazins. Am Ende boten sie mir so etwas um die dreißigtausend, die Q.U.I.M. ausgehandelt hatte. Auf eine Art war das Erzählen der ganzen Geschichte für mich eine Katharsis. Die Interviewerin hatte den Verdacht, dass ich log. Ich musste ganze zwei Stunden lang bis ins kleinste Detail meine Entführung schildern, bevor sie meinte, zu anderen Punkten kommen zu können. Wir machten ein paar Fotos auf Brigittes Balkon, der nach hinten raus ging – sie druckten sowohl eines ab, auf dem ich traurig und nachdenklich direkt in die Kamera sah, als auch ein paar Jugendbilder, die ich ihnen gab. Laut *ismag* konnte »allenfalls der denkbar skrupelloseste und unmoralischste Mann die leisen Regungen von Vaslavs herandämmernder Sexualität belauschen, um sich dann das zu nehmen, was noch nicht bereit war…«

Rosie war seit der Beerdigung ein wenig freundlicher mit mir umgegangen und gestatte mir, ein Foto von uns beiden für den Artikel zu verwenden. Sie stand natürlich unter Schock, sagte dann aber, dass sie nie wirklich geglaubt hatte, dass ich Shamashs leiblicher Sohn war. Ich fasste das als handfeste Beleidung auf, verlor aber kein weiteres Wort darüber. Zurückhaltung gewann bei mir die Oberhand. Ich will versuchen, auch weiter mit ihr auszukommen, um Shamashs willen.

Das Testament war einfach. Ich erbte das Haus und etwas Geld. Vielleicht behandelt mich die Frau, die mir kürzlich noch gesagt hatte, wie krank ich doch war, weil ich nur so in der Gegend abhing und ständig das Haus anstarrte, nun mit etwas mehr Respekt, jetzt da ich ihr Vermieter bin. Alles, was ich laut Testament erbte, wurde mir ausdrücklich vermacht. Es spielte also keine Rolle, ob ich nun Shamashs Sohn war oder nicht. Ich spürte, dass Rosie mein Erbe als eine empörende Umverteilung der Besitztümer ansah, dass sie fand, dass ich irgendwie des eingesessenen Vermögens nicht würdig sei, doch da kann ich nur sagen, Pech für unsere rechtschaffene Rosie von der Nordküste.

Ich hätte unter keinen Umständen in Sydney bleiben können, nicht bei all der öffentlichen Aufmerksamkeit. Ich verpisste mich direkt nach Weihnachten und überließ die gesamten rechtlichen Angelegenheiten Davids Obhut. Ich laufe immer noch vor der Verantwortung davon. Hier in Paris genieße ich es, mich nachts mit Koks und Scotch aufzutanken. Mich ausreichend mit Whisky aufzuwärmen, um mir unter den neuen ›Freunden‹, die ich hier kennen gelernt habe, meine Position zu erobern. Die sind im Großen und Ganzen wie ich – der falsche Umgang, Durchreisende, Euro-Abschaum, Tagneurotiker, Nachtschwärmer.

Ich schenkte Owen ein Ticket, damit er mich für einen Monat besuchen kommen konnte. Ich wollte jemanden um mich haben, den ich schon ein Weilchen länger kannte. Das wird echt der Hammer für ihn werden, mal 'ne Zeit lang wie ein König zu leben. Ich weiß, dass ich eigentlich versuchen sollte, ein bisschen Geld zu sparen, aber jetzt habe ich ja die Einnahmen vom Haus und das sind siebenhundertfünfzig Dollar pro Woche. David sagt, ich soll unbedingt ein Konto für Reparaturen, Steuern und solchen Scheiß einrichten: »Für das alles bist jetzt du verantwortlich.« Ja ja, habe ich gesagt. Ein gefährlicher junger Mann wie ich kommt mit der Summe recht gut aus; außerdem lebe ich ja im Augenblick noch immer von dem Geld für den Artikel. Ich habe Brigitte einen neuen Computer gekauft und sie hat mir darauf schon zweimal einen Brief geschrieben.

Ich kenne mich inzwischen in meinem neuen kleinen Ghetto aus, nur dass ich hier keine Vergangenheit habe, keinen Skandal mit mir rumschleppe. Hier bedeute ich gar nichts. Solange ich meine Hotelrechnung bezahle und vorausgesetzt, *je suis discret*, werde ich hier toleriert. Mein Geld schwindet mit alarmierendem Tempo dahin: über Ladentische, in der Nase, in der Kehle. Endlich fühle ich mich frei, die Schlampe zu sein, zu der ich vielleicht bestimmt bin. Mein Freund Michel (noch so ein schwuler ›ausgehaltener‹ Junge irgendwo aus der Provinz oder einem Landstrich, den ich höchst wahrscheinlich nie besuchen werde) sagt, *»Mais non, un slut cheri, un courtisane, oui?«*

»*Non, une* verdammte Schlampe!« Die Franzosen verstehen meine vulgäre Ausdrucksweise natürlich nicht. Müssen sie auch nicht – ich werde sie damit nicht allzu lange belästigen.

David habe ich gesagt, dass ich im April zurückkomme und wieder im Theater arbeite; wir wissen beide, dass ich noch immer gut fürs Geschäft bin und wenn auch nur, damit mich die Leute anglotzen können. Das Problem ist nur, dass ich die Nerven verliere und man kann ja nicht ständig koksen, um Selbstvertrauen zu haben. Wo das endet, wissen wir alle.

Sex scheint mir mittlerweile keinen richtigen Spaß mehr zu machen, es sei denn, ich bin in gewissem Maße zugedröhnt; trotzdem habe ich Sex, mehr denn je sogar. Wenn ich lange genug lebe, werde ich, mit Verlaub, wohl die typische verbissene alte Tunte werden; doch selbst das liegt in den Händen der Götter.

In ihrem ersten Brief hat Brigitte geschrieben: »Ich darf gar nicht daran denken, was du da drüben alles anstellst.« Ich antwortete mit den Worten: »Wieso kommst du dann nicht her und siehst es dir an, Schnuckelchen? Es ist ein einziges *›partie partie partie in Gai Paris pour moi.«*

»Mach ja halblang«, schrieb sie im zweiten Brief. Ich schreibe ihr jetzt, um ihr mitzuteilen: »Mach ich, Brigitte, mach ich.«

Sie hat mir auch noch mehr Bücher geschickt – mit Titeln wie *›Männer: Einstiegloch ins Himmelreich: Falltür zur Hölle.‹* Ich hab ihr ein Foto von den Katakomben zurückgeschickt und geschrieben: »Durch die Falltür bin ich schon.« Ich glaube, sie hat eine andere Interpretation für Männerlöcher ins

Himmelreich im Sinn und ich bin mir überdies sicher, dass sie meine bei weitem zu wörtlich findet.

Eine Ambition habe ich hier verwirklicht. Ich habe in einem Pornofilm mitgespielt. Leider war es kein Cadinot. Der ist mein allerliebster Pornograf. Und es ging auch nicht so versaut zu, wie ich gehofft hatte. Ich hatte lediglich einen kleinen Gastauftritt (damit meine ich, dass ich nur einmal von Bruno Luc, dem Helden dieser sonderbaren Geschichte, gefickt wurde). Ich habe das Endprodukt nie gesehen, fand aber, dass es eine gute Ergänzung meines Sündenregisters abgeben würde. Ich dachte sogar, dass man es eines Tages schweißverpackt zusammen mit meinem Buch verkaufen könnte – eine Art multimediale Geschenkidee zum Vatertag. Ich schätze, es wäre nett, das den Enkeln mal zu zeigen, wenn ich alt bin. Den Enkeln anderer versteht sich.

Für den Dreh musste ich mit dem Vorortzug zu einem imposanten, altehrwürdigen Haus fahren. Ich sollte einen jungen Diener darstellen und mein Text war auf das absolute Minimum beschränkt, weil mein Französisch so miserabel ist. Ich trug (eine Minute lang) ein Pagenkostüm und als sie mit mir fertig waren, bekam ich zweitausend Francs, einen Wodka-Tonic, eine Line Koks und die Fahrt in der Limousine zurück nach Paris. Es war keine Riesensumme, aber wenigstens sah der Film für Porno-Verhältnisse hochwertig aus. Außerdem klaute ich die Pagenjacke, die zu meinen Gaultier-Hosen richtig süß aussieht. Eine Sache, die den meisten Leuten bei Pornofilmen immer nicht klar ist, ist, dass manche der Kameraeinstellungen eine Menge ›eindringlicher‹ Akrobatik verlangen. Ich weiß jetzt auch, wie Frauen sich fühlen müssen, wenn sie beim Frauenarzt sind. Die Franzosen gehen trotz ihres Katholizismus und Konservatismus mit Sex in einer sehr aufregenden und beiläufigen Art und Weise um. Wenn ich die Wahl zwischen einer Sauna in Quay-West oder der Kathedrale von Notre Dame hätte, dann denke ich, wüßtet Ihr wahrscheinlich, wo Ihr mich finden würdet. Klar vermisse ich Brigitte, Thel und

David, aber ich glaube andererseits auch, dass denen ein Stein vom Herzen gefallen ist, als ich abgereist bin. Die wissen schon, dass ich mich entweder um mich selbst kümmern muss – oder eben nicht. Das liegt jetzt nicht mehr bei ihnen und warum auch? Sie haben für den kleinen, verlorenen Schädling ihr Bestes getan. Ich wünschte immer noch, ich hätte Shamash noch einmal gesehen. Ich wünschte, er hätte mir geschrieben, selbst einen Abschiedsbrief, doch Gott allein weiß, was da gelaufen ist – es aufzuklären, könnte Monate dauern.

Ich schicke Fotos von mir nach Hause, die mich zeigen, wie ich auf Jim Morrisons Grab Scotch trinke, auf Oscar Wildes fantastischem Deco-Todesschiff eine Zigarette rauche, Fotos von mir *avec une grande baguette* (warum nun gerade ein Baguette weiblichen Geschlechts ist, ist mir schleierhaft). Das Monster ist los, dreht seinen Pornofilm, führt sich mit all den anderen gefährlichen jungen Männern wie der letzte Abschaum auf, um danach zu den Annehmlichkeiten seines teuren Hotels zurückzukehren. Ich gebe niemandem mehr die Schuld. Ich übernehme selbst die Verantwortung für mich und das Leben, das ich führe. Das verlangt eine Menge Mut. Klar, ich stehe auf der Kippe, aber ich muss versuchen, mich dabei zu amüsieren und zwar auf die Art und Weise, die mir vertraut ist. Selbst Brigitte sagt, dass Ausschweifung und Askese Mittel zu ein und demselben Zweck sein können. Nur, dass sie eine klarere Vorstellung von diesem Zweck hat als ich.

Ich hoffe bei meiner Rückkehr gefestigt genug zu sein, um klarzukommen – mit dem Job, dem Vermögen, ja sogar mit dem Buch. Die Leute werden bloß darauf warten, mich straucheln zu sehen, genau wie sie Shamash dabei zugesehen haben. Die Welt ist eine Metzgerei und wir sind das Fleisch, dass gehackt werden soll.

Gestern Nacht in der Sauna in Quay West habe ich jegliche Grenzen der Sicherheit übertreten. Ich habe einen Typen aus Deutschland kennen gelernt, der nur wenig Französisch und gar kein Englisch sprach, aber das machte nichts, denn es handelte sich nicht um jene Art von Begegnung, die viel Dialog verlangt. Er sah gefährlich und schön aus, entpuppte sich aber als weitaus gefährlicher als alles andere. Ich war auf Koks und obwohl ich aufgegeilt war, kriegte ich keine ordentliche Erektion hin. Er hingegen schon; und er hatte nur eins im Sinn: mich zu ficken. Wir waren in einer Kabine; er machte keine Anstalten, ein Kondom zu benutzen. Mich überkam plötzlich dieser geile, körperliche Kokainrausch und einen Moment lang machte ich mir wegen des Kondoms überhaupt keine Gedanken. Ich entspannte mich total, während er in mich hineinstieß. Ich kam mir vor, als wäre ich jemand anderes, der hier durchgefickt wurde. Ich war in Trance und jeder Stoß schien eine Erinnerung auszulösen, so als würde ich einer Hirn-Darm-Spülung unterzogen:

Er stieß rein.

Und ich sah die Schaukeln und Rutschen vor unserem Wohnblock.

Er zog ihn raus.

Nochmals sah ich das verschattete Gesicht des schwarzen Anorakmannes und wie die zwanzig Pence im fahlen Sonnenlicht aufblitzten.

Wieder rein.

Ich sah Mum, verknäult in hundeartige Bumsbewegungen, das Gesicht starr zur Zimmerdecke gerichtet.

Raus.

Shamash, wie er sich mir total hingibt, bei mir ist, für mich da ist, ein schwach erinnerter Fick, der irgendetwas bedeutet hatte.

Rein.

Die Liliputbahn, Shamash, Eis am Stiel.

Raus.

Shamash; grau, tot, nicht mehr derselbe Mensch. Die Haar-Conditioner-Flasche.

Rein.

Plateaustiefel und Spielzeuglokomotive, Nachbarn im Sozialbau, die sich anschreien.

Ich sah zu dem Typen auf, der sich jenseits des geschmeidigen Tunnels, den er mit herzhafter Hingabe beackerte, nicht weiter für mich interessierte. »Hör mal, du Krautfresser«, sagte ich, »du kommst in mir und kümmerst dich 'n Scheißdreck drum. Du kommst, wischst dich mit einem Handtuch ab und verschwindest unter der Schameswolke, die niedersinken wird, sobald du deinen *petit mort* erlebt hast. Er verstand kein Wort von dem, was ich sagte und ich weiß auch nicht, ob es ein flüchtiger Moment des Selbstschutzes war oder ein kokainbedingter Stimmungswechsel. Wie auch immer, ich stieß ihn von mir und ließ ihn wie einen Lappen links liegen. Versteht Ihr, ich hatte was begriffen – ich hatte, soweit ich es zuließ, begriffen, dass es unmöglich ist, das Leben als Porno zu leben. Ich liebe Pornografie, nur letzten Endes funktioniert sie nicht. Ihr fehlt eine dauerhafte Philosophie, aber mein Leben scheint sich nun mal auf ihren zentralen Grundsatz zu gründen oder zu beschränken: die flüchtige Ejakulation und die darauf folgende Leere.

Auf einer Ebene hätte ich mich ihm gerne hingegeben, mir keine Gedanken gemacht, aber ich konnte es nicht. Ich bin mir sicher, dass vielen Leuten dieses ganze Szenario erschreckend vorkommen muss, für mich aber war es eine Bestätigung meines Wertes. Es war traurig, weil es den Tod eines Glaubenssystems bedeutete, andererseits aber auch eine Erleichterung festzustellen, dass ich noch immer Grenzen kannte. Für mich war es ein Durchbruch. Ich weiß, dass die Safer-Sex-Schwadronen sagen würden, dass ich mich trotz allem einem bestürzenden Risiko ausgesetzt habe, aber das kümmert mich nicht. Für mich hatte Sex schon immer genauso viel mit Tod wie mit Leben zu tun, er steckte in beidem, vorprogrammiert und meine Programmierung hat ihren Sitz nun mal an dem einen Extrempunkt der vorbestimmten Polarität; an ihrem anderem Ende lauert der unbefleckte Zölibat.

Klar hatte ich danach mit jemand anderem Sex, aber das Ganze lief safe ab und auch die Bilder waren andere. Mit dem Nächsten schien ich in mein Unterbewusstes hinabzusteigen und den Traum von dem Autounfall zu erinnern. Es war abgefahren – ich wurde gefickt und schlief doch beinahe dabei ein. Und dann merkte ich aus diesem Halbschlaf heraus, dass wir ja nicht einmal vorne im Wagen saßen, sondern beide hinten, Shamash und ich; wir waren in einem Taxi und weder er noch ich fuhren. Ich weiß nicht, wer der Fahrer war oder wohin er uns brachte, aber ich will ihn das Schicksal nennen. Sein Gesicht will ich nicht sehen und auch den Fahrpreis will ich nicht bezahlen.

Bald bin ich wieder zu Hause, im März oder April, wann auch immer. Die Medienhaie können ihre Zähne schon wetzen; Fred Nile kann seinen Verstand wetzen. Auf dem Rückweg werde ich mich enthaaren, bräunen und entgiften. Ich werde bereit sein. Vielleicht kann ich ja das Buch und das Video zusammen auf den Markt bringen. Der Film heißt *Devinette Devant* (ja, selbst Pornos klingen auf Französisch stilvoll). Sollen die Franzosen doch ihre bescheuerten Nukleartests machen – dieser ganze Giftmüll hat auch etwas Tröstendes. Das Ganze hat sogar was Lustiges, wie trotz der ganzen Debattiererei in der Welt kein einziges Land von internationaler Bedeutung wirklich einen Finger krumm machen würde, um die Welt zu retten, die wir zu lieben vorgeben. Wenn das Gesetz ein Esel ist, dann ist die Moral ein Holzfäller. Das ist doch echt alles ein Witz und ich finde, dass Brigitte Recht hat – es ist ein Fantasie-Spielplatz voller Schlägertypen und Opfer und denen, die irgendwo dazwischen stehen. Keiner wird erwachsen, jeder glaubt immer nur gern daran. Opfer werden zu Schlägern oder umgekehrt und die einzige Vorbereitung, die du je dazu gebraucht hast, war, als Kind ein paar Mal ›die Reise nach Jerusalem‹ gespielt zu haben. Ich hoffe immer mehr, dass die Welt nicht real ist. Langsam fange ich sogar an, darauf zu zählen.

Brigitte sagt, in dem Moment, wo du anfängst, darauf zu zählen, wird sie schon weniger real. »Sie wird dir nur noch etwas mehr Angst machen und wehtun und Spannung bereiten, doch am Ende wird sie dich langweilen, bis du anfängst, die Herausforderungen, die du brauchst, in deinem eigenen Kopf zu suchen. Und so sollte es auch sein. Der Apfel hat ein Kerngehäuse, Schatz und wenn du ihn verschlungen hast, bleiben doch die Kerne übrig. Sie sehen nicht annähernd so lecker aus, aber in ihnen liegt die Zukunft. Vergrabe sie in der Erde, wenn du genug von dem süßen Fruchtfleisch gegessen hast und tausend neue werden wachsen. Die größte Lüge und die schlimmste Angst der meisten Leute besteht darin, dass sie meinen, irgendwo unterwegs ihre Seele verkauft zu haben. Die erste Wahrheit aber ist, Schatz, dass wir sowas niemals besessen haben.«

Wenn mir Brigitte dieses ganze Zeug schreibt, denke ich, ja ja – aber manchmal ist es bei all dem Blut, den Eingeweiden, den Nadeln und Bussen, von denen ich rede oder dem ganzen billigen Sex, den ich habe, als ob ich doch spüre, dass da etwas ist, was von all dem niemals berührt wird. Etwas, das kein noch so hartes Bumsen aus mir raushauen kann. Wenn ich mich so fühle, kommt mir der Gedanke, dass es ganz in Ordnung ist, wenn ich meine Skandalrolle spiele. Dass dies die einzige Dimension ist, wo Ausschweifung Erforschung gleichkommt. Und so erforsche ich also.

»Ein neuer Junge muss her, der hier ist voll.«

EPILOG

Ich sitze in einer Bar unweit der Rue St. Martin, eingemummelt in Shamashs weiten, schwarzen Mantel. Meine Brust brennt, weil ich mir gerade ein Tattoo habe machen lassen – das gleiche, das meine Mum hatte. Ich hab es in einem Schaufenster eines Tätowier-Studios auf der Rue de Clichy gesehen und als Omen genommen.

Ich bin an dem Hotel vorbeigekommen, in dem ich vor all den Jahren mit Shamash und Ashley gewohnt habe. Jetzt trinke ich Scotch-Cola und heißen Kaffee, um mir die Hände zu wärmen. In der Tasche habe ich so ein Käse-Croissant, das ich mir auf der Straße geholt habe. Ich beiße große, fettige Happen ab und es ist schon so gut wie aufgegessen. Ich bin sicher, das wird hier drinnen als Ungehörigkeit angesehen. Mein Johnny-Anteil ist nun mal gerne gewöhnlich und benimmt sich wie ein Assi; der Vas-Teil in mir lässt ihm das nachsichtig durchgehen. Ich rieche meinen eigenen Körpergeruch, weil ich trotz der Kälte vor Schmerzen geschwitzt habe, als mir das Tattoo aufgebracht wurde. Das erste Mal seit ich hier bin fällt Schnee und ich fühle mich auf meine liebste Vaslav-Art wohl: Owen kommt morgen und das wird genial.

Zwei Männer in der Nähe reden vertraulich miteinander in dieser typisch französischen Art, cool und sexy. Ich habe das lieben gelernt, seit ich hier bin und doch werde ich, wie bei allen anderen Dingen in Paris auch, auf ewig davon ausgeschlossen bleiben. Meine Augen schießen zu ihnen hinüber und ich merke, dass sie über mich sprechen. Ich kriege sofort dieses Jagd-Kribbeln, das Gefühl der Erregung, das sich immer dann einstellt, wenn man merkt, dass man in etwas mit einbezogen und doch gleichzeitig außen vor gelassen wird. Es ist, als ob man nicht weiß, ob man zum Essen eingeladen oder selber das Essen sein wird. Da ich nicht viel Französisch spreche und in dieser Ecke der Welt auch keine Person von öffentlichem Interesse bin, wäre ich auch nie so naiv anzunehmen, dass sie mich für eine dauerhafte Freundschaft oder eine intellektuelle Diskussion in Betracht ziehen. Wieder tuscheln sie, während ich mir den letzten Bissen meines Croissants in den Mund stopfe. Man muss nicht wirklich Franzose sein, um zu wissen, was sie sagen. Der Geist mancher Situationen spricht für sich selbst:

»Tu vois ce mec, qu'est-ce que tu crois qu'il serait capable de faire?«

»Le mec-là ferait n'importe quoi!«

Ist das so offensichtlich, frage ich mich und werde schon wieder unsicher. Ich starre auf meinen Kaffee hinab und spüre, wie mir die trockenen Croissant-Krümel an den Lippen kleben. Ich trinke den Rest meines Scotch aus und versuche, noch tiefer in meinem Mantel zu versinken, während mir die Röte ins Gesicht steigt. In der Gegend meines Tattoos ist es feucht – es muss wohl etwas bluten. Plötzlich bin ich einsam und ein wenig traurig, aber im Großen und Ganzen, geht es mir, denke ich, soweit ganz gut.